DAL ARNI

I Tref

'Ymysg y drain miniocaf
Mae y mwyar duon melysaf'

DAL ARNI

IWAN ROBERTS

y olfa

Diolch

I Gwenlli fy angor, Guto 'Carbonash' Hywel, Elis 'Y Derwydd' Penri, Sbibsan, Sha, teulu y Gilfach, a gweddill llwyth Bwlch Plwms. Mae rhannau ohonoch ymhob gair, brawddeg, atalnod a ffwl sdop...

Thenciw mawr i Lefi, Marged Tudur, Alun Jones, Sonia a chriw Y Lolfa.

Mawr fy mharch i –

Gwyn Wil Sam, Llyr Morus, Owen Arwyn, Graham 'La' Land, Rory Taylor, Neil Tonypandy, Paul Robat, Martin Corris, Jenga ag Ani, Twm Miall, Rheadrau Cain, a phob un arall a fentrodd i 'Ddal y Mellt' hefo fi.

Argraffiad cyntaf: 2023

Cynllun y clawr: Sion Ilar
Llun y clawr: iStock/pkazmercyk

Rhif Llyfr Rhyngwladol: 978-1-80099-043-2

Dymuna'r cyhoeddwyr gydnabod cymorth ariannol Cyngor Llyfrau Cymru

Cyhoeddwyd ac argraffwyd yng Nghymru
ar bapur o goedwigoedd cynaliadwy gan
Y Lolfa Cyf., Talybont, Ceredigion SY24 5HE
e-bost ylolfa@ylolfa.com
gwefan www.ylolfa.com
ffôn 01970 832 304

Rhan 1

CODODD CIDW FEL corcyn o ddyfroedd di-siâp y cwilt pan glywodd firi'r stryd. Doedd o ddim yn siŵr ai chwartar i wyth y bora yntau chwartar i wyth y nos oedd hi. Cymerodd ychydig eiliadau iddo gael ei ferings, cyn cofio lle'r oedd o pan glywodd sbicars jiwcbocs y Golden Lion yn bowndian mynd oddi tano. Rhwbiodd ei wynab gydag un llaw a chrafu ei geillia gyda'r llall. Tynnodd ei hun at erchwyn y gwely ffor postar ac ymestyn am y gwaddod olaf o'r botal brandi a chythru ei llosg. Gwasgodd fotwm ei ffôn i'w ddeffro a thynnu'r cyrtan i ddatgelu'r byd oddi allan. Craffodd drwy lewyrch y *neon*; mi oedd hi fel ffair ganoloesol ar stryd fain Soho.

Clywodd neges yn pingio ar ei fobail.

Ishmael wedi talu, ond di Jiffy ddim di dod nôl atai!!!

Galwodd Dafydd Aldo nôl heb flincio.

'Os odi fe wedi mynd ar y pop gyda'n tw hyndred and fforti grand ni, fe flingai y ffycyr o'i drâd lan! Lle ddiawl ma fe, Aldo?'

'Mae o 'di mynd Cid. A mae'i ffôn o'n ded.'

'Be ti'n wiled ymbyti? Wedi mynd i le?'

'Ffyc nos… Ffyc nos.'

Fedrai Aldo ddim esbonio mwy, gan fod yr ing mewnol yn mygu ei anadl.

'Gwranda Aldo, paid becso. Ddoi draw 'na wap.'

Baglodd Cidw mewn i drowsus ei siwt.

* * *

Crafodd Carbo ochr ei wyneb wrth gysgu. Yn ei freuddwyd gwelai dderyn bychan amryliw yn trio pigo trwy ei foch i wneud nyth yn ei geg.

Deffrodd yn cnoi'i gil. Cododd ei ben o'r glustog a gweld fod carrag fach loyw lle bu ei ben. Rhoddodd y deimond ym mhocad bach ei Levi's a thynnu T-shyrt hogla ddoe dros ei sgwydda. Meddyliodd yn siŵr iddo gysgu drwy'r nos ers iddyn nhw gyrraedd nôl o Iwerddon ar ôl y lladrad deimonds.

Clywodd lais Gronw yn dwrdio lawr grisha ond allai o ddim clywed be oedd yn cael ei ddeud. Aeth am y stafell folchi am slempan i ddeffro'i enaid.

Bytheiriodd Gronw lawr y landlein i glust ei fab.

'Ddudish i wrtha chdi erstalwm na tydi'r Jiffy 'na ddim yn dryst yn do, Aldo bach! Y ffwc pen ffurat iddo fo hefyd! Nefi wen a hoelion pren! Fedra i'm coelio'r peth. Ffonia fi'n ôl yn syth os neith y ffwlbart droi fyny hefo'r gwds.'

'Bora da giaffar,' meddai Carbo wrth ddod lawr grishia i'r parlwr tân.

'Nac ydi, tydi hi ddim, a pheth arall, nid bora mohoni i chdi ga'l dallt, 'dan ni dal ar yr un diwrnod, a gwaeth na hynny o lawar, mae'r Jiffy ddiawl 'na wedi denig i rwla neu'i gilydd hefo pres y deimonds.'

'Be?'

'Ddaeth y brych ddim yn ei ôl ar iddo bigo'r arian sychion gan Ishmael y torrwr cerrig!'

Cysidrodd Carbo y newyddion wrth dywallt panad o'r tebot.

'Blydi nora! 'Da chi'n hollol siŵr ŵan?'

'Wel yndw neno'r tad!'

'Wel...' Rhoddodd dair llwyad o siwgr yn ei banad a'i throi.

'Ella na 'di cael ei ddal fyny yn rwla mae o wrach? Ma bownd o droi fyny siŵr.'

'Mond gobeithio bo chdi'n iawn y machgian i ond beryg fod o wedi llenwi ei hen walat fudur hefo'ch pres chi gyd erbyn hyn.'

'Lle ma Antonia ta? Ydi'n dal yn cysgu, yndi?'

'Ma honno wedi hen fynd o'ma ers meitin!'

Disgynnodd siom fel pelan boeth o blwm o'i galon i'w sodlau.

'I lle?'

'Duw a ŵyr... Iesu grasusau, mae'ch pres chi am y cerrig drudfawr wedi mynd mwy na thebyg yn dydi! Y basdun Jiffy 'na wedi dwyn y cwbwl lot dan yn trwyna decini.'

'Duw duw, ella na heb gyrradd yn ôl i'r fflat mae o eto... sim isho panicio siŵr.'

'Dyna ddudish inna i ddechra hefyd! Ond toedd Aldo ddim i'w glywad yn ffyddiog iawn... Nefoedd yr adar! Idiot winds myn brain i! A pheth arall, mi fuodd 'na fusutors yma'n gynharach. Pedwar ohonyn nhw'n isda mewn car ar dop y bryncyn 'na o flaen y giât, ag mi oeddan nhw yno am sbelan go lew hefyd achos mi oedd Ffred yn cythru a chyfarth arnan nhw fel bythéig.'

'Pwy oeddan nhw ta?'

'Wel yn ôl y bandij mawr gwyn oedd ganddo fo am dop i gocynyt, y Nefyl Snêls 'na a'i gronis swn i'n ddeud. Hwnnw gafodd glec yn gefn 'i ben hefo ciw pŵl gan Antonia yn y Goat.'

'Shait!'

'Ia, shait a cachu hwch am i ben o... Dwi'm isho eu gweld nhw... finna yma yn hun bach! Toes na'm deud be wnân nhw nesa nag oes?'

'Dalld yn iawn siŵr giaffar. Sortia'i rwbath, chi.'

'Da fachgian. Cofia buan iawn naethon nhw rifyrshio hi ffwl sbid o 'ma rôl i mi danio dwy gatran i'w cyfeiriad nhw.'

* * *

Agorodd Dafydd Aldo ddrws y fflat i Cidw heb ddweud bw na be wrtho fo. Aeth y ddau i eistedd wrth y bwrdd newydd roedd Jiffy wedi ei brynu o Ikea tra roedd Aldo yn hwylio nôl a blaen ar long y *Celtic Pride* i Iwerddon. Pwysodd Aldo ei wep yn ei ddwylo mewn anobaith. Tynnodd Cidw ei gap stabal glas tywyll a'i osod ar y bwrdd. Gwelodd fod 'na botal fawr o fodca ar ei hannar o'i flaen a gwydryn gwag yn hoel bodiau hyd-ddo.

'Ti fyth yn gwybod, falle fod e ar ei ffordd nôl 'ma nawr.'

Ysgwydodd Aldo ei ben.

'Nacdi Cidw, mae o wedi mynd â'i basport a'i ddillad hefo fo.'

Roedd gwedd Aldo fel lludw tân fora trannoeth. Waldiai ei dymer a theimladau ei galon yn erbyn ei gilydd nes ei fod o'n clecian tu mewn.

Ers saith mlynedd roedd Aldo a Jiffy yn canlyn. Roedd yr hadau bychin a blannwyd ganddynt erbyn hyn wedi aeddfedu yn wreiddiau cydnerth. Mi oedd 'na ddealltwriaeth dawel rhyngddynt a chyfrinachau cariadon na wyddai neb mond nhw ill dau. Gwyddai Aldo eu bod wedi ymbellhau rhywfaint gan nad oeddan nhw wedi treulio llawer o amser yng nghwmni ei gilydd tra roedd o ar fwrdd y *Celtic Pride* yn cynllwynio i ddwyn y cerrig drudfawr. A thrwy hynny roedd Jiffy wedi bod yn cynllwynio tu ôl i'w gefn i ddwyn yr arian am y deimonds. Mi oedd yr holl obeithion oedd ganddo am ddyfodol hapus yn toddi fel seliwloid ar sgrin ei feddyliau.

'Mae o 'di 'mradychu fi. O'n i'n meddwl fod y berthynas yma'n golygu cymaint iddo fo ag y mae hi i mi a'n bod ni'n dau yn dallt yn gilydd yn iawn… Tu mewn… Yn fan hyn.' Cyffyrddodd ei galon. 'Am ffycin ffyrst class myg dwi 'di bod ag am blydi llanast dwi 'di greu. Dwi 'di gadal pawb lawr yn do, am bo fi wedi bod yn naïf a stiwpyd.'

'Nid dy fai di yw hyn siŵr, Daf.'

'Oddan ni'n dau i fod i fynd i Goa am fis o wylia ben bora fory, ffor ffyc sêcs.'

Cododd Cidw er mwyn rhoi coflaid i'w gyfaill.

'Na paid, Cidw, plis paid.'

Eisteddodd Cidw a llacio ei dei. Syllodd ar ei gyfaill. Dafydd Aldo oedd yr enaid agosa un ato. Tolltodd glygiad mawr o fodca iddynt.

'Reit te, be yn union wedodd Ishmael?'

'Mond ei fod o wedi talu Jiffy am y cerrig a fod o wedi gadael hefo'r swag bag reit handi!'

'Gyda'r *holdall* roddes i Ishmael?'

'Wel ia siŵr. Mi oedd o 'di cal 'i neud i ddal y pres i gyd yn doedd! Dim otsh rŵan nacdi, mae o wedi mynd a dyna fo. Y bastad slei. Dwi'n gasáu o'n barod.'

'Good thing! Ma 'da ni obeth felly.'

'Am be ti'n sôn? 'Dan ni wedi colli y cwbwl lot yn do!'

'Ffona dy 'war, pronto. Ma 'da fi dracyr tu mewn i leining y bag 'na!'

Edrychodd Aldo arno mewn anghrediniaeth llwyr.

'Inshiwrans Daf, inshiwrans. So ti'n galler trysto neb dyddie hyn, not even your nearest and dearest, bachan. A granda di arna i, mae hyn yn bwysig gw-boi, mae'n rhaid i ti adel y fflat

’ma o fewn yr orie nesaf, achos wi’n gwetho ti nawr, os yw Jiffy wedi gadael y ddinas a glanhau ei lwybre, so gweddill o’r outfit Hustons and Co yn Llunden ma’n mynd i fod yn gwylio’r cloc am lawer hirach cyn gwitho mas fod rhywbeth mawr o’i le a dod i wilo amdano fe!’

* * *

Gwyliodd Carbo Gronw yn gwagio’i getyn yn erbyn y grât a phoeri fflemsan i lygaid y tân. Yna cododd yr hen gradur i daro’i fodyn ar wydr y baromedr. Gwyliodd y nodwydd yn troi at *fair for a while*. ‘Rybish siŵr dduw’ meddai wrth llnau y llwch o lun o’i wraig gyda llawes ei grys. ‘Mae hi’n rhemp yma Carmela glws.’ Rhoddodd gusan iddi a’i gosod nôl ar y pentan.

Trodd at Carbo.

‘Iesu grasusa ma isho mynadd! Be ma rhywun wedi neud erioed i haeddu hyn, Carbo bach? Talu’r pwyth yn ôl iddyn nhw oedd y peth pwysica i ni am be wnaethon nhw i’n teuluoedd ni yn te! Dyna’r cwbwl.’

Amsugnodd Carbo y wybodaeth tra oedd o’n rowlio smôc. Gwell oedd dweud dim ar adega fel hyn gan fod tymer dychryn nadroedd ar yr hen ffarmwr. Ond mi newidiodd ymarweddiad Gronw yn gyfan gwbwl wrth iddo syllu’n ddyfn mewn i fflamau’r tân. Ehangodd gwên lydan dros ei wep wrth i’r fflamau ddawnsio yn ei lygaid gleision, diflannodd yr wg flin a datgelu ei wyneb caredig unwaith eto. Siaradodd yn dawel braf wrth syllu ar y fflamau.

‘Ond mi fasa cael ’chydig o gregin gan Aldo ym mhocad yn nhin i sbydu ar hyn a’r llall wedi bod yn beth braf iawn a chael mynd ar wylia bach lan y môr i sunny Somerset yn gaffaeliad mawr i ddyn yn fy oed i. Iesu grisdion, bysa... Awyr iach yr heli, a chael lojins gwerth chweil yn B and B 'na hefo Mrs Sibley reit ar y ffrynt o flaen y promenâd a chael llyfu faint fynnwn o joc eisys hefo'n gilydd. Mond fi a Mrs Sibley... Dewadd ia! Mi fuasai cael gwneud peth felly yn... yn falm i enaid... Ond dyna fo fachgian, dio ddim i fod.' Daeth yn ôl at ei goed a dychwelodd rhychau'r wg yn ôl i'w dalcian. Cododd i danio'i getyn ag eistedd nôl ar ei orsedd bren. 'Ond 'na fo decini. Mi rydach chi gyd ar ych collad rŵan yn tydach, gan fod y tamad o egsgiws o ddyn yna wedi miglo hi hefo'ch pres chi i gyd i rwla neu'i gilydd. Rhen fasdun diegwyddor. Rybuddish i Aldo erstalwm stabal fod o ddim yn drysd, a fod 'na ddim llawar o wead i frethyn ei gymeriad o ond naetho fo ddim gwrando ar hen ddyn ei dad, o na wnaetha...'

Torrodd Carbo ar ei bregath.

'Ydi'r lleill o'r gang yn gwbod be 'di be, ta?'

'Yndyn a nacdyn. Wel, dim pawb. Hyd y gwn i ynte!'

Taniodd Carbo ei smocsan. 'O ma'i fela!'

'Yndi gwaetha'r modd. Ond mae'r ddylad bwysica wedi'i thalu nôl beth bynnag yn tydi, wel i chdi a fi beth bynnag. Tydi'r pres ddim yn bwysig i mi, weldi. Mond talu yr Hustons yna'n ôl am be naethon nhw i dy dad a 'mrawd oeddwn i. Agor pwythi y graith front a'i rhoid hi yn ôl yn ngwynab y basdads uffar.'

'Wel, os 'di Jiffy 'di gneud fflit, be ydan ni am neud am y peth, ta Gron?'

'Duw a ŵyr 'y machgian i, duw a ŵyr.' Roedd Gronw yn dangos ei oed a'r ceinciau mewnol yn gwthio drwy y rhisgl. 'Ma'r drwg i gyd yn deillio o'r un lle, washi, coelia di fi, a tydi o'm otsh be na phwy wyt ti yn ei alw fo, pres ydi ei enw canol o bob tro. Llunia'r blydi cwin sy'n chwara hefo'u penna nhw i gyd yn y pen draw siŵr dduw! "Mae'r diafol ei hun yn 'sgota am eneidia gwan ym mhob punt" fydda'r rhen ddyn yn i ddeud ag mi oedd o yn llygad ei le hefyd. Cofia di hynny, Carwyn Robaitsh...'

Sugnodd Carbo ar ei smôc tra oedd o'n mwynhau gwirioneddau mawr yr hen ddyn doeth.

'Ta waeth, dwi am fynd am y ciando. Dwi'm 'di cal gwerth swllt o gwsg ers dyddia a rhwng bob dim wsdi, mae 'mhen i yn troi fel baedd mewn cwt crwn.'

''Dach chi 'di cofio cymryd ych tablets anjeina do?'

'Diolch i ti am dy gonsýrn, washi, ond ma Antonia 'di hefru digon am hynny arna i ym mhob twll clust cyn iddi fynd oma, felly paid ti â dechra, bendith tad!'

'Sori giaffar... ymm, i lle aeth Antonia ta? Adra ia?'

'Fan hyn ydi ei hadra hi siŵr dduw ond 'y ngadal i ar ben yn hun wnaeth hi a finna ddim hannar da ac yn wan fel dryw rhwym.' Bu bron i Gronw faglu dros Ffred y ci wrth godi o'i gadair i fynd am ei wely. 'Jymping Jesus of Jeriwsalem! Dos o dan dy gasgan, Ffred, cyn i minna fynd din dros ben ar y crawia 'ma!' Rhoddodd gic dan din Ffred nes ei fod yn sgrialu o dan draed ei feistr blinedig.

'Iawn, wel, nos dawch, ta Gronw. Mi ga'i hanas Musus Sibley, y ddynas B and B fuoch chi'n llyfu tshoc eisys hefo'i riwbryd eto, ta ia?'

Chafodd o ddim ymatab ond gwelodd fod mymryn o wên ddireidus yn dawnsio ar gongol ei wefusau.

'Dyro rawiad ar yn tân i gadw muriau rhen le 'ma'n gynnas.'

* * *

Atebodd Michael Finnley yr alwad ffôn yn syth bin a phan glywodd Carbo ganddo ei bod hi'n debygol iawn fod y cash am y cerrig i gyd wedi diflannu, slagiodd Jiffy off i Maenofferen ag yn ôl.

'Mi welodd ni yn dod o bell felly, do Mic? Rhen ffycar slei, de... Lle ma Dafydd Aldo a Cidw erbyn hyn ta?'

Esboniodd Mici fod pob un o'r criw dethol yn dallt be oedd y *sketch* bellach a fod Les Moore newydd floeddio lawr y ffôn yn dweud 'I'll ring the fucker's neck', a'i fod o rŵan ar ei ffordd draw ato i'r garij.

'Be wyt tisho i mi neud ta Mici?'

Yr ordors a gafodd gan y cyn-filwr oedd i ddychwelyd i Trenchtown gynta medrai. Edrychodd Carbo ar oriawr ei dad.

'*Roger that* Sarjiant, gymith deir awr sydyn ma' shwr.'

'*Standing by* Carbo, ofyr and owt.'

Llnaeodd Carbo wyneb ei oriawr a meddyliodd am y dyn a fu un tro yn cadw amser gyda'r bys eiliad aur a lifai yn esmwyth o amgylch chwaer yr haul. Cofiodd ei hun yn blentyn yn rhyfeddu at y rhifau oedd erbyn hyn wedi pylu gyda threigliad amser. Gyda'r oriawr hon y dysgodd gyfri am y tro cyntaf wrth eistedd rhwng cliniau ei dad. Dysgwyd iddo ei darllen fel cwmpawd a fod y gogledd ar y deuddeg, y dwyrain ar dri, y de ar chwech, a'r gorllewin ar naw. Cofiodd ddysgu bod chwartar i naw yn *east to west,* chwartar i dri yn *west to east* ac os ydi'n chwech o'r gloch, mae hi'n *north to south*. Cafodd lwmp o hiraeth.

Y cam nesa oedd cael gafael ar Antonia ond dim ond neges atab a gafodd pan ffoniodd hi. Gwrandawodd ar y neges ddwywaith dair er mwyn cael clywad ei llais mêl a llefrith cynnas yn ei glust. Rowliodd smocsan fach dew a tharo'i tu ôl i'w glust fel pensal bwcis, cyn mynd fyny'r grisha er mwyn nôl ei *hold all* o'r stafell lojin yn gêbl end y ffermdy hynafol.

Agorodd ddrws stafell wely Gronw yn dawel, a gosod gwydryn o ddŵr rhew a lemons a'i dabledi anjeina yn ei ymyl. Troediodd yn ysgafn oddi yno rhag ei ddeffro, ond clywodd lais yn dod o dan gwrlid y blancedi.

'Diolch ti 'machgian i. Cymer di ofal a thria gadw allan o drybeini os y medri di.'

'Dria'i 'ngora! Cysgwch yn braf giaffar, ro'i dinc chi fory.'

Rhoddodd Carbo goedyn a rhawiad o lo yn y grât. Tarodd ei fys ar wydr tenau y baromedr, gwyliodd y nodwydd yn troelli fymryn at *calm for a while*. Camodd allan i'r buarth a chodi ei olygon at bladur o loer yn torri cwys trwy wreichion gwynias y ffurfafen. Gwasgodd bocad fach ei jîns a theimlodd y seren fach loyw oedd yn pigo ar ei gydwybod. Trodd allwedd y Renj Rofyr a daeth Marley a'r Wêlars drwy y sbicars yn chwara 'Is this love.'

* * *

Trodd Antonia yr allwedd yn nrws ei chartra caban pren gydag ochenaid ddofn o ryddhad na allai neb mond hi ei ddirnad. Edrychodd allan dros dir y stabla yng nghyrion Caer a draw am aber yr afon Ddyfrdwy yn mwytho torlan dywodlyd ar ei thaith i'r heli.

Agorodd dap dŵr poeth a thywallt hylif bybyls i'w bistyll iddi gael socian am awran ddwy ac ymlacio wrth i'w holl bryderon doddi gyda'r stêm. Arnofiodd rywfaint wrth iddi sipian gwydryn o win coch a gadael i'w meddwl lithro i bleserau symlaf bywyd.

Hawdd oedd ymgolli'n llwyr oddi tan yr ewyn gwyn a'r swigod lliwgar.

Ar ôl newid i'w phyjamas gwlanan a chlymu ei gwallt yn gwlwm glyb ar dop ei phen, tywalltodd weddill y botal win i'w gwydryn a rhoi ei ffôn ymlaen. Dechreuodd hwnnw nadu yr eiliad honno – ei brawd oedd yn galw. Roedd o'n gwegian ben arall y lein a'r tawelwch rhwng ei frawddegau yn dweud cyfrolau am ei stad meddyliol.

Aeth hithau yn syth lawr i fusnas a gofyn be ddiawl y gallan nhw ei wneud am y sefyllfa. Esboniodd yntau y cynlluniau newydd iddi a gofyn iddi drio pigo signal y tracar oedd yn y *swag bag* ar ei laptop. Diffoddodd yr alwad, yna gwelodd fod Carbo yn ffonio. Gwaeddodd nerth esgyrn ei phen dros y caban pren. 'Ffyyyciiiin hel sa'm llonydd i'w gael!'

* * *

Gyrrodd Carbo y Renj Rofyr yn ara deg lawr Sundown Street Pen-y-groes tra fod Bob Marley yn dal i bwmpio tiwnsan a hannar drwy sbicars y bŵt. Arafodd y tu allan i dafarn yr Afr ac edrychodd mewn drwy'r ffenestri. O be welai ac y clywai, roedd hi'n noson carioci a neb oddi mewn i'w clywed mewn tiwn. Gwelodd griw o laslancia a llefrod ifanc yn eistedd ar y fainc tu allan yn smocio reu a dangos eu hunan i'w gilydd. Pwysodd fotwm ffenast y Renj Rofyr i'w hagor.

'Arait mate?' meddai un ohonynt.

Cofiodd yntau y profiad a gafodd brin 'thefnos yn nôl pan agorwyd ffenast Capri tu ôl i dafarn y Canton i'w holi yntau.

'Nice car,' meddai un arall.

'Iawn, gia?' atebodd Carbo.

'Cymraeg wyt ti, ia mêt? Biwtar o gar gen ti 'fyd.'

'But you'd better be carefull where you park it cofn i ni sbachu o, ia!'

'Ma gan i rotweilyr yn y bwt 'li.'

'Be, dio'n gellu rhoi tân allan yndi?'

Gwenodd arnynt heb ymateb.

Chwarddodd y genod ifanc.

'So mister smiley fuckin face' meddai un o'r llafna. 'Be ffwc wyt ti a dy ffycin car posh isho, ta mêt? Hash for cash ia? Twenty quid ydi o am fag neu ma gynnan ni...'

'Shwsht y cont gwirion,' sibrydodd y mwyaf ohonynt. 'Ella ma copar ydi o... yndyr cyfyr... ti byth yn gwbod.'

Cododd y mwyaf o'r fainc bren, ei T-shyrt dri seis rhy fach ac yn dynn fel croen sosij amdano, yn amlinellu ei becs annaturiol o fysyls a grëwyd gan streroids, a'i ddwy fraich yn llawn tatŵs Celtaidd cachu rwtsh.

Sgwariodd Arnold Sgwash-ior-nicar wrth gerddad fel y Terminator tuag ato.

'Isho busnas wyt ti, ia mêt? Gêr da ydi o 'fyd.'

'Dwi'm isho ddim byd gen ti diolch... Chwilio am rywun ydw i 'li.'

'Like who felly?'

'Ydi Nefyl Snêls mewn yn fanna?'

'Nacdi, pam? Pwy ffwc wyt ti ta?'

Tynnodd twenti cwid o'i bocad a'u dal rhwng ei fys a'i fawd.

'Hen ffrind! A ma gynna'i rwbath iddo fo.'

'Ooo, I see, wela i...' meddai'r mawr. 'Y chdi 'di'r mên man, ia? Wel, 'dach chi gyd 'run fath dydach? Ceir mawr posh. Flashing the cash. A dim bôls i gamu allan ohono fo.'

'Da ŵan!' atebodd Carbo. 'A dyna pam wyt ti'n dal yn chwara bod yn giangstar o flaen y plant 'ma?'

'Ffycin watsha hi, pal.'

Tynnodd Carbo ben yr horwth i mewn i'r Renj Rofyr a chau y ffenast am ei wddf.

'Pa nymbyr ma Nefyl Snêls yn byw ar Stad Troed yr Wyddfa? Fforti thri? Ta thyrti ffor? Dwi byth yn cofio.'

Caeodd y ffenast yn dynnach am ei wddf.

'Nymbar tw... ma 'di malu bob tŷ arall yn racs yna, do? Acin-el, dwi'n ffycin mygu fan hyn, agor y letric windo 'ma, nei di?'

Rhyddhaodd Arnold Sgwash-ior-nicar, tanio'r modur a gyrru i ffwrdd.

* * *

Wedi i Antonia ddilyn y smotyn coch ar y tracyr oedd yn *swag bag* Jiffy ar ei laptop, mi ffoniodd ei brawd yn ôl. Y cwbwl fedra hi ei weld ar y sgrin o'i blaen oedd fod Jiffy wedi mynd i faes awyr Gatwick. Ac ar ôl iddi siarad hefo'i chontacts yn fanno, cafodd wybod nad oedd neb o'r enw Mr John Jefferson wedi mynd drwy'r *departures*. Felly, mae'n rhaid fod Jiffy'n dal yno'n rhywle a gobaith iddynt ddal fyny hefo fo a'i din twyllodrus.

Ar ôl iddynt drafod drwy'i gilydd, penderfynwyd y byddai Cidw yn mynd ar ei union i Gatwick i chwilio amdano. Ond byddai gofyn iddo symud yn chwim.

* * *

Parciodd Carbo y modur tu ôl i un o'r garijis a oedd gyferbyn â'r stad o dai ble roedd Nefyl Snêls yn byw. Er fod ganddo ofn drwy ei din ac allan, roedd yn rhaid iddo ei wynebu er mwyn gwneud yn siŵr na fyddai'n mynd yn agos at Gronw na Fferm Bwlch y Gloch fyth eto. Cerddodd yn wyliadwrus tuag at ddrws rhif dau ond cyn cnocio, gwyrodd lawr, a mynd draw i sbecian drwy ffenast y gegin. Grêt. Dim ond Nefyl Snêls, Scotti Sneid a rhyw ddwy hogan ifanc iawn yr olwg oedd i weld yno.

* * *

Cafodd Cidw wybod gan Antonia ei bod hi wedi pigo signal tracyr Jiffy yn nherminal nymbyr tŵ yn Gatwick a cherddodd yntau cyn gyflymed ag y medrai i sbio ym mhob twll a chongol am y lleidar. Toedd hi ddim yn eithriadol o brysur yno trwy rhyw fendith a gobeithiai drwy'i gap stabal ac allan nad oedd Jiffy wedi mynd drwy *customs* eto. Eisteddodd i lawr i gael ei wynt ato, gan astudio gwyneba ac ystum pawb a âi heibio. Rhoddodd ganiad i Antonia a holi a oedd y smotyn coch wedi symud o gwbwl. O'r hyn a welai hi roedd Jiffy'n dal yn yr adeilad enfawr yn rhywle. Fel y gŵyr pob hocedwr sy'n nabod un arall, amheuai Cidw fod Jiffy ddim yn bell o ryw restront neu'i gilydd, neu o'i nabod o, yn wiglo'i din ar ben ryw stôl uchel yn sipian Martinis wrth y bar.

* * *

Ar ôl i Scotti Sneid agor y drws, tynnodd Carbo o allan, a gosododd biwtar o hed-byt ar bont ei drwyn. Yna cerddodd i mewn i'r ffau i wynebu ei elyn. Neidiodd Nefyl Snêls ar ei draed yn syth.

'Mae 'na foi owt cold yn rardd ffrynt a mae amsar te wedi bod genod, felly doswch adra at ych mama, ia? Ma' gen i a Mr Slyg yn fan hyn rwbath i'w drafod!'

Gwagiodd pob gwibedyn, *moth* a merch a oedd yn digwydd bod yn y tŷ trwy ddrws y ffrynt. Clodd Carbo y drws ar eu holau a mynd yn ôl i eistedd wrth y bwrdd reit yng ngwynab Nefyl Snêls.

Chwarddodd hwnnw yn frwnt yng ngwynab Carbo, cyn gynnig ei law iddo a gofyn, 'Ti'n Iawn, mêêêt?'

Syllodd Carbo yn hollol fud a llonydd, gan ganolbwyntio ar lygaid *bloodshot* Nefyl Snêls. Cododd Nefyl ar ei draed i nôl diod o'r ffrij ond roedd hi'n wag, fel ei enaid ynta. Triodd aildanio sbliff o sgync ddrewllyd o'r ashtrê a oedd eisoes wedi ei smocio lawr i'w chorcyn. Edrychai Nefyl yn anesmwyth iawn yn ei gartra ei hun.

Ar ôl dipyn, mi fymblodd Nefyl y geiria, 'Sefntîn they fuckin stuck in me.'

'Sefntîn o be?'

'Sefntîn o bastad stêpls gesh i ar gefn y mhen, oddan nhw methu stitsho fo fyny.'

'Nath dy frêns di ddim disgyn allan, naddo?'

'Naddo, lucky de! Gymi di banad?'

'Ddesh i ddim yma i yfad te, Nefyl!'

'Be fedra'i neud i chdi ta, mêêêt?' meddai dan chwerthin, ond ychydig yn llai sicr ohono'i hun y tro hwn.

'Pam fuast di a dy motli crew i fyny i'r ffarm?'

'Pa ffarm?'

'Ty'laen, ti'n gwbod yn iawn! Bwlch y Gloch, de. Be oeddach chi isho yno?'

'Be wyt ti isho yn 'y nhŷ i, Carwyn bach? That's what I want to know.'

'O'n i'n meddwl bo chi'n chwilio amdana i, felly ddosh i yma i dy weld di yli, i safio shwrna arall i chdi a dy motli crew. Felly be wyt *ti* isho, Nefyl?'

'Ti'n gwbod yn iawn. Revenge!' Pwyntiodd at ei ben bandijis. 'Am hyn.'

Chwarddodd Carbo ac mi gododd hynny wrychyn Nefyl. Babi clwt oedd Nefyl yn y bôn ac mi gachodd wrth sylweddoli fod ganddo neb fel bac-yp a bod y boi gyferbyn ag o ddim wedi galw yno am gêm o snap.

'Does 'na neb yn gneud ffŵl ohona i. Neb. Ti'n ffycin dallt y cont bach?' Cododd a thynnu Stanley blade yn slei o un o ddroriau'r gegin.

'Pam na estynni di am y samurai sword 'na sydd ar y wal tu ôl i chdi, Nef? Fyddi di'n gynt o lawar hefo honno yn byddi? Ond os wyt ti isho gneud damij i mi hefo dy gyllath bocad, crack on!'

'Fuckin try me pal.'

'Tyd ta, rŵan 'di dy gyfla di. Sticia dy stanli yna'i!'

Cododd Nefyl Snêls y blêd yn ara deg.

'Wel tyd, sgenna i'm drwy'r nos, sdi.'

Roedd hi'n stand off llwyr.

Cadwodd Carbo ei law dde uwch rhych ei din. Gwyddai ei fod yn pwsho'i lwc i'r eithaf. A oedd gan y Neanderthal mawr yma y *guts* i'w drywanu?

'Wel, dwi'n aros, Nefyl!'

Camodd Carbo ymlaen, nes ei fod fodfadd o drwyn y Neanderthal.

'Sgen i ddim pwt o dy ffocin ofn di 'li cos ti ar ben dy hun dwyt... Mond chdi a fi sy 'ma rŵan... A dwi'n cofio chdi a dy fêts yn cicio'r ffwc allan ohona i lawr cyt Pensyflog yn Port estalwm nes fod *chippings* yn 'y ngheg i. A ddosh i gnocio dy ddrws di ben bora a deud wrtha chdi na fedrwn i'm cwffio chwech ohona chi ar ben yn hun ond mi gymai chi on, one by one. Ti'n cofio?'

Gwelodd Carbo y sylweddoliad yn gwawrio. Rhoddodd Nefyl y gyllath i lawr ac eistedd nôl wrth y bwrdd.

'Chwara teg i chdi, Carwyn bach, ma gen ti bâr o fôls yn dod i fan hyn, I'l' tell you that! A ti'n lwcus bo fi mewn good mood heno neu fysa chdi yn shredded to ribbons… a ma siŵr bo fi'n haeddu bangar hefo ciw pwl am be ddudish wrtha chdi a dy fodan eniwe. Dwi'm isho hassle hefo chdi ddim mwy na'r gweddill ohonach chi, ok?'

'Dwi'n falch o glwad. Ond paid ti na neb arall o dy griw fynd yn agos at yr hen ffarmwr 'na eto, iawn, neu fydd y tyfiant diweddara 'ma sgen ti o sgync yn dy atig yn troi yn fwg gwyn yn llawar cynt nag wyt ti'n feddwl… Yn enwedig os ddaw hogia Lerpwl i wbod.'

'Is that a threat?

'Ffwcin reit!'

Nodiodd Nefyl Snêls. 'Ond dwi isho gwbod un peth, pwy ffwc ydi dy griw di, ta?'

'Dwi wastad yn fflio'n solo, ond maen *nhw* o hyd tu ôl i mi, cofia hynny… Ydan ni'n dallt yn gilydd ta be?'

'I suppose.' Gwenodd Nefyl Snêls, ag estyn ei law allan. Ysgwydodd Carbo hi.

'Wela'i di, Carwyn bach.'

Gadawodd Carbo yn dal i edrych arno. Peth annoeth iawn fysai troi ei gefn. Anadlodd yn ddyfn wrth adael rhif dau Troed yr Wyddfa. Troediai yn ysgafnach ei feddwl wrth i'w drenars Adidas adael eu hoel yn glir ar y tarmac wedi smwcan o gawod.

Tynnodd sbanar jac olwyn o rych ei din a'i gosod hi'n ôl yn nhrwmbal y Renj Rofyr.

* * *

Chwalwyd drws fflat Dafydd Aldo o'i hinjis a cherddodd

Terrence a Tyffdi Hustons drosto – wedi'r cwbwl, dim o Interflora oddan nhw wedi landio. Clywodd Aldo y glec. Ella ei fod o 'chydig bach yn *disorientated* wrth orwedd ar ei wely, ond gallai ogleuo traffarth o bell, ac mi oedd y traffarth hwn yn ddrewllyd o agos. Clywodd nhw'n troedio mewn i'w gegin.

Gwaeddodd Terrence, 'Right then Jiffy you little weasel. We've got a couple of minutes between us, and then, we'll come and get you. We're fuckin counting. And you ain't doin yourself any favours by hiding. Pops needs to know wot the fuck is going on. O'Malley got quartz delivered, not the rocks we packed. And you need to come with us to sort this out. Now!'

Agorodd Aldo ffenest ei stafell wely yn dawel, gwthio ei siwtces trwyddi, a neidio allan.

* * *

Roedd Les wedi holi ei bartnar in creim yn dwll ac wedi ei gwestiynu'n solat ers un deg munud dda, fel tasa 'na fai ar Mici am y golled ariannol.

'Dwi 'di deud wrtha chdi'n barod yn do Les, dwi'm yn gwbod mwy na hynny.'

'Bravo Michael Finnley. Ffocin bravo! A ten owt of basdad ten i'r Jiffy 'na felly de. Ffor ffyc mi Meri Adams, be 'da ni'n mynd i neud?'

'Y ni? Y ni? O lle gest di'r *ni* 'ma mwya sydyn? Gwranda, mae'r joban wedi darfod dydi? Mae'r ops drosodd, rhyngthyn nhw a'u petha ydi hi o hyn ymlaen, ynde?'

'O wela i! So dio'm otsh gen ti fod yn pres ni ym mhocad rhywun arall felly nacdi?'

'Fel ddudish i wrtha chdi. Joban i Gronw a'r teulu odd hon i mi. 'Da ni wedi talu'n ôl i Hustons and Co am be nathan nhw.'

'Beg iôr pardyn! Be am y cash ddat ai am owed?'

Ysgwydodd Mici ei ben wrth eistedd nôl a rhoi'i draed *brouges* ar ben y bwrdd.

'Mae o 'di mynd, dydi!'

'Wel, diolch yn fawr am ffyc ôl felly de. Dwi'n dibynnu ar y cash 'na dydw a ma myddyr hefyd. Ond 'na fo, mi wyt ti'n iawn dwyt. Lifing in lycshari and lwcing affdyr nymbyr wan as per ffycin iwshiwal!'

Gwylltiodd Mici. 'Gwranda, heblaw amdana i...'

'O 'ma ni eto! Tyd â hi ta, heblaw amdana chdi 'sw'n i'n nunlla ia? Cofia di hyn. Y fi ffendiodd chdi pan odda chdi ar dy benglinia yn gwtar ar St Mary Street a dy ben di'n siot tw buts...'

'Yli, does 'na ddim fedra i neud ar hyn o bryd ocê, helpa'i chi allan os y medra i ond mi ddudish i wrtha chdi mai hon fydda'r joban ola i mi yn do... yn do?'

Atebodd Les ddim.

'Dwi wedi gaddo i Julia mod i am aros o gwmpas o hyn ymlaen a fedra'i ddim mynd nôl ar 'y ngair chwaith. Dwi'm isho gneud hynny iddi eto.'

'O wela i! Felly ti owt wyt a ti ddim isho mynd â'r peth yn bellach?'

'Nag oes! Gad iddyn nhw sortio'r broblem allan rŵan de.'

'O wel. Thancs a bynsh usynt ut! Ond os na felna wti'n gweld petha...'

'Ia, felna dwi'n gweld petha, rŵan doro gora iddi.'

'Wel ai nefyr. Feri dusapointing, Michael, feri dusapointing 'fyd.'

Bu tawelwch wrth i Les sbio lawr ar ei sgidia *slip ons* du gan bigo ei drwyn a gwneud pelan fach gyda'r snot a'i fflicio.

'Tynna dy fysidd o'r pot jam 'na a defnyddia dishw wir dduw!'

'Ma'n cash ni gyd wedi mynd lawr y swani felly yndi?'

'Yndi Leswold, mae hi'n edrych felly, dydi!'

'Wel ffyc mi a finna di ordro lyfli o siwt *light grey* newydd sbond a sgidia lledar *dark tan* drud hefo lesys, fatha y rei sgin ti am dy badyls.'

'O lle ordris di nhw? O Harrods?'

'Ffac off, o catlog myddyr siŵr. Ma'r tŷ cw'n llawn o sosbenni, ornaments a bob math o shait gynnon nhw, a ma hi wedi ordro hors ddillad newydd a jacets newydd i'r licyl dogis, usynt ut. A dwi 'di gaddo talu am drip tyrci and tinsel iddi yn Wesdyn Swpyr Mare dolig nesa.'

'Wel chwara teg i chdi,' meddai Mici yn ddifynadd tra oedd o'n sbio ar ei ffôn.

'Be? Dio'm otsh gen ti?'

'Rhwng chdi a dy betha ma hynny yn de?'

Bu tawelwch rhwng y ddau am ychydig, cyn i Les fentro dweud.

'Ond, ym… thing us… gesh i noson go hegar o gamblings yn y casino deud gwir 'tha chdi.'

'O, da ŵan. Mwy o newyddion i godi 'nghalon i.' Sbiodd ar ei gyfaill. 'Faint gollist di?'

'Sicsdi cwid… a wedyn… wel ofynish am gredit, do?'

'Gan bwy?'

'Ms Huang, manijyr y Dyrti Cassi's.'

'O ffyc mi Les, ti'm 'di bod yn fanno eto? Be ddudish i wrtha chdi? Cad yn glir o'r lle ag aros nes fod y pres y deimonds yn dy acownt di ynde…'

'Ai nô Mici.'

'Faint o gredit gest di!?'

'Wel it ôl amownts yp dysynt ut...'

'Faint chwalist di yna?'

Dechreuodd Les gyfri efo'i fysedd fel plentyn.

'Faint? Ffocin deutha'i! Faint gollist di?'

Tynnodd Les ei sbectol rhag ofn iddo gael peltan. 'Twenti ffeif, give or take.'

'Gif or têc! Gif or ffycin têc. Twenti ffeif be? 'Da ni ddim yn siarad am newid mân o siop gongol dwi'n cymyd nagdan? Faint yn union?'

'Twenti ffeif.'

'Grand?'

'Iyp...'

Disgynnodd gên Mici Ffin i'r llawr.

'O'n i meddwl bod y cash gynna'i yn do'n, Michael! Ai dudynt ecspecd i'r Jiffy 'na ddwyn y Jaffa Cêcs i gyd a ffwcio hi ffwr hefo nhw yn nagon! Felly es i owt on ddy town do... as iw dŵ...'

'Owt on ddy town! Owt on ddy ffycin town! Wyt ti mond 'di bod nôl yn Trenchtown 'ma ers 'chydig oria, a ti 'di manijo i wario ffortiwn y ffocin idiot. Miloedd na sgin ti ddim i wario! Ffyc mi!'

'Y mhres i oedd o.'

'Naci, ddim dy bres di oedd o. Doedd o ddim gen ti i ddechra hefo'i nagoedd! A fydd o ddim yn hir iawn nes fydd henchmen Ms Huang ar dy ôl di. Ma nw'n beryg bywyd siŵr! Y ffocin idiot!'

'Ia, gwd point. Ond cyn ti wylltio hefo fi ynde, Mic, dwi wedi meddwl dros yn hun am unwaith.'

Dywedai yr ymarweddiad ar wep Mici bopeth. 'Go on ta, tyd â hi i mi...'

'Wertha i 'y Nghapri a'n shâr i yn y garij 'ma nôl i chdi usynt ut. Fedran ni dalu nhw'n ôl wedyn. Sorted.'

Eisdeddodd Les dan wenu yn falch iawn ohono'i hun ond fedrai Mici ddim cuddio ei gynddaredd.

'Y *ni*? Y ffycin *ni*!? 'Sarna i ddim ceiniog iddyn nhw!' Collodd Mici ei ben a'i hunan reolaeth yn llwyr. 'Dwi 'di prynu y Capri shait 'na a dy siâr di yn y garij 'ma yn ôl gen ti ugeinia o weithia yn barod a thalu dy ddyledion di droeon. Dim dy ffocin dad di ydw i...'

'Ond Michael...'

'Na Les. Mi wyt ti ar ben dy hun ar hon, sori. Dwi 'di blino ar bobol sy'n trio piso lawr y nghefn i a deud bod hi'n bwrw, iawn? So go on, ffyc off. Rŵan!'

'Hang on ffor e munut.'

'Na. Dos oma! A paid ti â meiddio sbio felna arna i. Cwyd oddi ar dy din tew a dos oma.'

Gwyddai Les o dan amgylchiadau fel hyn mai gadael reit handi fysa'r peth gorau iddo'i wneud o ran ei iechyd. Wrth iddo drio mynd am y grisha fel daeargi am dwll cwningan, daliodd Mici o gerfydd ei golar; ei droi rownd, a dweud wrtho yn beryg dawedog.

'Tyd ti i nôl dy dŵls a dy geriach i gyd o'n garij i ben bora fory, iawn! Ma'i drosodd rhwngtha chdi a fi.'

* * *

Agorodd Carbo glo drws cefn y Cob Records mewn *nanno second*. Roedd o am gael gafael ar CD arall o *Kaya* gan Marley am fod yr un oedd ganddo wedi dechra sticio ar 'Misty Morning'. Gwyddai y gallai lenwi'i bocedi efo arian o'r *till* tra roedd o wrthi a dwyn unrhyw albym a liciai o'r rhesi taclus, ond wnaeth o ddim. Nid dyna oedd y flaenoriaeth. Cael cwmni hen ffrind yn canu ei hen farddoniaeth oedd yn bwysig iddo heno, y Rasta a'i rythm, a nodau y genod cefndirol yn arwain y grŵf lawr y lôn. Canodd larwm Cob Records wrth iddo'i gloi ar ei ôl ac fe sgrechiodd y gwylanod dros harbwr Porthmadog.

Anweddodd Carbo drwy'r tarth dros y Cob, cododd ei fawd ar y Glaslyn a'r mynyddoedd anweledig a warchodai y rhan hon o'r ddaear. Hamrodd y Renj Rofyr am y topia ac i lawr trwy bob llannerch a glyn.

* * *

Tynnu'r siwtces ar ei ôl oedd Dafydd Aldo a'r unig sŵn a glywai oedd gwich yr olwynion bychin yn croesi cracia'r palmentydd. Ffoniodd *voicemail* a gwrandawodd ar y negas.

'Tyd nôl adra os wyt ti isho y machgian i, mae'r drws cefn o hyd yn gorad i chdi.'

* * *

Gorweddodd Mici ar y soffa ledar i gael pum munud bach tawal. Wrth i'w feddwl fynd yn 'sgafnach a'i anadlu'n ddyfnach, dechreuodd chwyrnu.

Clywodd sŵn taran drws mawr glas y garij yn cael ei agor. Neidiodd ar ei draed. Gwnaeth baneidiau cryf o goffi du wrth i'r prentis droedio fyny'r grisha fesul tair. Newydd chwythu allan oedd storm Leswold ac mi oedd yna gorwynt nerthol arall newydd ruo i mewn drwy'r drws.

'Sud siwrna gest di?'

'Mae o yn chwip o fashîn dydi, pasho pob dim mond pympia

petrol! Eniwes, dwi'm yn cofio llawar am y siwrna. Odd 'na betha erill ar yn meddwl doedd... So be di'r crac diweddara?'

'Reit ta, ma'i fel hyn yli...' Mi oedd Mici ar fin dweud be di be ond chafodd o ddim cyfla i esbonio.

'Dwi'm yn ffagin coelio bo ni 'di colli y pres 'na i gyd.' Cliciodd ei fysedd. 'Jysd felna. A dydi Gandalff yn Bwlch y Gloch ddim yn ryw hapus iawn chwaith! Mi gafodd Ffred y ci lwmp o gic gynno fo dan ei din cyn mi adal. Bechod.'

Sipian ei goffi wnaeth Mici a meddwl ar ei draed unwaith yn rhagor.

'A be sydd gan Leswold i ddeud am y llanast 'ma, ta? Dio'm yn atab i ffôn i mi am ryw reswm.'

'Ti'm isho gwbod!'

'Wel, lle mae o, ta? Wn-i, wedi mynd i nôl têc awe i'r chinese 'na sy'n gorad 24/7 ia? Ffonia fo i ddod â duck fried reis a barbyciw ribs in hyni sôs i mi tra fod o wrthi, atebith o ei ffôn i chdi gneith! A gofyn iddo fo ddod â bag o prôn cracyrs hefo fo 'fyd. A be bynnag arall wyt ti awydd. Dala i yli! Iesu, mond dwy biffdan ag awyr iach dwi 'di gal drw dydd, dwi'n ffycin starfio.'

Collodd Mici ei limpyn. 'Cau dy dwll cacan am funud nei di a dyro gyfla i chdi dy hun ddod fyny am wynt, wir dduw.'

'Acin-el. Be sy? Be dwi 'di neud ŵan?'

Teimlai Mici y pryder yn dechrau cymryd drosodd unwaith eto, anadlodd mewn ag allan yn ddyfn a rhwbio'i wep.

'Dim, dim byd. Dwi wedi gorfod gadal i Les fynd, iawn!'

'Be? Ti ddim di rhoid y sac iddo fo?'

'Do, mi ydw'i. Ond mae hi'n sori hir a dwi'n nacyrd iawn! Eniwe, dwi'n goro mynd oma am dipyn, ok?'

'Iawn, dim probs.'

Taflodd fwnsh o oriadau draw at Carbo ac mi ddaliodd yntau nhw efo un law.

'Mi fydd y mecanics yn cyrraedd yma erbyn wyth y bora. Maen nhw'n gwbod be sy angan i neud, ond cofia di hyn! Pan ddaw Les draw yma i nôl ei betha yn bora, don't get involved! Rhwng y fo a fi ma hyn, dallt?'

'Yndw siŵr.'

'Dwi angan brêc am dipyn.'

'Ia iawn. No probs mêt. Wti'n ocê wyt?'

'Yndw.'

Gwyddai Carbo yn iawn nad oedd o.

'Ma Polish yn gwbod be di'r sgôr yma, unrhyw broblam, siarada hefo fo.'

'Ymm... pwy 'di Polish ta?'

'Fyddi di'n gwbod pan weli di o. Y fo sy'n cadw'r lle 'ma i fynd i mi, gna di dy waith, a be bynnag ofynnith o i chdi neud hefo'r ceir. Jysd gwranda ar be mae o'n ei ddeud wrtha chdi i neud, iawn! Tydi o ddim yn anodd i foi o dy galibyr di yn nacdi?'

'Ocê, ocê, got it.'

'Mi fyddi di ar gant ag ugain y dwrnod i ddechra arni.'

'Iawn, diolch.' Goleuodd ei lygaid wrth sylwi fod Mici yn cynnig y joban yn swyddogol iddo.

'A dos â Caprî Les draw at Mr Ferry pan gei di gyfla fory.'

'Be? Ti ddim am sgrapio Caprî Les nagwyt?'

'Am unwaith cau dy ffocin jops, nei di! A jysd gna fel dwi'n ofyn i chdi... plis!'

'Iawn, sori.'

'Wela'i di nes mlaen.'

Rifyrshodd Mici allan o'r garij yn y Renj Rofyr a dechreuodd Bob Marley ganu 'Sun is Shining.' Hogleuodd fwg baco y cynyrrwr. Toedd Carbo ddim i fod i smocio yn ei gar o. Gadawodd i'r gerddoriaeth chwara wrth iddo yrru tuag adra. Gwelodd fod haffan o'r smôc wedi'i gadael yn yr ashtre. Er gwaetha ei hun, mi daniodd hi. Y gynta ers blynyddoedd. Sugnodd arni a throdd y gerddoriaeth yn uwch.

Newidiodd goleuadau traffig y gyffordd yn goch a meddyliodd yn siŵr fod y golau'n fwy llachar na'r arfar. Dechreuodd ddrymio'r sdiring wîl i guriadau gwych 'Easy Skankin' fel tae o'n clywed y gân am y tro cynta. Daeth dreifar tacsi o'r tu ôl i darfu ar ei barti bach a chanu ei gorn yn ddibaid dan weiddi yn groch fod y goleuadau traffig wedi newid i wyrdd ers meitin. Ffliciodd wreichion y biffdar i'r awelon wrth yrru i ffwrdd.

* * *

Deialodd Carbo rif Les Moore ar ffôn offis y garij er mwyn cael ei ochor o o'r stori ond aeth yr alwad yn syth i'w beiriant atab.

'Feri sori, ai can't tec iôr côl tŵde. Gadewch e mesij, lîf e negas affdyr ddy pips.'

'Leswold fi sy 'ma. Eto! Ffonia fi'n ôl nei di y twat tew.'

* * *

Gyrrodd Cidw ei union leoliad at Antonia fel y gallai fod yn *locked on* i'r targed. Dechreuodd Cidw hela unwaith eto. Brysiodd mewn ac allan o'r baria dirifedi.

Ffoniodd Antonia.

'No go! S'mo fe ma.'

'Mae'r dot coch yn llonydd Cid, ma 'di stopio ers dipyn. Aros funud bach, mi wyt ti yn y lle anghywir siŵr! Yn ôl y floor plan sgen i, dos heibio Costa a Smiths. Mae'r dot coch wedi aros yn llonydd yn agos i fanno. Mae'n dal yna... sbia o dy gwmpas.'

'Yffach, beth ti'n feddwl wi'n ei wneud, fenyw? Bwco ffleit? Ofyr and owt.'

Cerddodd Cidw yn frysiog, yn nôl i le bu yn gynharach, i eistedd er mwyn cael ei wynt ato ac edrych le oedd y smotyn coch ar ei fobail erbyn hyn. O'r toiledau y tu ôl iddo, daeth Jiffy allan mewn dillad newydd a *baseball cap* wedi ei dynnu yn isel dros ei dalcian. Ni welodd 'run o'r ddau ei gilydd...

Cododd Cidw a mynd am y toiledau. Ciciodd pob drws ciwbicyl caeedig yn agored, gan ddal amball un yn cael cachiad, ac amball un arall yn mwynhau mwy nag y dylian nhw uwchben y potia cachu. Ac yno, ar lawr wrth doilet un o'r ciwbicyls, gwelodd y *swag bag*.

Ynsipiodd y bag ar frys, a chanfod ei fod o yn llawn o hen ddillad a bog rols.

* * *

Toedd gan Aldo ddim i'w golli bellach. Eisteddodd ar gasgen yng nghefn tafarn y Golden Lion i ddisgwyl am Barbra y landledi i agor drws cefn y tŷ potas. Dechreuodd bigo bwrw a dechreuodd yntau ypsetio eto ond doedd ganddo ddim dagrau ar ôl yn ei gyfansoddiad. Clywodd sŵn goriad yn troi yn y clo ac fe agorwyd y drws cefn iddo. Safodd Barbra uwch ei ben fel angal o achubiaeth.

'He said you were coming, come in love!'

Cerddodd yntau gyda chymaint o urddas ag y medrai unrhyw un yn ei sefyllfa.

* * *

Tymer giami iawn oedd ar y Cidw wrth iddo droedio yn ofalus am y fflat roedd Dafydd Aldo a Jiffy yn ei rentu ganddo. Gwelodd fod y drws ffrynt ar wastad ei gefn yn yr agoriad. Aeth i mewn yn wyliadwrus. Roedd hi'n dywyll yno. Arhosodd yn ei unfan a disgwyl i'r strydoedd chwydu eu golau oren drwy'r ffenestri. Yn dawel dilynodd wal y pasij wysg ei gefn tua'r gegin a theimlodd ei ffordd at y bwrdd. Gwrandawodd yn astud. Doedd dim smic i'w glywed yno. Roedd y fflat yn wag. O leiaf y gwyddai fod Dafydd Aldo yn saff. Criciodd ei war a sythu ei gefn, cyn mynd i agor drws bach y bocs ffiwsys er mwyn rhoi gola ar betha. Yna agorodd pob drôr a chwpwrdd a dechra chwilio drwyddynt yn meticiwlys. Ar ôl tynnu jacet ei siwt, ei wasgod a llacio'i dei melyn tywyll, chwilotodd am sgriwdreifar dan y sinc er mwyn ailosod y drws. Cafodd straffîg a hannar a chontiodd yr aer yn las-biws wrth drio sgriwio'r hinjis nôl i'r ffrâm. Meddyliodd i'w hun y dyliai wedi gneud fflit sydyn oddi yno ers meitin, ond cyn iddo symud ymlaen i unlle arall, mi oedd o angan ei cut am y joban ddiwethaf.

Wrth gwrs, roedd ganddo eisoes job arall ar y gweill. Joban syml y tro hwn, dim ffrindia na theulu yn infolfd. Mond y fo fyddai'n rhoi ei blania cyfrin ar waith. Deg acar o dir yn y Dordogne oedd dan sylw. Deg acar o dir eitha diffrwyth, ond gyda'i reddf a'i weledigaeth o yn y busnas gwin, dylai petha fynd yn ffafriol iawn iddo am unwaith. Roedd o eisoes wedi gosod y sylfeini i'r fentar. Gyda chymorth saith o labrwrs gora Ffrainc oedd ar *stand by* i dyllu ffoes dwy filltir o hyd liw nos i gysylltu â pheipan ddŵr pentref cyfagos, mi gâi yntau wedyn ei siâr o'r winllan sychedig a chanran fach o'r *profits* gwin gan berchnogion y Château des Souris yn y Dordogne.

Roedd o hefyd wedi prynu gwin rhad dros flwyddyn yn ôl o gefn lori yn Bordeaux a'i dywallt yn ofalus mewn i fareli derw er mwyn ei aeddfedu a chael y *tanning* cywir. Ac mi oedd buddsoddwyr cyfoethog wedi talu *deposits* mawr i dderbyn y gwin ganddo fesul bocseidia. *Plan ahead* oedd hi hefo fo bob tro. Y *long con*. A'r cwbwl fyddai o'n gorfod ei neud am ryw dri mis fyddai deud wrth y labrwrs i wasgaru cachu ceffyla, gwarthag, geifr a ieir, a be bynnag arall oedd yn y doman dail, a'i aredig yn ddyfn nôl i'r weryd er mwyn ffrwythloni gwreiddiau y winwydden. A hyn oll, heb iddo yntau orfod baeddu dwylo. Mond lownjo, bwyta, ac yfed *vino* yn yr haul tanbaid dan gysgod y Pyrenees. Edrychai ymlaen at adael Llundain a'i firi. Mi roddai hefyd y cyfle iddo wneud mwy o ymchwil er mwyn canfod ei rieni gwaed gan fod yr holl beth wedi bod yn ffrwtian yng nghefn ei feddwl ers claddu ei rieni maeth sawl blwyddyn yn ôl.

* * *

Cyrhaeddodd Mici ei gartra mewn hwyliau fel tasa fo wedi datrys pob problem oedd ganddo. Cerddodd gyda dawns fach sionc yn ei gerddediad wrth iddo fynd fyny'r grisha llechi a throi y goriad yng nghlo'r drws ffrynt. Agorodd a'i gau yn dawal. Doedd dim smic i'w glywed gan y plantos, dim sŵn eu chwerthin i'w glywed yn dod o'r llofftydd wrth iddyn nhw gadw reiat, nac ogla brecwast a thôst yn dod o'r gegin chwaith. Mae'n rhaid fod neb wedi codi eto. Tynnodd ei jaced a'i hongian ar fwlyn gwaelod y grisha.

'Dwi adra, pishyn.'

Clustfeiniodd. Dim ymateb. Roedd y tŷ yn iasol o dawel.

Brasgamodd i'r gegin gefn to gwydr ond toedd dim hoel o neb na dim i'w weld yn fanno chwaith. Teimlodd y teciall gyda'i law, ond dŵr oer ddoe oedd ynddo.

Rhedodd fyny'r grisha am stafell wely ei blant a gwelodd fod eu gwlâu gweigion wedi eu gwneud yn dwt. Gwyrodd i lawr i edrych o dan y gwlâu rhag ofn eu bod yno'n cuddio ond dim ond tedi bêr a doli glwt a welai yno.

Dechreuodd glywed lleisiau bygythiol yr Anhysbys yn ei ben. 'Your family Michael... We will find you...' Ac yna llais Terry Huston a loriodd yn nhoiledau llong y *Celtic Pride*, 'I don't like your attitude, you Welsh prick.' Cafodd ddos hegar o drip drwg a disgynnodd mantell o bryder drosto. Teimlodd ei galon yn pwmpio'r gwaed yn ei glustiau a daeth blas sur fel asid i flaen ei dafod. Troellodd lluniau erchyll drwy'i feddwl fel ffilm yn rhedag am yn ôl yn gyflym, a fflachiodd amball i ddelwedd echrydus o'i wraig a'i blant o flaen ei lygaid.

Agorodd ddrws eu stafell wely yn ara deg. Gwelodd ei adlewyrchiad mewn drych ac fe'i dalwyd yn y foment gyda'i ddwylaw yn dal ei reiffyl sneipar o'i flaen unwaith yn rhagor. Taerai ei fod yn gallu teimlo'r gyrlan ddur yn oer o dan ei fys tanio, blasodd yr aroglau oedd yn dychwelyd i'w ffroena pan fo ofn ag adrenalin yn coethi. Methodd â llyncu ei boer sych a chaeodd y byd amdano. Dychwelodd y *flashbacks* cignoeth fel sleids ffilm ar y wal o'i flaen. Mamau a'u plant bach yn sgrechian drwy lwch a mwg, yn gegagored, wedi'u rhewi mewn gwewyr diamgyffred.

Trodd mewn dicter llwyr a rhoi dwrn i'w adlewyrchiad yn y drych. Craciodd yn ara deg fel gwe pry copyn. Gwelodd gannoedd o Mici Ffins eraill yn sbio'n ôl arno dan chwerthin a'i watwar.

Rhoddodd dair clec arall i'r drych nes fod y gwaed yn tasgu o'i ddwrn hyd y siling a'r waliau a chyllyll main gwaedlyd yn disgyn rownd ei draed.

Trodd at y gwely, gwelodd amlen fel pluan angel ar glustog. Cododd y llythyr wrth i'w waed ddiferu o'i figyrnau hyd y clustogau gwynion.

* * *

Torrodd pelydrau y wawr drwy ganghennau'r coed a chreu distiau melyngoch ar draws y caeau. Dawnshiodd y sgwarnogod drwy darth y bore bach a hoel eu traed bychin yn batrymau dirifedi ar y gwlith. Cydiodd Antonia yn ffrwyn un o'i hoff geffylau a'i arwain yn dawel a bodlon o'r stabal at ei farchogwraig. Pobol efo waledi llawn ac eneidia gweigion oedd y rhan fwyaf o gwsmeriaid y stablau. Gwragedd i bêl-droedwyr oedd yn methu taro'r rhwyd heibio gôl-geidwad un fraich a bancars na wydden nhw ddim be i neud efo'u harian. Rhain oedd y *Cheshire set*. Toedd gan y rhan fwyaf a ddeuai yma i farchogaeth ddim unrhyw fath o barch at yr anifeiliaid gosgeiddig na rheolaeth drostyn nhw.

Cyfarchodd Antonia y ddynas a oedd 'run lliw â thanjarîn o'i thraed i'w thalcian. Cododd honno ei hun yn drwsgl i'r cyfrwy ac o fewn dim, dechreuodd y ceffyl ymateb yn afreolus a dangos gwyn ei lygaid. Er ei hymdrechion gora i drio rheoli'r anifail drwy ei chwipio'n frwnt a'i gicio'n yn ei ystlys gyda sodlau ei bŵts reidio drudfawr, anwadal oedd osgo'r ceffyl. Gwingodd Antonia wrth eu gwylio. Toedd y farchogwraig ddim yn deall natur yr anifail a toedd yr anifail yn bendant ddim yn deall ei natur ffuantus hitha. Mi aeth y ceffyl â hi ar ras wyllt ar hyd y tracia tywodlyd a phrin y gallai'r farchogwraig aros yn ei chyfrwy.

Derbyniodd Antonia y march yn ôl gan Lady Tanjarîn tra'n

gwrando arni'n bloeddio dros y stablau fod y ceffyl a wariodd filoedd arno, yn rhy jittery iddi hi o lawar.

Gwyddai Antonia fod dealltwriaeth a bodlonrwydd yn treiddio rhyngthi hi a'r anifail hwn. O ryddm ei garlam, daw eu hundod perffaith.

* * *

Hen fora tamp oer a digon annymunol oedd hi yn y ddinas wrth i Carbo gyflwyno ei hun yn fonheddig i'r pedwar mecanic a ddaeth i'r garij y bora hwnnw a rhoi cwpanaid o Bovril yn eu dwylo. Edrychodd pob un yn amheus iawn arno a chiledrych ar ei gilydd wrth gymryd sipsan. Dim oherwydd ei fod wedi gwneud panad o Bovril iddynt, ond am fod o newydd ddefnyddio teciall a phethau gwneud panad Polish, a gwaeth na hynny, yn yfad o gwpan y dyn 'i hun. A phan landiodd hwnnw yn y garij, aeth pob un o'r mecanics yn syth at eu gorchwylion a gadal Carbo yn sefyll yno fel lembo.

Cododd Carbo ei gwpan i'w gyfarch ac o'r eiliad honno, cafodd wybod pwy oedd Polish.

'No! No! No and no! Don't you ever touch my cup again. Hasn't Michael taught you anything!?'

'About what?'

'About how I run this operation!'

'No.'

'Well I will explain… My kettle, my cups, my boys and my rules.'

Edrychodd Carbo yn hollol hurt arno.

Cipiodd ei gwpan fetal o afael Carbo.

'Listen here you little hoodlum!'

Cipiodd Carbo y gwpan yn ei hôl.

'Who are you calling a little hoodlum?'

Gwylltiodd Polish yn waeth nag oedd o'n barod. Codwyd pob bonat yn y garij a rhoddodd y mecanics eu pennau o danynt er mwyn mochal rhag y storm o eiriau a oedd ar ei ffordd.

'Don't you ever touch anything here unless I tell you to do so!'

'Aclwy mawr, calm down will you, wir dduw.'

'Don't you dare tell me to calm down. And don't you touch anything else in here bar your own tools, you are right at the bottom of the pecking order here. Do you understand?'

'Iesu goc. Yes.'

'Or things start to go missing here. Vital components for the cars. Have I made myself clear?'

'Yes. Crystal.'

'Everything has it's place in here, including you, and you better remember it!'

'Ok.' Dechreuodd Carbo gerddad oddi wrtho.

'I haven't finished with you yet.'

Trodd Carbo ato. 'What?'

'They don't lose nuts and bolts in Formula One, do they? Why? Because if they lose them, their cars come apart on the tracks and it costs them the race and millions of pounds with it!' Trodd at y mecanics. 'Or what else can happen my boys?'

Cododd pob un eu pennau o dan y boneti fel tasa nhw mewn adfyrt i Kwik Fit.

'Driver dead,' meddant mewn un llais.

'Correct!'

'I better go polish your cup then Polish,' atebodd Carbo yn chwim a miglodd hi o'i olwg yn reit ffwgin sydyn.

Roedd taclusrwydd a pherffeithrwydd yn *be all and end all*

i Polish ac roedd Mici Ffin ar yr un donfedd â fo pan fyddai hi'n dod at y gwaith o adnewyddu moduron. Stripio hen geir gwerthfawr lawr i'w hechelion a wnaent, gan mai dim ond rhwd a mwd oedd yn eu dal nhw hefo'i gilydd pan ddeuant drwy'r drysau mawr gleision, ond ceir clasurol perffaith oedd yn gadael o dan y llen las bob un tro.

* * *

Datodwyd y clymau o bryder ym mhen Mici Ffin wrth iddo gysgu yn fflatnar ger y gwely gwag yn ei ddillad efo hannar potal o Penderyn yn hedfan drwy ei wythiennau a phelan fach dynn o eiriau yn ei ddwrn.

Mici.

Nest di addo bod chdi am ddod adra i aros hefo ni y tro 'ma yn do? Ond mi wyt ti wedi mynd i rwla neu'i gilydd eto. Felly, dwi wedi mynd â'r plant o 'ma am wylia bach, fel odda ni yn pedwar yn fod i neud hefo'n gilydd, os wyt ti'n cofio! Os fyddi di 'ma pan ddawn ni adra, wel grêt, 'na ni drio gneud go o betha ETO ia? Os ddim, wel, mae hynny fyny i chdi rŵan yn dydi.

Plis stopia redag iddyn nhw o hyd.

J a'r kids X

* * *

Mi oedd hi fatha noson tân gwyllt yng ngarij Michael Finnley efo'r sbarcs a'r fflachiadau weldio a phob un o'r mecanics yn brysur uwch eu gorchwyl.

Dreifiodd Carbo y tow tryc o flaen y drysau glas a'i rifyrshio i mewn yn daclus. Wrth godi Caprî lectric blŵ Les efo'r bachyn, landiodd Mici efo bandij am ei law a golwg arno fel tasa rywun newydd gachu yn ei gorn fflêcs. Wnaeth o ddim ond nodio ar y criw a thra fod glaw trana yn taro'n galad ar do'r garij fel drym rôl, mi oedd hi'n *down tools*. Dilynodd y mecanics y Sarjiant fel milwyr am y stafell panad yn cefn. Dilynodd Carbo y trŵps heb abadeia o be oedd yn mynd ymlaen. Mi gymrodd bawb ei sêt rownd y bwrdd. Arhosodd Carbo ar ei draed gan ei fod o'n din newydd. Sylwodd nad oedd Mici yn ei siwt smart arferol – ofyrols coch oedd ei lifrau, gyda *Ceir Finnley Autos* a *Gaffer* wedi'u gwnïo mewn eda wen i bocad y frest. Steddodd bawb yn barchus dawal o'i flaen.

'Afternoon. I'm sure you have all noticed, we have a long backlog of cars to finish and from what I see, nothing much has happened since I left you in charge Polish! You all seem to be turning spanners, but nothing is moving on, is it lads?'

Ddudodd neb ddim iot.

'I've got a visual on my garage 24/7 so I know exactly what's been going on. So, let me introduce you to our new mechanic, he's not the quietest of creatures.'

Chwarddodd Polish dan ei ddannadd.

'But he's a top mechanic. One of the best.'

Gwenodd Carbo ar Polish a chodi ei fawd yn goc i gyd. Toedd y dyn sbic and span ddim yn hapus yntôl.

'And here to help us get things moving along, ok? Any problems from now on, you go through him or Polish, is that clear?'

Teimlodd Carbo yn eitha balch ohono'i hun.

Nodiodd pawb, heblaw am Polish.

'So gentlemen... We're back on sixteen hour shifts from tomorrow morning, and I want that Merc out of here pronto. And that Ford Anglia, how long has that been here Polish, for fucks sake!'

'That's Les's job' atebodd Polish.

'Well listen, Les ain't here and he won't be from now on either. Jesus Christ, I left you in charge of a garage, not a garrison. Explain yourself.'

Allai Polish ddim atgoffa Mici ar y funud honno ei fod o wedi bod yn ei gartra yn gwarchod ei wraig a'i blant ac wedi llnau ei dŷ o o'r top i'r gwaelod deirgwaith ynghanol hyn i gyd. Ond wyddai Polish ddim fod amball un o'r mecanics wedi bod yn sleifio adra o'r gwaith yn gynnar tra'i fod o ddim yno chwaith.

'Well Polish? What the hell has been going on?'

Syllodd Polish ar ei ewinedd a rhoi gewin ei fawd danddynt i'w llnau.

'We've been waiting for parts, Michael,' meddai heb edrych arno.

Chwthodd Mici ffiwsan go hecdic.

'Waiting for parts! Waiting for fuckin' parts! We can get hold of any part for any kind of motor within a couple of hours. Go back to the books if you have to. Use our contacts for god's sakes. I've got people out there who can deliver a bomb here in less than an hour. And shove it right up your lazy arses.'

Sbio ar y llawr wnaeth pawb.

'Fuck me! Listen up lads, it's heads down, and arses up from now on. Yes!'

'Yes,' atebodd pawb yn un côr bach del.

'Esgusodwch fi, Mr Finnley?' meddai un llais clir ynghanol y miri.

Syfrdanwyd Carbo wrth sylweddoli fod 'na Gymro bach arall yn eu mysg.

'Ia, be tisho, Sgin?'

'Mae'r metel ni newydd gal 'da'r suppliers yn dene ofnadw a ma'r panel beater a fi wedi bod yn cal traffeth 'da nhw...'

'A lle mae y panel beater heddiw 'ma, ta?'

'Yn sbyti.'

'Be? Ydi o mor sâl â hynny?'

'Na, ei wejen e'n cal babi.'

'Acin-el! Un arall!?'

'Ie, y seithfed. Yffach o jobyn cofio pen-blwyddi y plant i gyd medde fe!'

Gwenodd Mici. 'Yndi ma shwr. Yli Sgin. Tacia'r stîl 'na hefo'i gilydd ta de, a gna un croen o ddau!'

'Ond ma fe'n costio'n ddrytach i chi felly yn dyw e?'

'Yndi a fydd o mynd ar filia'r cwsmeriaid hefyd, paid ti â poeni am hynny, ond diolch ti 'run fath. Ŵan cwyd oddi ar dy din a caria mlaen hefo dy waith, ia. Gwd lad.'

'Ok, Mr Finnley.'

Cynigiodd Mici y sêt wag i Carbo.

'Any other questions, gents?'

Chododd neb eu penna heblaw am un, sef Bean Paul oedd yn *six foot seven*.

'Why haven't we had our wages paid for the last couple of weeks then?'

Bu tawelwch llethol am rai eiliadau. Roedd Paul wedi pwsho'i lwc y tro hwn a phen ei fos yn dechra clecian ar ôl mwytho'r botal Penderyn.

'Listen Bean Paul, wages get paid when the cars leave my establishment, you ain't sprayed nothing while I've been away, so the cars aren't ready are they? And from what I've seen, you've only worked two days in the last fornight. That's nine days of wages for sitting at home on your sofa eating wotsits, and wondering why your cock's turned orange. Leave your overalls on the peg on your way out pal and fuck off.'

* * *

Gwrando ar hanesion diwrnod ei ffrind a'i chydweithiwr oedd Antonia yn restront The Thai Gate yng Nghaer. Methai'n glir â chanolbwyntio ar ei *spicy prawns in garlic and ginger* nac ar sgwrs ei ffrind chwaith, wrth drio dyfalu lle uffar oedd Jiffy erbyn hyn. A thra bod ei ffrind yn paldaruo 'mlaen am rwbath a rhywun a llawar o ddim byd, collodd Antonia ei hamynedd ac esgusodi ei hun er mwyn mynd i'r toiled.

Anadlodd yn ddyfn a deialu. Cafodd atab ar unwaith.

'Helo! Lonely hearts club!'

'Ha ffwjin ha Carbo, feri ffyni.'

'Wti'n iawn?'

'Yndw, chditha?'

'Yndw.'

Anadlodd y ddau mewn ac allan, yn swyn i glustia'i gilydd.

'Lle wyt ti ta?' holodd Carbo.

'Nôl yn Gaer.'

'Ga'i ddod fyny i weld chdi rywbryd?'

Atebodd hi ddim.

'Wel? Ga'i ddod i weld chdi ta be?'

Doedd hi ddim yn gwybod sut i'w ateb, mi oedd hi isio'i weld o'n ofnadwy, ac eto, teimlai nad oedd yr amsar yn iawn.

'Fysa'n well i ni adal betha setlo gynta, sdi.'

'Gadal be i setlo? 'Da ni ddim yn sôn am beint o Ginis yn fan hyn, sdi, nacdan!'

'Wn-i hynny, mae angan i ni glymu petha fyny gynta sdi'n does? A dydi mrawd ddim yn rhy grêt rhwng bob dim...'

‘Ffyc mi! Yli Tôn, ma hi’n edrych yn fwy na thebyg fod y pres wedi mynd dydi ac ella welan ni ddim hepsan byth eto. End of. Wyt ti isho ngweld i ta be? Sa well gan i wbod yn strêt gen ti rŵan.’

‘Dwi’m yn gwbod Carbo, dwi’m yn gwbod... Go iawn ŵan, dwi’n deud y gwir. Dwi angan amsar i feddwl am betha.’

‘Dwi’m ’di stopio meddwl amdana chdi... mae neud ’y mhen i mewn braidd!’

Bu saib go hir. Teimlodd hithau ei chalon yn llamu dan ei bron.

‘A dwi ’di cal start iawn yn garij gan Mici Ffin a bob dim, dwi back on the straight and narrow, fel ddudish i ’tha chdi fyswn ni’n gneud. Wedyn fedran ni gyfarfod medran, does ’na ddim byd yn stopio ni nag oes?’

Gwaniodd drwyddi. Mi fyddai cael pum munud bach yn ei gwmni yn ddigon i wneud iddi deimlo’n gynnas braf tu mewn. Ond be fyddai’n digwydd ar ôl hynny? Toedd hi ddim yn barod i rannu cyfrinachau ei chalon efo fo.

‘Ffonia’i di fory ok?’

Edrychodd yn y drych a gwenodd nôl ar ei hadlewyrchiad wrth dwtio’i gwallt ac ogleuo y gyrlan frein-ddu cyn ei rhoi yn ôl tu ôl i’w chlust.

* * *

Tu mewn i’w enaid ynghanol sŵn y garij, gwyddai Carbo mai ei blagio fo oedd hi. Gwaeddodd Mici mewn ffwc o dempar fel taran dros y cwbwl lot o dop y grisha.

‘Carbo, dwi’m yn talu i chdi fod ar dy ffocin ffôn drwy dydd. Dos â Caprî Les draw i lle Mr Ferry nei di!’

Neidiodd Carbo mewn i wagan y tow tryc a'i gyrru allan o'r garij. Ymunodd â'r lôn bost yng ngwaelod Penarth Road oedd yn gefeillio â'r lôn gynta am iard sgrap Mr Ferry. Ond doedd hi ddim am fod yn siwrna unionsyth fel a ragwelodd oherwydd bod deifyrshons ym mhob man. Trodd rownd mewn un cylch am ganol y dre ond toedd canol y ddinas ddim am wneud petha ddim haws iddo chwaith gan fod y lonydd trwodd wedi cau i gyd. Gwelodd bosteri mawrion yn hysbysebu bod Reginald Dwight am chwarae ei biano yn y stadiwm a chanu 'gwdbei ielo bric rôd' hyd at syrffed. Damiodd. Triodd droead am bont arall i groesi'r Taf ond roedd pedwar marshal a dau gopar arni yn ysgwyd eu penna ag yn edrach yn bwysig iawn yn gneud arwyddion arno i droi'n ôl gyda'r tryc towio a'r Fford Caprî yn crogi'n sownd yn ei gefn fel morfil marw. Ond doedd Carbo ddim am fagio'n ôl i ffwc o neb heddiw 'ma, yn enwedig i'r glas. Rhoddodd y gola melyn ymlaen i droelli ar dop y tow tryc.

Daeth plisman go ifanc ato a dweud fod y lôn wedi cau am y dydd oherwydd y cyngerdd mawreddog.

'See the Capri behind me?

'Yes.'

'Well offisyr, it has to be delivered to the stadium for Elton John's consyrt tw-neit. It's supposed to rise up through the stage with fire works during Benny and the Jets and I'm three hours behind as it is. I've got to unload it asap...'

Canodd ei ffôn.

'See! This is the stage crew calling me now...'

Atebodd yr alwad gan Gronw a rhoi ei fobail ar sbicar.

'Iawn fachgian, be niws o'r hen Drenshtown na?'

'Yes Giaffar, I'm two minutes away... Soon as I get through, see you in two…' Trodd at y plisman. 'Now please, can you let me through?'

A gan fod o'n blocio'r jyncshyn cyfa, a bysus a thacsis yn disgwyl yn un rhesiad hir tu ôl iddo i groesi, doedd gan y plismon ddim dewis arall mond ei adael trwodd.

'Sori am hynna Gron… Ma'r dre ma'n tshoc y ffycin bloc a ma 'na helmets yn bob man 'ma.'

'Dallt yn iawn.'

'O ia 'fyd tra dwi'n cofio, oddach chi'n iawn. Fydd na'm pres llyfu tshoc eisys hefo Musus Sibley o flaen y Bi and Bi 'na yn syni symyrset ma gen i ofn. Ma'r ffwjin lot wedi mynd… Ylwch, ffonia i chi'n ôl wedyn iawn?'

'Wrth gwrs. Ofyr and owt, ynte machgian i!'

Canodd ei gorn a'i ola'n troelli'n felyn ar y to wrth yrru lawr Westgate Street. Winciodd a chodi bawd ar y ffans a rheini yn clapio wrth iddo yrru drwyddynt yn tynnu'r Caprî fel Moses gynt yn agor y môr coch.

* * *

Tawel iawn oedd hi ym Mwlch y Gloch a dyn y ffridd yn teimlo'r hen ddaear yn troelli yn y gofod di-amgyffred a cheincia'r bwrdd fel gwynebau bychin yn edrych i fyny arno, yn chwilio am atebion nad oedd ganddo. Teimlai fod hiraeth a cholled yn llechu ymhob cornel o'r hen ffermdy a fflamau'r tân yn gwrthod rhoi eu llewyrch i'r cysgodion tywyll.

Rhoddodd goedyn a phrociad go hegar i gochni'r tân dan duchan a disgynnodd llwch ddoe i waelod y grât. Gwyliodd y fflamau yn ailgydio. Estynnodd am ei getyn a'i faco cachu jiraff a gwydryn o'r stwff peryg bywyd o'r botal yn y cwpwrdd cornel.

Rhedai Ffred yn honco bonco o amgylch y buarth ar ei gythlwng a brathodd amball i bluan o din yr ieir. Toedd y ci defaid annwyl ddim wedi cael sgrapyn o fwyd gan y ffarmwr ers sawl machlud.

* * *

Cerddodd Cidw drwy ddrws tŷ potas y Golden Lion a sylwi fod Aldo yn trio'i orau i ddal ei hun i fast dychmygol wrth i lanw o lysh ei hwylio i fyny ag i lawr ar ei stôl. Aeth syth fyny'r grisha am stafell ffrynt y fflat i gael meddwl be oedd y peth gora i wneud nesa. Eisteddodd a dechra gwaredu wrtho'i hun. Toedd 'na ddim pwrpas i Cidw drio siarad hefo Aldo heddiw. Châi o ddim pwt o sens ganddo beth bynnag – mond rwdlian yn ei gwrw fyddai o. Llaciodd ei dei am ei golar, tynnu ei gap stabal dros ei lygad dde, estyn am ei fobail personol a chwilio am rif y dyn Cadw Mi Gei, sef dyn o'r enw Harry O'Carrol, ei gontact hefo'r cysylltiadau hefo byd mawr bancio.

* * *

Roedd giatia iard sgrap Mr Ferry yn llydan agored a'i ferch fach naw oed yn opyretio'r craen mawr i godi car sgrap i ben tŵr o geir eraill. Gwenodd Carbo ac ysgwyd ei ben wrth weld y fath olygfa. Parciodd y tryc tynnu'r Caprî wrth ochor y giarafán. Neidiodd ohoni a rhuthrodd Zorro y ci dieflig o'i ffau amdano. Llamodd dros foneti ceir a dringo i dop ceir a oedd ar ben ei gilydd rhag i ddannadd miniog blaidd satan gael gafal ar odrau ei jîns o.

Dadfachodd ddolen y craen i'r ferch fach er mwyn iddi ollwng y car sgrap i'w le. Neidiodd Zorro fel bytheig a'i weflau'n ffrothio, yn awchu i frathu a chnoi Carbo nes ei fod yn swpyn o gnawd a charpia gwaedlyd.

Chwibanodd y ferch fach a diflannodd Zorro a hithau am y byngalo. Aeth Mr Ferry a Carbo i'r giarafán o offis.

'Mici Ffin wants to scrap the Capri.'

'If that's what Mr Finnley's orders are, I'd do exactly as he says if I was you, my friend, he's not a man to trifle with.'

'I need a big favour and I will return it at your will. I'm a man of my word.'

Gofynnodd Carbo i Mr Ferry a fuasai'n fodlon cadw Capri Les yn un o'i shedia yn y cefn. Addawodd y byddai'n dod nôl i sortio'r car mewn ychydig ddyddiau ond rhyw dwt-twtian a phendroni uwch ei gwpan wnaeth Mr Ferry.

'I'm not sure about this.'

Taniodd Carbo ei lygaid mawr brown i gyfeiriad Mr Ferry a chrefu arno i beidio darnio'r Caprî na rhoid ei gorff o mewn i'r gwasgwr mawr gneud tunia sardîns. Yfodd Mr Ferry glygiad ola o'i gwpan heb glustiau a bu ysgwyd llaw.

* * *

Roedd Cidw yn ôl ar yr helfa yn glyfar a chyfrwys, ei glustia i fyny a'i gynffon i lawr, ac yn barod amdani unwaith eto. Canfyddodd gan Harry O'Carrol fod cardyn Mr John Jefferson wedi ei ddefnyddio y bora hwnnw yn Bristol.

Holodd Cidw Harry ymhellach.

'When did he last use it?'

'7.17 this mornig in Greggs. Four pound sixty.'

'Keep a trace the card for me, I'll get back to you, and nice one by the way. I owe you one for this one.'

'As usual.'

Deialodd rif Bwlch y Gloch yn syth ar ôl diffodd yr alwad.

'Gronw, ma 'da fi bach o awyr iach i ni. 'So'i wedi trafod 'da'r gweddill 'to ond wi moyn gwybod be chi'n feddwl. Ma bosib fod byti bach dal ar yr un pridd â ni.'

'Be? Dal ym Mhrydain fawr wyt ti'n feddwl?'

'Yn gwmws. Mae'r pwrsyn dal 'ma ond beth mae dyn yn goffod ofyn i'w hunan yw hyn... I le yffach yr aiff e nesaf?'

'Wel ia siŵr iawn. Be wnawn ni?'

'Pidwch becso. Wi ar i gwt e! Ma 'da fi ddou ddyrnod nes mod i'n gorffod gadel am Ffrainc ond rhyngtoch chi a fi Gron, arhosa'i tam bach yn hirach er mwyn i ni gael beth sydd yn ddyledus i ni!'

'Champion. Da ti fachgian. A diolch ti am bob dim, ynte. Gwynt teg i dy hwylia di.'

'Gronw, grandwch. Wi moyn i chi gal Dafydd Aldo gatre asap. Ma fe lawer rhy agos i'r achos man hyn.'

'Iawn Cid, gad o hefo fi. Ofyr and owt.'

Eisteddodd Gronw yn ei gaer o gadair a chwarddodd wrtho'i hun wrth wincio ar lun ei wraig. Rhoddodd brociad i lygaid y fflam. Rŵan yn hytrach na gwylio'r tywydd drwy'r ffenestri a thin-droi hyd lle yn hel meddyliau, mi allai wneud bechdan corn biff a nionyn coch i ddathlu, gan fod gobaith i ddilyn y trywydd fel cŵn hela a dod o hyd i Jiffy a'u harian.

Mwythodd Ffred y ci tra bo hwnnw'n gorwadd o flaen y tân hefo stumog wag yn gwylio'r fflamau gleision yn denig fyny'r shimna i gnesu'r sêr. Llyfodd y ci defaid ei wefla yn obeithiol wrth i'w feistr agor tun corn biff.

* * *

Rowliodd Carbo un fach dew yn y tow tryc o flaen tŷ Meri Jên wrth wrando ar Marley am y canfad tro yn olynol. Taniodd ei blaen hi a llenwi'r cab hefo mwg a gwreichion. Gwyliodd y byd yn mynd heibio a cheffylau o gymylau bychin gwynion yn mynd heibio fel reid ffair. Taerai ei fod yn clywed negas dawel yng nghân y Rastafferian. Canodd 'No Woman no Cry' yn is-ymwybodol wrth neidio allan o'r tryc a fflicio'i smôc i'r gwter. Pwysodd gloch drws ffrynt tŷ Meri. Canodd dôn 'Y Gwanwyn' gan Vivaldi. Ond roedd sŵn y tow tryc tu allan wedi tynnu sylw Meri Jên graff, ac roedd hi wedi bod yn gwylio Carbo ers meitin o ffenast y llofft. Sylwodd 'run pryd fod angan golchi y net cyrtan mewn *bleach* a dŵr poeth gan fod blynyddoedd o anadlu a rhechan di-baid ei mab wedi gadal hen ogla cyfoglyd arnynt. Aeth i lawr i agor y drws i Carbo.

'Wel tyd mewn, cym in synshain.'

Cyfarthodd Bentli a Shandi, y cŵn iap iap, wrth iddo ddod mewn i'r tŷ a chlywodd lais yn gweiddi o'r stafell folchi.

'Os glywa i y ffwcin rug rats 'na yn cyfarth eto, I'll ring ddy lityl fuckers' necks a ddus teim ai mîn ut... Na'i adal chi ar ben ych hun's bach am byth tro ma's. Ffor efyr and a dê 'fyd so iw can beri ddy licyl dogis ar ben ych hun yn rar gefn!'

'How feri dêr iw Leswold, siarad am yn licyl dogis i felna, iw big igneramiys!'

Bu ennyd annifyr yng ngwaelod y grisha. Arhosodd Meri i glywed oedd ei mab wedi tawelu.

'Ma o ypsdêrs, yn ypsét ofnadwy's. Cael ei deili bath bach mae o byt symthing mawr has hapynd tŵ him. Tydio'm fel fo'i hun o gwbwls usynt ut... Reit, gymri di cyp of ti bach a jinjyr nyt hefo fi?'

'Ia grêt, diolch i chi.'

'Ond doedd 'na ddim busgwits gwerth eu cael yn Lidyl bora

ma, feri shodi siop ydi honna wedi mynd ai can tel iw, ma'i fatha Russia yna. Pawb yn ciwio am dorth a prŵns. Roi cetyl on i ni, ia?'

'Ia champion.'

'Ond paid ti â dwyn enithing mei lado!'

'Aclwy mawr, na i ddim siŵr!'

'Wel ista di ar dy dinpan fach ddel yn fanna o flaen y gas ffaiar and don't iw mŵf synshain. Dwi wedi siwpar gliwio bob ornament sydd gwerth i gal yn styc sownd i'r tall boy 'na ffor iôr inffyrmeshyn. Blydi lladrons yn bob man nowar dês usynt ut... Siwgwr?'

'Pardyn?'

'Yn dy cup of tea.'

'Dwy plis.'

'Jiws buwch?'

Edrychodd Carbo arni 'chydig bach yn conffiwsd.

'Llefrith usynt ut.'

'O ia plis, Mrs Moore.'

'Miss!'

'Be?'

'Dio'm otsh.'

Bu ebwch, cyn i'r cŵn ddechra iap iapian eto. Roddodd Meri Jên fusget ci yr un iddynt.

'A sud mae Gronw, the old fox?'

'Cofio ato chi, de.'

Taniodd ei llygaid mwyar duon fel dwy fatshan. 'Feisi fyrsi, Carwyn Robaitsh, feisi fyrsi. Ddewisodd o chdi am reswm usynt ut.'

'Be 'da chi'n feddwl?'

'Nything mei diar boi. Dim byd. Dyro'r teli on os wyt tisho, mi na'i banad i ni.'

Diolchodd Carbo a'i gwylio hi'n mynd am y gegin yn cefn. Cerddodd ynta'n dawal fyny'r grisha ac arhosodd tu allan i ddrws y stafell folchi i wrando. Mi oedd Les yn siarad hefo'i hun ac yn sblasho dŵr y bath pan oedd o'n gneud camgymeriadau wrth fynd drwy ei araith. Rhoddodd Carbo ei glust wrth y drws i glywed mwy.

'I am very sorry Ms Huang, but I don't have the money that I owe you on me today... at this moment in time usynt ut.'

Cnociodd Carbo ar y drws.

'For fuck me bacwyrds, be 'da chi isho ŵan eto myddyr? Cym in uff iw mysd, dydi'r drws ddim 'di gloi.'

Gan fod Les heb ei sbectols a stêm yn llenwi'r lle, sylwodd o ddim mai Carbo eisteddodd lawr ar y potyn cachu. Pashodd dywal iddo.

'Ffancs Mama.'

Chododd o ddim o'r bath mond rhoi'r tywal dros i ben i stemio'i wynab a chyfro'i dacla.

'Reit ffor startars, de myddyr, a dwi yn feri sori am hyn... ut us not gwd niws at ôl... Canslwch bob dim 'dan ni wedi ordro o catlog a gowch chi anghofio am y trip tyrci and tunsyl 'na 'dolig nesa cos dwi 'di gneud bôls yp o betha's troma. Ffor rial hefyd usynt ut... dwi'n feri sori ond dwi 'di colli pob dim a ffortiwn yn y casino. Dwi'n rili rili sori wydd ôl mei hart... A dwi am fynd â chi a fi oma am dipyn. Ai don't no wêr iet usynt ut. Licyl holides bach i ni'n dau a'r licyl dogis mewn chalet yn ganol nunlla. Felly ma hi'n amsar estyn y wadan o dan y fatras achos... wel... besicli... Does 'na ddim byd ar ôl i ni yn fama. Teim tw mŵf on ia a hynny reit sydyn 'fyd...'

'... A ma Mici Ffin wedi gorffan hefo fi am byths 'fyd. Sacd on ddy sbot a bai fi 'di hynny 'fyd. Ma nghar i yn sold as seen ma shwr. Lyfli o Ford Capri oedd o fyd, cyn i'r ffwcin Carbonara falu o tŵ buts. Ond ddat's ddy we ddy cwci crymbyls usynt ut, acsepd ior risponsopilitis Les. Dyna ydach chi wedi ddeud wrtha'i erioed ynde...'

Rhoddodd Les ei ben dan y dŵr a oedd fel bath glowr gan fod o newydd ddeio ei walld yn ddu bitsh hefo Just for Men. Yna, mi ddoth fyny am aer.

'Pashwch yn sbectols i mi... plis.' Cododd Carbo a'i gosod ar ei drwyn cyn eistedd nôl ar y toiled. 'Ai haf let iw and mei selff down feri badli. So let's ger owt of town am 'chydig ia?'

A dyna pryd sylweddolodd mai Carbo oedd yno.

'Jisys creisd! Wat ddy ffyc?'

'Iawn Les?'

'Be ddiawl wyt ti'n neud yn ista ar yn thyndyr bocs i? A lle ma myddyr? O ffyc... glywist di ddim byd naddo?'

'Naddo siŵr.'

'Feri gwd.' Sychodd y stêm oddi ar ei sbectols gwaelod pot jam.

'Ti mewn traffath, dwyt?'

'O mi glywist di fi felly do! Ffyc mi Meri Adams. A be ma Mici 'di ddeud wrtha chdi? Bo fi'n iwsles ma shwr ia?'

'Dio'm 'di deud dim byd wrtha'i.'

'Naddo?'

'Naddo, ond dwi'n gwbod rŵan dydw?'

Cododd Les ei hun nes fod sŵn croen ei din yn rhwbio ar gefn y twb fel manag rybyr.

'Show a man sym dîsansi ffor ffyc sêcs, Carbo, a pasha dywal arall i mi nei di.'

Taflodd dywal arall iddo.

'Mi ydw i mewn ffwc o sitiweshon blêr sdi! A dwi 'di ybsetio Michael hefyd. Dam ut ôl... Lwmp o lard iwsless ydw i wedi bod erioed. Wel lwc at mi! Iws-Les – dyna odda nw'n galw fi'n 'rysgol. Iws-Les. A dyna ydw i 'fyd.'

Syllodd y ddau drwy'r ager heb yngan mwy o eiria ond roeddent yn dallt ei gilydd i'r dim. Gwyddai Carbo ei fod o'n parchu Les am be oedd o, ac nid am pwy oedd o, ac er fod y ddau mor wahanol â thywod a thrai, roeddent wedi rhannu mwy o brofiadau ac emosiynau gyda'i gilydd mewn bythefnos nag y mae'r rhan fwya o eneidiau yn mynd trwyddo fo mewn bywyd cyfan.

'Nag wyt Les. Ti ddim yn iwsles... Mi wyt ti werth y byd i mi, mêt... Eniwe 'dan ni angan cal gafal ar Cidw.'

'How cym?'

''Dan ni angan o ocê? Faint sydd arna chdi i Ms Huang?

'Wel...'

'Faint Leswold?'

'Wel, fydd o'n close tw 26 grand erbyn dydd Gwenar nesa.'

'Ffyc mi, 'da ni deffinetli angan cal gafal ar Cidw felly.'

'Sgynnan ni ddim sgwbi dw lle mae o nag oes? Ag eniwes, mae hi'n tw lêt erbyn hyn dydi? Ma'r cash i gyd wedi di mynd lawr y peipans.'

'Lawr y tiwbs ydi o Les!'

'Pwy?'

'Motsh! Ma rhaid inni gal gafal ar Cidw iawn? Ag ella, mond ella, fedra'i helpu chdi i dalu dy ddyledion.'

* * *

Eisteddai Mici ar ben ei hun o flaen bwrdd mawr crwn hefo twll yn y canol yn offis cefn y Dyrti Cassi's. Hwn oedd y *backroom* i'r clwb gamblo lle trafodid problemau cwsmeriaid pan fyddai lwc wedi eu hen adael a hwythau ar eu trydydd morgais.

Twtiodd ei dei wrth aros. Agorwyd y drws o'r diwadd. Cerddodd dau foi mawr i mewn yn llawn biff a brafado a dynes fain i'w canlyn. Cododd Mici ar ei draed ac agor ei freichia yn llydan er mwyn i un o'r bwli biffs ei archwilio. Mi nodiodd un ohonynt iddo eistedd a gwnaeth Ms Huang arwydd ar y ddau i adael y stafell.

'Good evening, Ms Huang.'

'Good evening, Mr Finnley,' atebodd. 'Now, are you here on business or have you come here to wish me a happy Wednesday?'

'Business.'

'Show.'

Tynnodd Mici chwe wadan o arian sychion o bob pocad.

'Twenty grand and that's it. All yours.'

Gwenodd Ms Huang a thanio ffag. Sugnodd arni yn hegar a daliodd y mwg yn ddyfn yn ei hysgyfaint ac anadlu'r gweddill allan yn araf drwy ei thrwyn. Plygodd ymlaen.

'If I hear a blackbird singing in my ears, I take it that he's singing to inform all the other blackbirds to keep away from his domain, don't you agree?'

Syllodd Mici i'w llygaid.

'I don't do metaphors. You took advantage of him.'

'Rules are rules.'

'Oh come on! 25 grand! You made sure he lost the lot. You watched him clean your dirty money, and you gave him more chips to lose! Show me the fuckin CCTV and I'll show the clown, he's Les. That's the way he's always been.'

'Calm down Mr Finnley! Everyone is fair game when they enter in to my establishment.'

'You set out to screw him from the start. He was off his head on the chemicals supplied by your establishment no doubt. You knew very well he had zilch left. Yet you carried on and gave him more credit and fleeced him again and again, didn't you?'

'Stupid men easily part with their money.'

'Stupid men also make errors. Twenty grand on the table – take it or leave it... or I'll take you down with me. I've got nothing to lose.'

Collodd Ms Huang ei limpyn yn lân.

'You don't have the collateral to close me down, I make more in five minutes than you and your grease monkeys make in a month!'

Mi oedd yn rhaid i Mici gau pen y mwdwl. Gwyddai nad oedd gan Les sentan i'w thalu'n ôl, ac ar ôl i'w chiwed roi diawl o gweir i Les fel rhybudd, i'w gartref o y bydden nhw'n dod nesaf.

'Twenty grand on the table. I advise you to take it...'

'But haven't you forgotton a minor detail? There is still five K outstanding, Mr Finnley.'

'As you've already stated, you make more in five minutes than me and the grease monkeys clear in a month so what's five minutes between good friends, eh?' Staciodd y pres a sleidio'r arian dros y bwrdd. Cododd yn dalsyth i adael.

'You knew that we'd come looking for you and your minion, didn't you?

'Well, you won't have to now will you? Happy Wednesday to you. I'll see myself out.'

Aeth allan drwy'r drws argyfwng a throedio i lawr y grisau dur a oedd yn frown o staenia gwaed cyn-gwsmeriaid anffortunus.

* * *

Eistedd yn dyncio'i sgedan yn ei banad oedd Carbo wrth edrach yn anghrediniol ar yr olygfa o'i flaen o Meri Jên yn sychu gwallt Les hefo hêr-dreiar tyrbo newydd sbond o'r catalog, a oedd fwy fel chwythwr dail na sychwr gwallt. Roedd Les yn eistedd reit o'i blaen hefo'i lygaid 'di cau yn wên o glust i glust, a'i bidlan a'i beli blewog yn danglian i'r byd a'r betws lawr ochor ei drôns llac tra bo Bentli a Shandy yn llyfu rhwng bodiau ei draed gyda'u tafodau bach pinc.

Gadawodd y sgampi ffrei kid reit handi trwy'r drws ffrynt.

* * *

Cnoi blew ei gynffon isho bwyd oedd Ffred y ci pan ffriwiliodd Gwilym Posman lawr y ddwy reng a oedd yn arwain lawr y bryncyn at Fwlch y Gloch wrth i lewyrch y bora daflu ei fwclis aur am ysgwydda'r hen fynyddoedd. Matar o rai munudau fyddai hi nes deuai'r wawr dros fynydd Llyffant i gnesu ei gartra hannar casgan ac mi fyddai ynta'n gorfod gwrando unwaith yn rhagor ar glochdar y ceiliog cocynnaidd. Aeth i snwyro pocedi y posman, rhag ofn fod ganddo damad o grystyn iddo.

'Sgen i ddim byd i chdi bora 'ma, Ffred bach.'

Aeth Ffred yn ôl yn ben isal o dan ei hannar casgan ac mi aeth y ceiliog i ben y doman dail a chyhoeddi ei fodolaeth i'r byd a'r betws.

Hwn oedd y ceiliog mwyaf swnllyd a fu yma erioed ac roedd Ffred wedi syrffedu ar orfod ei gythru'n ôl i'r cwt ieir er mwyn rhoi taw ar ei glochdar di-baid am dri y bora – yn ffansi ffrils dandi dwy goes a'i grib llawn balchder yn ei strytio hi hyd dopia'r shedia ac yn edrych lawr ei big busneslyd ar bawb a phopeth. Y fo, Ffred y ci defaid, oedd yn gwarchod buarth y fferm hon, nid rhyw geiliog dwy a dima oedd yn gorchesta'n dragywydd ar hyd y lle. Triodd swatio am dipyn iddo gael breuddwydio am duniau o *pedigree chum* ac esgyrn maethlon o siop Dafydd bwtshar, ond dechreuodd y larwm o geiliog glochdar eto, i hysbysu pawb o Biwmaris i Bombê, y medrai o esgyn i'r awyr a glanio fel eryr pe bai o isho.

Er gwaetha ymdrechion gorau y ceiliog i fflapio'i adenydd chwit-chwat er mwyn cymryd *take off*, glaniodd yn flêr a swnllyd ar y buarth reit o flaen Ffred fel tasa rhywun wedi rhoi cyllath drwy glustog bluog. Ar ôl sythu ei hun a chlochdar unwaith yn rhagor i argyhoeddi'r ieir a oedd yn ei wylio ei fod o'n stynt *cock*, mi ddechreuodd fusnesu am friwsion ym mhowlan Ffred. Roedd hynny yn ddigon i'r ci addfwyn. Aeth yn syth am y jygiwlar ac o fewn dim, mond dwy goes ar i fyny a phlu gwyn gwaedlyd a chnawd oedd yn dyst i glochdar y cocyl dwdyl dandi.

* * *

Dwy awr a hannar gymrodd hi i Cidw gyrraedd Bryste ac wedi iddo ddarllen y cyfeiriadau ar ei ffôn, gwibiodd drwy ardal Saint Paul's a chyrraedd canol y ddinas.

'Drop me here,' meddai.

Ddudodd y gyrrwr ddim, mond cymryd yr amlen tâl am y siwrna o Lundain.

Tynnodd ei gap stabal tros ei lygaid dde a cherddodd mewn i lyfrgell y ddinas a thalu am gyfrifiadur am awran. Gyrrodd decst i Antonia i ddeud ei fod yn 'standing by' ond fod ei ffôn bron iawn allan o jiws ac iddi ei e-bostio hefo unrhyw wybodaeth ychwanegol.

Agorodd y cyfrifiadur, cysylltodd efo Harry O'Carrol i

ddweud ei fod ar din y targed a'i fod yn aros yn eiddgar i Jiffy ddefnyddio ei gardyn banc eto yn Bristol. Matar o amsar oedd hi.

Eisteddodd Cidw yn amyneddgar o flaen cyfrifiadur y llyfrgell yn troi ei fodrwy aur am ei fys bach. Rôl deg munud a hannar, a oedd yn teimlo fel oes hen wreigan, aeth i nôl papur newydd ac ymestyn chydig bach er mwyn stwytho ei sgwydda. Gwelodd fod rhywun wedi eistedd y mwya digywilydd yn ei sêt reit o flaen sgrin y cyfrifiadur y talodd amdano. Rowliodd y papur newydd yn beipan o bapur tynn, twatio'r boi yn galad ar gefn ei wegil, a dweud wrtho am symud o'i sêt.

Syllodd amball i stiwdant a oedd wedi dechra stydio Cidw erbyn hyn. Llawer difyrrach oedd y dyn hwn na holl lyfrau y llyfrgell. Eisteddodd o flaen y sgrin yn disgwyl neges. Ei ffôn aeth gynta. Galwad gan Dafydd Aldo ond mi aeth y batri yn fflat cyn iddo gael cyfla i'w ateb.

'Damo.'

Giglodd amball un o'r stiwdants. Yna glaniodd e-bost gan Antonia.

Cid, dwi'm yn dalld hyn o gwbwl, ond mae na fforti grand wedi ei dalu mewn i'n banc acownt i!

* * *

Cnociodd Carbo yn ysgafn ar ddrws y tŷ crand ger llyn y Rhath. Aeth drwy'i bocedi unwaith eto i wneud yn siŵr fod y wadan pres yn saff ym mhocad tu mewn ei jaced ledar.

Chafodd o ddim atab. Cnociodd eto, ychydig yn galetach. Arhosodd ychydig, cyn codi ei ddwylo am ei wynab er mwyn trio gweld os oedd rhywun yn symud tu ôl i'r gwydr ffrosted.

Dim. Sbiodd drwy y letarbocs ond toedd neb i'w gweld yn symud y tu fewn.

Eisteddodd ar stepan y drws a synfyfyrio am ychydig. Cyffyrddodd â'r llechfaen oer oedd dan ei din esgyrnog a'i rhwbio'n dyner gyda'i fys am lwc yr hen chwarelwr a'i naddodd.

Edrychodd ar ei ffôn. Gwelodd negas.

Tyd drwy'r drws cefn.

* * *

Canodd y land lein ym Mwlch y Gloch.

'Helô, Bwlch 387,' meddai Gronw yn ddifynadd.

'Helô, John sy 'ma.'

'John pwy dwad? Long John Silfyr neu John West a'i dunia ffish?'

'John Jefferson.'

'Pwy?'

'Jiffy de! Cariad Aldo.'

'Wel, nefodd yr adar a fu ar y ddaear 'ma! Sud wyt ti y pen ffurat slei ar ôl i chdi rinsho ni i gyd yn sych drwy dy fangyl!'

Ymddiheurodd Jiffy yn syth a dweud ei fod wedi bod drwy hunllef a hannar.

'Gwranda! Tydi dy hunlle di ddim wedi dechra eto, aros di i mi gal gafal arna chdi!' Roedd y wiars ffôn yn toddi wrth i Jiffy ei chael hi gan Gronw.

Erfyniodd Jiffy ar Gronw i wrando a pheidio rhegi arno na thorri ar ei draws er mwyn iddo gael esbonio ei sefyllfa. Esboniodd sut iddo glywed, jest cyn iddo fynd i nôl y pres am y deimonds gan Ishmael, fod dau o hogia cleta Hustons and Co yn chwilio amdano. O'r eiliad honno, gwyddai fod rhywbeth mawr iawn o'i le. Roedd yr Hustons wedi dallt fod gan Aldo a Mici Ffin rhywbeth i wneud gyda diflaniad y deimonds a'u bod nhw eisoes wedi gyrru dynion medrus i harbwr Gaergybi i chwilio am Aldo.

Damiodd Gronw wrtho'i hun wrth glywed y wybodaeth newydd.

Tyngodd Jiffy wrth Gronw ei fod wedi gadael negas i Aldo yn y fflat cyn gadael a mynnodd gael gwybod oedd o'n iawn.

'Gei di wybod unwaith wela i y cash, washi,' atebodd Gronw.

Esboniodd Jiffy y byddai gweddill y pres oedd yn ddyledus i'r criw yn cael ei dalu i fanc acownt Gronw a'i fod o eisoes wedi rhoi deugain mil yng nghyfri banc Toni fel arwydd o ewyllys da. Ategodd y byddai'n cadw'n glir o bawb am dipyn go lew neu mi fyddai'n peryglu eu bywyda i gyd. Ychwanegodd bod rhaid i Aldo adael Llundain cyn gynted ag y medrai o. Holodd Gronw lle oedd o erbyn hyn. Diffoddodd Jiffy yr alwad. Triodd Gronw ei 147wanio ond mi oedd y rhif yn *number unobtainable*.

Er fod Jiffy wedi rhoi y *run around* i bawb, o leia fe swniai'n reit ddidwyll, felly fe roedd gobaith! Ffoniodd Gronw ei fab yn syth a llamodd calon Aldo pan glywodd y newyddion.

'Welishi 'run negas yn y fflat! Ella na malu cachu mae o, Dad.'

'Wel, yr unig ffordd y ffendi di allan os ydi o'n dweud y gwir ai peidio, ydi mynd nôl i'r fflat 'na ynte! Ac estyn gweddill dy betha er mwyn dod adra mor sydyn â medri di, bendith tad! Dydi hi ddim yn saff i chdi fod yn y Llundain fawr 'na mwyach y ngwashi. Mae 'na ddynion drwg iawn yn chwilio amdana chdi ym mhob twll, congol a thŷ potas!'

* * *

'Faint ges di am Caprî Les Moore gan Mr Ferry, ta?' holodd Mici wrth estyn can arall i'r ddau o'r ffrij enfawr.

'Tair mil a 'ma fo i chdi, yli.' Estynnodd Carbo yr arian o bocad tu mewn ei jaced ledar a'i osod o'i flaen ar y bwrdd. 'Lot o waith i neud ar y Caprî medda fo. Head gasket wedi mynd, shocks yn shot. Scrap value de. Ma shwr gadwith o'r shell a rhoi injan newydd ynddo fo yn gneith?'

'O! dyna ddudodd o wrtha chdi, ia?'

'Ia.' Teimlodd Carbo bach yn anesmwyth wrth drio camofflajo ei gelwydd. Bu tawelwch annifyr.

Cododd Mici sbienddrych siwpar diwpar ar ei dreipod a diffodd oleuada'r tŷ i gyd gyda'r rimôt control oedd ar y bwrdd o'i flaen. Eisteddodd Carbo yn y tywyllwch a disgwyl i sbotia mawr gwynion y goleuadau ddiflannu o flaen ei lygaid. Syllodd Mici drwy'r bei-nocs i'r tywyllwch, i fyny drwy'r to gwydr.

Cymerodd Carbo gylpiad go helaeth o'i gan, cyn gofyn. 'Be wyt ti'n sbiod arno fo, ta?'

'Lot o betha... lot o betha.'

'Fatha be?'

'Tameidia ohonan ni.'

'Fyny fanna?' Cymrodd swigsan arall.

'Ia.'

'Be? Y serods ia?'

'Ia, serods!' Gwenodd Mici. 'Tameidia o'u llwch nhw ydan ni gyd de... a phob dim arall sydd ar y ddaear yma.'

'Ffocin el, ma hynna braidd yn *deep* yndi ddim?'

Daliodd Mici i edrych drwy'i sbienddrych. 'O'r sêr 'da ni gyd wedi dod yn de...'

'Ia?'

'Ia. Dy deulu di, a'n hanas ni i gyd, hyd yn oed y deimonds ddwynon ni.'

'Be? Paid â deud bo ni'n goro mynd ôl ddy wê i fyny fanna i ddwyn rei erill?'

Chwarddodd Mici.

'Tyd â go i mi ta, i mi gal gweld os ydi rhywun o'n nheulu i dal fyny yna!'

Cododd Mici er mwyn i Carbo gael sbec drwy ei sbienddrych.

'Ma raid i chdi adjysdio'r lens dde ar gyfer ffocys dy lygid. Ma 'na fotwm bach ar y chwith i chdi gal...'

Chymrodd o'm dwy eiliad i Carbo, nes y gwaeddodd drwy'r to gwydr.

'Aaaaaciiiinheeeel, dwi'n gallu gweld nhw'n glir. Ma nw... ma nw'n amesing... Ma 'na un yn llosgi yn biws glas ag orinj reit o flaen yn llygid i. Blydi hel.' Tynnodd ei lygaid o'r bei-nocs a sbio ar y teclyn mewn rhyfeddod. 'Ma hwn yn bruliant, Mic. Lle gest di o?'

'Dim otsh am hynny. Cyma lwc ar y llwybr llaethog, ta.'

'Llefrith pwy?'

'Y milky way!'

'Wwww ia 'fyd, lle mae o?'

'Sowth west, deg o gloch.'

Aeth â'i lygaid nôl at gylchodd y chwyddwydrau anhygoel.

'Cacan ffwcin fflat! Ma hi fatha disgo fyny fanna.'

Chwarddodd Mici ar ei ddarganfyddiad.

'Ma'n mind blowing be bynnag ydio, dydi Mic? Ma fatha... Wel... Ma fatha ffycin *Star Wars* fyny fanna!' Cymrodd swig o'i gan a stydio eto. 'Be sy yn mynd ymlaen fyny fanna ta, Brian Cox?'

'Bydysawd arall gyfaill.'

'Be? Galaxies erill ia!?'

'Ia, Carwyn Robaitsh.'

Daliodd Carbo i edrych fyny ar y rhyfeddodau dan wneud synau fel plentyn yn gweld tân gwyllt yn tanio am y tro cyntaf.

'Ma fyny fanna yn hollol anhygoel!'

Gadawodd Mici i Carbo fwynhau am ychydig, cyn dweud, 'Ond be sydd yn mynd ymlaen lawr fan hyn dwi isho wbod, Carbo.' Hitiodd Mici gefn pen Carbo efo'r wadan o bres er mwyn tynnu ei sylw o'r beinociwlars.

'Sbia ar rhein.'

'Pam? Be sy?' holodd Carbo.

'Ddim pres Mr Ferry ydyn nhw naci?'

Trodd Carbo'n ôl i edrych drwy'r sbienddrych. 'Lle ma'r sosban 'ma ta?'

'Glywist di fi Carbo?'

Trodd Carbo ei ben o'r olygfa bellennig yn y ffurfafen a tshansho'i lwc

'Pres ydi pres yn diwadd, de.'

'A Mr Ferry ei hun roth rhein i chdi, ia?'

'Ia.'

'O leia sbia arna'i tra ti'n deud clwydda.'

Syllodd Mici i lawr a rhoi cyfla arall iddo.

'Y fo roth yr arian yma yn dy law di, ia?'

'Ia siŵr!'

'Iawn, mi wyt ti ar ben dy hun o hyn ymlaen, ok soldier? Ti'n rhydd i wneud fel y lici di rŵan 'li. Dos drw drws cefn ar dy ffordd allan.'

Gwnaeth Carbo ystum efo'i ddwylo'n agored. 'Ond Mic…'

'Plis jysd ffycin coda a dos oma plis cyn imi ei cholli hi hefo chdi.'

'Ond, dwi 'di rhoid be oedd Mr Ferry yn feddwl oedd gwerth y Caprî i chdi yn do?'

'Dwi wedi bod yn delio hefo Mr Ferry cyn i chdi ddechra sychu dy snot ar flows dy fam wrth chwilio am dutsan. Dim i bres o ydi rhein, naci?'

Ysgwydodd Carbo ei ben.

'Pres chdi ydyn nhw, de!'

Nodiodd ynta.

'Ma gan Mr Ferry ffordd unigryw iawn o dalu pres, mae o'n lapio tenar am bob cant, ag yn rhoi un drosodd amdanyn nhw fel lwc i mi bob tro, so ffyc off Carbo a ffendia rywun arall neith lyncu dy gachu di.'

'Ok, ok, o'n i'n meddwl fyswn i yn gallu helpu Les yn do'n? Mae o yn lyfio'r car 'na dydi, so dwi'n brynu o gynna chdi yn lle Mr Ferry, be di'r gwahaniaeth eniwe?'

'Dy glwydda di!'

'Trio helpu ydw i! Ma Leswold mewn traffath, dydi?'

'A sud wyt ti'n gwbod hynny?'

'Siaradish hefo fo gynna... Trio helpu o'n i Mici, sori os dwi wedi i dy adal di lawr. Dwi'n talu am y Caprî 'na er mwyn rhoi y car yn ôl wedi ei drwsho i Les.'

Gwyddai Mici mai trio bod yn garedig ac nid yn dywyllodrus oedd yr hogyn.

'Ofynnish i Mr Ferry gadw fo mewn un o'i shedia rownd y cefna i mi ocê, er mwyn i mi gal cyfla i'w drwsho fo... Wel, y fi falodd o yn y lle cynta yn de?'

'A dyna ydi'r gwir, ia?'

'Ia, go iawn ŵan! A paid ag edrych arnai felna Mic, plis!'

Newidiodd Mici ei ymarweddiad.

'Ag estyn gan bob un i ni o'r walk in ffrij, ia? Gen ofn i ei agor o cofn be ffendia'i tu mewn.'

Gwnaeth ystum corff wedi rhewi'n stiff. Chwarddodd Carbo. ''Na welliant Sarjiant Finnley special forces.'

'Sud odda chdi'n gwybod hynny?'

'Gwbod be?'

'Na Sarjiant yn y special forces o'n i?'

'Wel tydi foot soldiers ddim yn cal beinociwlars fel rhein nacdyn!'

Taflodd Mici wên lydan i'w gyfeiriad.

'Yli'r ffwcin lleuad 'ma ta, mae o yn magniffisynt drwy rhein dydi! Blydi nora!'

Ag mi oedd yn werth i'w weld – mor blaen â thorth gron drwy ffenast becws.

* * *

Cyfarfyddodd Dafydd Aldo a Cidw nôl yn y fflat yn Llundain a chwiliodd y ddau ymhobman am y negas fondigrybwyll a adawodd Jiffy, ond ofer fu eu chwilio trylwyr.

Wrth iddynt eistedd wrth fwrdd y gegin er mwyn trafod eu symudiadau nesaf, sylwodd Aldo ar restr oedd wedi'i sgwennu yn daclus efo sialc ar y bwrdd bach du ar y wal:

Cacan sero
Saith owns o flawd
Saith wy
Un pinshad o ginger
Chwech llwyad o siwgwr
Pump lemon
Pump afal
Tair llwyad o laeth
Un llwyad o halan
Naw llwyad o fêl
Chwech llwyad o bupur

Cododd Aldo er mwyn sbio yn agosach ar y bwrdd bach sialc.

'Wel blydi hel Cid! 'Ma fo!'

'Beth nawr?'

'Wel y negas gan Jiffy!'

'Beth, resipi shwt i neud cacen?'

'Naci! Dim resipi cacan ydi o siŵr dduw! Sbia, darllan o! Rhif ffôn ydi o yli. Dim, saith, saith, un, chwech, pump, pump, tri, un, naw, chwech.'

'Beth? A nawr wyt ti'n sylwi arno fe?'

'Wel, nesh i'm meddwl ddwywaith naddo, achos mae Jiffy yn pobi cacennau rownd y ril.'

'Ffagin-el Aldo! Ond clyfar iawn, 'ware teg iddo fe.'

Deialodd Aldo y rhif yn syth ond toedd 'na ddim atab.

* * *

Esboniodd Mici nad oedd 'na ddim *extra curricular activities* i fod o hyn 'mlaen.

'Mae'n rhaid i mi ganolbwyntio ar 'y nheulu a ngwaith Carbo a stopio rhedag i bobol, neu mae bob dim sydd yn bwysig i mi yn mynd i ddiodda... Gei di aros y noson os wyt ti isho, er mwyn i ni'n dau ailgydio yn gwaith y garej ben bora fory.'

'Ti ddim 'di roid y sac i Les go iawn, naddo?'

'Do, fedra'i ddim ei gario fo ddim mwy, iawn! Rŵan gad hi fod!'

'Ond, wel, mae o yn addoli chdi dydi?' Edrychodd Carbo fyny ar y lleuad eto, a dal i siarad. 'Y peth ydi, os na fydd ganddo fo waith hefo chdi... wel, neith o nefar in iŵrop dalu y ddyled yn ôl i Ms Huang na neith?'

'Ei broblam o ydi honna, ddim un chdi a fi... Mae hi'n hen bryd i ni'n dau feddwl am gal yn dwylo'n fudur ben bora fory yn lle chwara duwia dan y lloer yn fan hyn. Rŵan tyd am dy wely.'

Ond roedd Carbo fel plentyn wedi cael tegan newydd ac yn torri ei fol isho cario mlaen i syllu ar ryfeddodau gwych y bydysawd.

* * *

Tawal iawn fu Gronw yn ystod y gêm gardia yn nhafarn yr Afr yng Nglandwyfach. Treiddiai hen hiraeth trwyddo, hiraeth na allai roi ei fys arno, yr angen hwnnw am rywbeth, ond heb wybod yn union be oedd o. Teimlai'n unig uffernol ymysg ei ffrindiau mynwesol a'r hen gynnwrf cynnas a fu wedi ei chwythu allan fel cannwyll mewn drafft.

Mi gafon nhw fowlan o ffrensh ffreis, neu ffrensh nicars fel y gelwid nhw gan Ifor Tŵ Pe, a phlatiad o sandwijis wedi eu torri'n driongla taclus. Ham a thomato ar un ochor ac wy a *cress* yr ochor arall. Bu saib bach wrth i'r pedwar ohonynt sglaffio'r bwyd, nes iddynt oll ddechrau llygadu y fechdan ola oedd ar y blât. *Quickest on the draw* fel cowbois mewn wesdyrn estalwm oedd hi am y fechdan ola bob wsos ond mi chwipiodd Gwil Posman y fechdan fel llythyr a'i phostio lawr ei lôn goch.

''Da chi rhy ara deg o lawar hogia!' A chwarddodd yn uchal hefo'r *cress* hyd ei weflau.

Mi oedd y tri arall o'r ysgol gardiau wedi sylwi mai tawedog iawn oedd Gronw heno a toedd 'na ddim swlltan o asbri o'i gwmpas.

'Iesgob annwyl, be sy'n bod arna chdi heno, Gronw? Dwyt ti'm 'di torri dau sill ers chdi gyrraedd yma,' holodd Ifor Tŵ Pe.

'Toes na'm pwmp na rhech i gal allan ohona chdi heno,

rhen Gron. Ti prin 'di deud bw na be ers i chdi gyrraedd yma!' ategodd Gwil Posman.

'Disgwl i chdi orffan malu cachu ydw i, Sherlock. A pheth arall, chdi pia y rownd nesa, felly dos am y bar 'na reit handi cyn iddi gau, neno'r tad.'

Ufuddhaodd hwnnw gan fod hwyliau ei gyfaill i'w gweld yn gwella dim. Dechreuodd Gronw shyfflo'r pac o gardia.

'Lle mae Ffredwyn heno ta, Gronw?' gofynnodd Ifor Tŵ Pe.

Gosododd Gronw y dec cardia yn glewt ar y bwrdd crwn.

'Tydi o ddim hefo fi mwyach Ifor.'

'Be? Dwyt ti ddim wedi cael gwarad ohono fo?!'

'Do Ifor, ma gen i ofn.'

Triodd Gwil Posman ei ora i wrando ar y sgwrs wrth iddo ordro rownd o'r bar ond allai o ddim cael y peintia yn ddigon cyflym er mwyn clywad be oedd poendod mawr ei gyfaill.

'Wel, pam wyt ti wedi cael gwarad ohono fo?' holodd Gwynfor Dau Grys yn gegrwth gan gau ei fotymau top.

'Am ei fod o wedi bod yn cambihafio weldi! Mae o wedi bod yn hogyn drwg, yn hogyn drwg iawn hefyd i chi gal dallt. A finna'n meddwl fod o y cradur ffeindia a greodd y bod mawr.'

'Y ci bach ffeindia welish i erioed ydi o siŵr,' ategodd Ifor Tŵ Pe.

'A finna hefyd. Ond o ni'n rong hogia, ag yn bell ohoni hefyd.'

Sythodd Ifor Tŵ Pe ei wig gan ei fod wedi styrbio cymaint.

''Di o ddim wedi dechra rhedag ar ôl defaid a'u mwrdro nhw'n ei henaint yn nacdi, Gron? Mae'r petha ma'n gallu digwydd i'r gora ohonan ni, sdi. Cŵn a dynion yn gwrthod mynd yn hen ag yn brathu bob creadur ar gefn i coesa a hynny o ran sbeit yn fwy na dim ynte! Dwi 'di weld o'n digwydd sawl tro. Do yn wir...' athronyddodd Ifor. 'O Arglwydd, pam y gwnaethosd Gwm Pennant mor dlws, a bywyd hen fugail mor fyr?'

Daeth Gwil Posman ar draws y poetri gyda'r peintia.

'Rarglwydd mawr! Ydi Eifion Wyn wrthi eto? Be 'di'r stori, hogia bach?'

'Taw dy dafod front,' atebodd Ifor Tŵ Pe. 'Ma Gronw fan hyn mewn dirfawr sefyllfa, a 'dan ni'n ganol cal yr hanas cyn i chdi dorri ar yn traws ni. Cym lymad o dy Ginis, bendith tad, a bydd dawal am ennyd.'

'Ia, neu dos i ista yn dy fan bost i gnoi parsal neu ddau, i ni gal llonydd i siarad' ategodd Gwynfor Dau Grys yn swta.

'Wel deud wrth dy hen ffrindia, bendith tad Gronw, a rhanna dy broblema hefo ni,' meddai Ifor. 'A problem halved, is a problem shared chwadal nhwtha.'

'Fel arall rownd, Ifor? Iesu ma isio mynadd fo chdi!'

'Fel arall rownd ydi be, Gwynfor Dau Grys?'

'Tewch ffo ffyc sêcs imi gal clywad yn hun yn meddwl am eiliad! Ma hi fel hyn, mae Pavarotti wedi marw.'

Edrychodd y tri arall ar ei gilydd gan feddwl fod Gronw wedi dechra colli arni.

'Ma Pavorotti 'di mynd at delynau y nefoedd es blynyddoedd, Gronw bach,' meddai Ifor.

'Rarglwydd Gristion! Nid y tenor tew o'r Eidal ydw i'n siarad amdana fo, siŵr dduw!'

'Wel pwy ta?' holodd y tri arall hefo'i gilydd.

'Wel Pavarotti, y ceiliog mawr gwyn 'na oedd gynna i acw. Dewadd annwyl. Mi oedd o werth ei weld hefyd. Ond rŵan ma'r hurtyn ci defaid 'na sgynna i wedi'i fwrdro fo. Pavarotti druan!'

'Be a wyddost di? Ella mai llwynog laddodd Pavarroti!' meddai Ifor. 'A fod Ffred y ci druan yn cal bai ar gam gen ti fel... fel stori Gelert gynt, ynte!'

'Blydi hel! Stori gont ydi stori Gelart siŵr dduw er mwyn denu fusitors at y rhodidendrons i wario ei shecyls. Sglyfath o le ydi fanno 'fyd, llawn blydi Saeson, haf a gaeaf! Nhw di'r rhodidendrons, ma hi'n amhosib cal gwarod o'r ffycars unwaith maen nhw 'di gwreiddio.'

Chwarddodd y tri arall.

'A mi welsoch chi seis ar Pavorotti ych hunin yn do? Oedd gan hyd yn oed y tarw 'cw ei ofn o, heb sôn am 'run llwynog! Mi oedd Pavarotti yn debycach i osdrij nag i geiliog siŵr dduw, ag wedi ennill pob rosette coch o fan hyn i'r Roial Welsh i chi gal dallt. Prowder ddan e Peacock medda'r jyj ffowls wrtha i yn sioe Nefyn, a gosod ffyrst preis ar ei gaij o!'

'Wel sud wyt ti'n gwybod mai Ffred oedd yn gyfrifol am y weithred farwol?' holodd Ifor Tŵ Pe a oedd bron â drysu isho gwybod be oedd tynged y ci.

'Wel, toedd 'na blu a gwaed ar hyd ei wefla fo pan ddoth o i'r tŷ 'cw ben bora 'ma! O na'm angan mynd â fo i'r old beili am dreial, sti, nag odd? Mi laddodd o Pavarotti mewn gwaed oer ar y buarth. Guilty my 'lud!'

Cymodd y pedwar gylp o'u peintia 'run pryd.

Cysidrodd y tri arall y newyddion. 'Ci bach ffeind iawn oedd yr hen Ffred hefyd,' meddai Gwil Posman yn drist. 'A mi fydda'n aros amdana'i ar y buarth 'na bob bora, be bynnag oedd y tywydd.'

'Dwyt... dwyt ti... ddim wedi rhoi ergyd farwol i'r hen Ffred yn naddo?'

'Do Ifor Huws, both barrels. Bang Bang.'

Cymerodd Gronw lymaid ara deg o'i beint. Edrychodd y tri

arno'n fud, yn methu credu fod eu cyfaill wedi gallu bod mor frwnt.

'Wel, ar f'enaid i! Mi wyt ti wedi lladd dy ffrind gorau, Gronw!' meddai Ifor Tŵ Pê yn gyhuddgar a'i ên yn un cryndod a'i wig wedi mynd ar sgi-wiff eto.

'Difaru dy einioes nei di,' medd Gwynfor Dau Grys. Amneidiodd y ddau arall.

Dawnsiodd gwên chwareus ar wefusau Gronw wrth edrych ar ei dri chyfaill bora oes.

'Sadia dy wig, Ifor!' chwarddodd Gronw o'i fol. 'Gesh i chi, do! Mae Ffred yn y dog hows a mae Pavarotti yn y popty yn rostio'n ara deg. Dowch draw nos fory os leciwch chi i chi gael bechdan o'r ceiliog. A tyd â chardia ffresh mewn paced newydd hefo chdi 'fyd Gwynfor, dwyt ti'n nabod pob staen ar gefna rheinia!'

* * *

Gwasgodd Dafydd Aldo bob dim oedd o'i angan o'r fflat i mewn i ddau siwtces a sgidadlo oddi yno mewn tacsi reit handi efo Cidw i steshon Euston.

'Grinda Daf, os yw'r arian yn dod drwodd i Gronw, mae o leia 40k yn ddyledus i bowb, ag i ti a fi. Cymer di ofal a phob lwc brawd.'

Cododd Cidw ei gap stabal i ffarwelio â'i hen ffrind, wrth i'r gerbydres hir dynnu allan o'r steshion lle mae pob enaid ar ddiwedd neu ddechrau taith newydd.

Teimlai Aldo yn llawer 'sgafnach ei feddwl wrth adael ei helyntion ar y platfform. Gwelodd ei adlewyrchiad yn y ffenast wrth wibio heibio'r tai Lego ar gyrion y ddinas.

Toc, siglodd ei ben o ochr i ochr i rythm y cledrau, gwibiodd goleuadau a brigau heibio'i lygaid. Allai o ddim eu cadw nhw ar agor ddim mwy. Llithrodd ei feddwl yn un stribedyn hir o luniau at le mae'r afonig fechan yn llifo'n esmwyth dros greigiau sy'n lloches i'r brithyll tewion. Yn ôl i le mae'r brain yn crawcian a gloÿnnod byw yn dychlamu uwch y brigau eithin melynion. Yno, y mae natur yn siffrwd hen ddefodau ac aroglau ei fam yn aros amdano.

* * *

Stidodd cawod drom yn ddirybudd fel y dynesodd Mici a Carbo yn y Renj Rofyr at ddrws y garij, gan wneud i'r to dur glecian oddi fewn wrth i'r dafnau glaw ei daro fel bwledi. Gwelsant ddau ffigwr yn ei heglu hi am gysgod. Les Moore oedd un yn ei siwt arferol a'i *slip ons* du a Bean Paul oedd y llall. Pwysodd Mici ei allwedd i agor y drws mawr glas a dreifiodd i mewn heb edrych i'w cyfeiriad. Caeodd y drws mawr yn wynebau ei weithwyr, cyn iddynt gael y cyfla i roi blaen eu traed i mewn.

Tynnodd Carbo ei ofyrols o'i began wrth i Mici fynd i'r cefn i neud panedia. Cyrhaeddodd Polish a Sgin drwy'r drws bach ac fe ddilynwyd nhw i mewn yn llywath gan Les a Bean Paul. Fe'u hanwybyddwyd nhw'n llwyr gan Mici wrth iddo gario paneidia trwodd i'w fecanics cyn mynd am ei swyddfa. Tawelwch oedd cryfder ei floedd.

Teimlodd Carbo dwinj o boen wrth weld Les yn mynd i nôl hynny o dŵls a'r manion eraill oedd wedi eu taflu'n un swpyn blêr i'r gongol. Gwnaeth arwydd arno gyda'i fawd ai fys bach ac ynganodd, 'Ffonia fi.'

Plediodd Bean Paul hefo Polish i'w adael i fynd fyny i'r swyddfa i weld Mici i ymddiheuro. Ond ysgwyd ei ben wnaeth Polish a rhoi llaw ar ei gefn i'w hebrwng allan at y tyllau llawn dŵr ac olew oedd yn creu lliwia'r enfys wrth i'r haul chwarae mig tu ôl i glustogau o gymylau.

Wedi eu paneidiau, cafodd Carbo wybod yn syth gan Polish eu bod yn mynd i fod yn gweithio ar y ceir oedd yn dod i mewn i'r garij am brofion MOT ac roedd pump modur i'w wneud y bora hwnnw. Tri chwartar awr oedd gan Carbo i fynd drost bob car yn fanwl, yna mi fyddai gofyn iddo farcio be oedd o'i le arnynt neu eu pasho er mwyn i Polish arwyddo y ffurflen brawf. Roedd 'na Mercedes Benz crand iawn ar ei ffordd i mewn yn eiddo i ryw Lord Jysdis pwysig o St Mellons. Gwyddent fod 'na ddwy ddisg brêc angan eu newid arno ac mi fyddai 'na beipia brêcs newydd sbond a dwy ddisg brêc arall yn cael eu gosod ar y Merc tra'u bod nhw wrthi. Dyna fyddai'r *money maker* iddynt am y diwrnod. Aeth y mecanics ati fel lladd nadrodd am rai oriau, a toedd dim sôn am hoe am banad na smôc, na chyfla i roid fforcan mewn twbyn plastig o bot nŵdls chwaith.

Sŵn dur ar ddur, sŵn gwaith a sŵn y grefft a oedd i'w glywed a Mici'n ymgolli'n llwyr wrth ailchwistrellu Ford Anglia yn ôl i'w liw *Jet black* gwreiddiol.

Tynnodd Carbo ei ofyrols a dechra rhwbio'i ddwylo gyda swarffiga a throi y tap dŵr ymlaen i'w llnau. Arafodd Sgin uwch ei orchwyl a dechra sefyllian, gan obeithio ei bod hi'n amsar cinio erbyn hyn. Sgrechiodd Polish pan roth gopsan i Carbo yn trio sleifio allan tu ôl i'r Merc.

'Where the hell do you think you're going, hoodlum?'

'To fetch some bread and water for the inmates,' atebodd yn chwim.

* * *

Roedd Les yn sownd rhwng craciau pren gwaelod y gasgan a neb ganddo bellach i'w dynnu allan ohoni. Rhoddodd ffwc o row iawn iddo fo'i hun ddwywaith dair am fod mor stiwpyd a theimlai'n ddim gwell wedyn wrth droedio drwy byllau y stryd heb ffadan beni yn ei bocad. Dyn a ŵyr be oedd Meri Jên yn mynd i ddweud pan ffendiai honno allan am ei lanast. Daeth angst mawr drosto wrth i'r glaw ddiferu lawr ei golar a gwasgarodd olwynion dybl decar don enfawr dros ei goesau wrth fynd heibio.

'I don't ffycin bilif ut…!'

Bu bron iddo gael ei daro lawr gan ryw gar llachar melyn hefo *tinted windows* and ôl ddy trimings wrth groesi Clare Road.

'Get out of the way you fat twat,' meddai'r gyrrwr a chau ei ffenast.

Roedd hynny yn ddigon i danio ffiwsan Les. Trodd yntau i goch ar yr un pryd â'r goleuadau. Plygodd lawr at ffenast y gyrrwr a chnocio'n galad. Gallai glywed fod 'na ddau neu dri arall yn eistedd yn y cefn yn chwerthin ond allai o ddim gweld tu ôl i'r ffenestri tywyll *tinted*.

'Fuck off grandad, you should have gone to Specsavers, you old wanker,' meddai un wrth weindio crac o'r ffenast gefn nes fod mwg y sgync drewllyd yn ei fygu.

'What did you call me?'

Chwarddodd pob un ohonynt arno fel *hyenas* gwallgof off eu penna. Tynnodd Les ei sbectols trwchus a'u gosod yn dwt ym mhocad top jaced ei siwt dlawd.

'Get out the way, bruv, before we come out and cane your fuckin' head in,' meddai un arall o'r sêt gefn a'i ddannadd aur yn fflachio.

'Yeah,' sbowtiodd y dreifar. 'Jog on you old fuckin paedo!'

Caeodd y criw y ffenestri dan chwerthin yn eu cocŵn lliw lemon. Camodd Les yn ôl a rhoddodd ei ddwrn drwy ffenast *tinted* y dreifar nes fod hwnnw yn eistedd yn dwt ar lin y pasinjyr a'r gwydr yn shitrwd hyd ei benglinia. Yna agorodd ddrws cefn y car a llusgo'r ddau arall allan gerfydd eu gwalltia a chnocio'u pennau yn erbyn ei gilydd. Rhedodd un i ffwrdd, ac fel ddaeth y llall i fyny am aer, rhoddodd Les leffdar dan ei ên a'i godi lathan dda i'r awyr nes fod ei wên dannadd aur yn tincial hyd y tarmac cyn iddo landio.

Aeth Les i bocad top ei siwt, gosod ei sbecdol drwchus nôl am ei drwyn a cherdded oddi yno fel tae dim wedi digwydd. Teimlai lawar mwy fel y fo'i hun wrth droedio mewn i Keith's Bar.

* * *

Ordrodd Carbo bedair bechdan becyn, pwdin gwaed, sosijs a wy meddal rhyngthynt a phedair *eccles cakes* gan Santos, perchennog y caffi. Wrth aros am ei archeb, penderfynodd ffonio Antonia i weld sut oedd y gwynt yn chwythu hefo honno erbyn hyn.

Gwasgaru gwellt yn un o'r stablau yng Nghaer oedd hi ac fe gymerodd yr alwad heb edrych pwy oedd yn galw.

'Iawn Antonia? Sud ma petha, ta?'

'Iawn, Carbo? Sud wyt ti?'

'Wel... ma 'na ffwc o le wedi bod yma de! *Aaaa* de! Mae Leswold 'di cal y sac gan Mici Ffin a bob dim.'

'Dwi'n gwbod!'

'Ooo! Ma dy grysdal bôl yn dal i weithio felly?'

Chwarddodd hithau.

'Yndi.'

Bu eiliad dawel rhyngthynt.

'Ym... Yli, wyt tisho i ni gwarfod eto ta be?'

'Wel... Dwn im.'

'Wel uts now or nefar i mi.'

'Fydd yn raid i ni felly, achos 'dan ni angan siarad wynab yn wynab beth bynnag dydan?'

'Os wyt ti'n deud Lady Antonia, iawn ta! Ei ffwcin dîal! Pryd a lle, deud di.'

Teimlodd gwyr cynnas yn toddi hyd ei asgwrn cefn a lawr drwy rych ei din at ei geillia.

'Be am heno 'ma? Wyth o gloch.'

Ffrwydrodd ei frwdfrydedd o waelod ei drenars Adidas, a ffishan allan drwy'i glustiau.

'Ffocin brul! Yn lle?'

'Llwydlo.'

'Lle ffwc ma fanno?'

Stopia regi bob munud, nei di! Mae 'na byb o'r enw Fox and Hound ryw filltir tu allan. Yrra'i y posd côd ata chdi.'

'Ffycin tshampion! Sori, nesh i regi eto do!'

'Wela'i di yna am wyth heno, Evel Knievel.'

'Iawn, si iw ddêr. Ofyr and owt.'

Dawnsiodd o flaen y *till* yng nghaffi Santos i lwmp o diwn gan Donny Hathaway. Mi oedd ei feddwl ar ras wyllt. Mi fyddai'n rhaid iddo gael showar a shêfan cyn mynd i'w chyfarfod ac ella y câi fenthyg crys gan Mici Ffin. Garantîd fod gan hwnnw affdyr shêfs drud oedd yn ogleuo'n lyfli.

Bachodd y bagia brechdanau.

'I'll pay you tomorrow, Santos.'

Mi aeth fel corwynt nôl am y garij a chafodd ganmoliaeth fawr am ddod â bwyd ag *eccles cakes* i'r mecanics yn stafell panad.

* * *

Cyfarthodd Ffred i hysbysu Gronw fod 'na rywun yn agor y giât filltir i fyny'r lôn. Gwyddai'n iawn pwy oedd ar fin dychwelyd ond toedd 'na ddim croeso o gwbwl i Ffred drwy borth Bwlch y Gloch heddiw gan fod ei golar ynghlwm wrth ddolenni a oedd wedi'u weldio'n solat i'r gasgan.

Rhoddodd glwtyn poeth tros y bwrdd ceinciau derw, rhawiad i lygad y fflam a thebot i gnesu yn gyfochrog â'r tân. Tynnodd flewyn o'i glust yn y drych cymylog a thwtio ei wallt gyda chrib a gadwai tu ôl i lun o'i wraig.

Clywodd y gerddoriaeth yn dod dros y bryncyn, cyn clywad sŵn tacsi Ifor Tŵ Pe. Tri *cassette* oedd gan Ifor Tŵ Pe yn ei sharabang: Hogia'r Wyddfa, Tecwyn Ifan a rhyw foi arall o Pentra Ifan yn canu emynau. Roedd Ifor yn dileityd efo'r Peugeot 706, *estate* saith sêt a ffeiriodd am hen land rofyr *series one* hefo Keith Blocs o Rosgadfan. Roedd Ifor yn gallu hwffio hyd at ddeuddeg o gwsmeriaid tu mewn iddo ar nos Sadyrnau lawr yn dre, a rhai o'r llafna ifanc wrth eu boddau yn cael reidio ar ben to fatha babŵns mewn *safari park* hyd y lonydd cefn am adra.

Puntan oedd y ffêr bob un. 'Rhatach na phupur a phlât bapur rhen blant,' fyddai Ifor yn ei ddweud bob trip ond mi roedd hynny'n golygu fod yn rhaid i bob un wan jac ganu pob gair o 'Safwn yn y Bwlch' o waelod eu calonnau cyn talu.

Wedi iddo barcio ar y buarth a'r miwsig bocs yn blerio, dderbyniai Ifor 'run ffadan gan Dafydd Aldo am y siwrna o steshon Bangor i Fwlch y Gloch, ac ychwanegodd ei fod yn falch tu hwnt fod Aldo wedi dychwelyd adra at Gronw.

'Tydi dy dad ddim wedi bod yn fo ei hun o gwbwl yn ddiweddar. Mae gwawl o gymylau duon yn llechu tu ôl ffenestri ei enaid dyddiau 'ma.' A chyn iddo gael cyfla i farddoni a chwdu mwy o gwpledi, rhoddodd Aldo bapur ugain punt yn ei law.

'Prynwch floda i'ch gwraig ar y ffor adra, Ifor.'

'Ddim yn rhaid i chdi siŵr!' Sweipiodd Ifor y papur o'i law.

'Chwarae teg i ti feddwl amdani Dafydd bach.' Ac mi aeth Ifor ar ei ben i'r Goat i stydio'r ffôrm a sbydu'r ugain punt cyn amsar te.

* * *

Mi bashodd amball i gar eu MOTs y pnawn hwnnw, ond dim pob un wrth reswm. A bu Carbo fel melltan hyd lle. Allai Polish ddim cwyno, welodd o neb yn tynnu olwynion Mercedes a newid y brêc disgs mor gyflym. Roedd o'n mynd draw yn slei y tu ôl i Carbo i orchwylio ei waith bob hyn a hyn, ond o'r hyn welai, doedd yna ddim allai o gwyno amdano.

Llneuodd Carbo ei dŵls a'u gosod yn dwt yn y cypyrddau pwrpasol.

'Keep the Merc in over night and tell the customer it will be ready by midday tomorrow. Brakes need to be bled again... So Polish, if you will excuse me from my duties, I will see you first thing in the morning.'

Mi oedd pethau wedi newid yn aruthrol ers dyfodiad y gŵr ifanc i'r garij hon. Cododd Sgin ei fawd budr arno wrth i Carbo droedio fyny'r grishau pren i weld y sarjiant mejyr.

* * *

Teimlodd Aldo goflaid y dyffryn hardd lle roedd haul y dydd yn oedi rhwng y tir a'r môr. Agorodd y gliciad a throedio dros y trothwy.

Cododd Gronw i'w gofleidio.

'Croeso adra ngwashi.'

'Pam fod Ffred wedi ei glymu hefo tshaen i'w gasgan?'

'Ifor ddoth â chdi?'

'Ia, Iesu ma'n rwdlian! Be ma Ffred 'di neud i chi?'

'Lladd Pavarotti.'

Chwarddodd ei fab yn iach.

'Wel, iawn 'fyd, doedd o yn clochdar o fora gwyn tan nos?'

'Ia wel, dwnim be i wneud o'r peth o gwbwl, tydi o rioed wedi lladd dim erioed, cradur ffeindia greodd duw.'

''Dio 'di cal bwyd gynnoch chi? Ma'n edrych fel ffrâm ar bedair coes!'

'Damia, anghofish bob dim tan ti sôn!'

'O 'na fo ta, 'da chi wedi llwgu'r cradur.'

'Wel… Sud wyt ti, ta?'

'Iawn de, o dan yr amgylchiada, ond ma hi'n braf bod nôl.'

'Gawn ni banad, ia fachgian? A gei ditha glywad y newyddion i gyd gynna'i.'

Rhoddodd fflic go hegar i'r baromedr wrth fynd am y gegin gefn. Mi drodd y nodwydd fymryn.

'Rybish,' meddai dan ei wynt.

O leia doedd rhai petha ddim yn newid, meddyliodd Aldo.

* * *

Tynnodd Mici ei ofyrols ac eistedd tu ôl i'w ddesg yn flinedig fel y daeth Carbo i mewn i'r offis fel pen chwip yn clecian.

'Iawn, Mic?'

'Sud ma petha'n siapio lawr fanna?'

'Wel, ma gen ti fecanics reit dda yma, a ma nhw'n trio eu gora i chdi. Ond mae 'na ffwc o chwinc yn y Polish 'na, saff ti.'

Chwarddodd Mici.

‘O mi sylwist!’

‘Do siŵr dduw! Ma ’na rwbath mowr yn bod arno fo siŵr a ma Sgin ym bach yn ara deg ar y panels ar y bodi wyrc de, ond mae honno yn sgil ynddi hun, dydi? Gad o i mi, ok?’

‘Faint o bac log sydd ’na rŵan ta?’

‘Barod am fwy o geir fory, ond rhanna y gwaith ynde. Gad i Polish a fi dderbyn y cwic fficsys, y serfusys a’r MOTs a ballu. A gad i Sgin weithio ar y ceir retro.’

‘Gwd thincin, soldier.’

‘Ma’r Merc ’na angan dwy beipan brêc newydd a’r Anglia yn sychu yn lyfli gen ti. Uffar o job dda. A dwi ’di rhoid y wans ofar i’r Audi Quattro, mae o’n chwip din o gar dydi? Chdi bia hwnnw medda’r hogia… Jaisys! Fel ’sa fo newydd ddod allan o ffactri’n jyrmani. Mae o’n biwt o foshîn.’

Nodiodd Mici. Mi oedd hi yn reit amlwg i Carbo ei fod o isho llonydd.

‘Gad i’r hogia fynd adra ŵan ia, Mic? Mi eith o yn bell hefo nhw sdi.’

Gwenodd Mici arno, mi oedd yn gwybod fod yr hogyn yn llygad ei le.

‘Deud di wrthyn nhw ar dy ffordd allan, yli.’

‘Ia iawn. Diolch ti.’

Safodd Carbo yno a dal i sbio arno.

‘Wyt isho wbath arall, Carbo?’

‘Oes. Wyt ti’n gwbod lle ffwc ma Llwydlo?’

‘Mae o ar y border, cymera y lôn am Hereford.’

‘Tshampion.’

‘Sud ei di yno ta? Trên ia? Neu dos â’r Renj Rofyr os tisho.’

‘Na, ma’n iawn diolch ti, a’i nôl Moira. Ond diolch ti ’run fath.’

‘Iawn siŵr.’

'Ymm, ella fydda'i 'chydig bach yn hwyr i'r gwaith bora fory, os ydi hynny'n iawn hefo chdi ynde, bos?'

'Sgin i ddewis?'

'Dim rili de. Ymm… Ga'i fynd i lle chdi am ffreshyn yp bach caf?'

'Cei siŵr, 'ma chdi. Gad o dan potyn i mi.' Taflodd y goriad ato. 'Wela'i di a cofia fi at Antonia!'

Winciodd Carbo arno.

* * *

Eisteddodd Aldo ar y gwely roedd ei dad wedi'i baratoi iddo'n barod. Roedd tri bar oren llachar o'r lectric ffeiar ar ffwl blam yn cnesu hogla tamp y stafell. O leiaf mi oedd o'n saff ymysg yr hen ddefodau na ellir eu torri. Edrychodd ar ei ffôn, dim signal.

Gorweddodd yn ôl ar y gwely a oedd yn feddal fel mignan. Tynnodd glustog tu ôl i'w wâr a gwrando ar swyn swigod y nant yn troelli heibio'r tŷ. Efallai fod heddwch i gael o'r diwedd ond toedd ei ymennydd ddim yn fodlon rhoi'r gorau i dynnu ar ril edau ei feddyliau.

Clywodd ei dad yn gweiddi o waelod y grisha.

'Gymi di fechdan sbam ag wy wedi ffrio, Aldo?'

Atebodd o ddim, mond gwenu. Trodd ar ei ochor i edrych trwy'r ffenest agored.

'Mae'n cysgu mwn, Ffred bach. Cyma di hi 'li.'

Sglaffiodd y ci defaid y fechdan. Disgynnodd clincar gwynias o'r grât ar grawen. Glychodd Gronw ei fys a bawd a'i chodi'n ôl i'r grât at ei theulu. Taniodd ei getyn a thynnu corcyn o wddf y botal gwirod peryg bywyd.

* * *

Cymerodd Carbo gawod boeth a shêfan yn nhŷ Mici. Chwistrellodd ddiodrant dan ei geseilia a sblash o affdyrshef drud o Nepal ar ei wep. Mi oedd y garrag loyw ym mhocad bach ei Levi's yn dal i bigo ar ei gydwybod. Byddai'n rhaid iddo ddatgelu'r gyfrinach honno pan fydd ar y dêt, os na fyddai'n cael gafael ar Cidw cyn hynny.

* * *

Cilwenu fel drws agorad ei thafarn oedd Barbra, landledi y Golden Lion, wrth weld Cidw yn chwara gitâr ger y bar a thaflu gwên annwyl ati bob yn hyn a hyn. Gwyddai hithau yn ei chalon mai ei gadael hi a wnâi unwaith yn rhagor. Dyna oedd yr atyniad.

Tawelwyd tannau'r gitâr pan gerddodd dau o ddynion mewn siwtia drud drwy ddrws y tŷ potas. Disgynnodd y wên lydan o wep Barbra fel ceiniogau yn glewt ar y bar. Ond styrbiodd Cidw ddim wrth chwarae strings y Gibson i un o ganeuon John Lennon. Roedd y rhai a fu'n clapio a chanu i'w ganeuon yn gynharach wedi dechrau symud am yn ôl i seti cefn y salŵn.

* * *

Cnociodd Carbo ar ddrws ciarafán Mr Ferry. Agorodd y drws iddo.

'I've come to get her.'

'Croeso'n ôl Carbo. She's ready to go, as you requested. Her tank is full to the brim and she's warmed up.'

Estynnodd drowsus lledar reidio iddo o gefn drws y giarafán. Gwyliodd Carbo yn tollti ei hun i'r llodrau gwydn a chau *zip* ei jaced ledar at ei wddf.

Aethant am y shed a phwysodd Carbo ar fotwm tanio i ddeffro Moira: Kawasaki Ninja. Taniodd bŵer pedwar piston rhwng ei goesa, sugnwyd y tanwydd i'w chyllfa a feibretiodd y moto-beic fyny ei asgwrn cefn nes fod dafnau'r gwlith yn dawnsio ar y tanc petrol gwyrdd tywyll. Gosododd ei helmet patrymau meillion ar ei gorun a thynnu'r feisor glas tywyll lawr i guddio ei lygaid.

Agorwyd y giatia iddo gan Sabina yn ei ffrog patrwm briallu a chyfarthodd a glafoeriodd Zorro ar ei dennyn wrth ei wylio ond teimlai Carbo yn saff yn ei helmed a'i siwt o ledar. Cymerodd y lonydd cefn hyd wastadoedd Gwent, tra oedd o'n gwrando'n astud ar ei grwndi. Newidiodd i gêr isal ar y gylchfan, cyn ymuno â'r M4 ac agorodd Moira allan i'r entrychion.

Llwch mewn drych oedd pob tre a phentra a aeth trwyddynt. Y fo a'r peiriant yn un a phrin milimetrau o rybyr yn ei ddal ar y tarmac. Mi oedd o'n rhydd fel y gwynt ac yn gynt nag amser ei hun wrth hitio cant ac ugain heibio pawb a phopeth a'r pryfetach yn taro ei feisor.

Eisteddai Antonia yn y Fox and Hound ar stôl ger y bar. Roedd amsar yn treiglo'n ara deg a phob eiliad yn tician yn uchel yn ei chlustiau fel cloc capal cyn cynhebrwng.

* * *

Studiodd Mici fotymau y dishwashar ond allai o ddim gwneud pen na chynffon o'r peiriant. Slamiodd y drws ar y llestri budron, estynnodd fforcan a bwyta pasda ddoe o allan o sosban. Bu bron iddo ollwng ei fobail i'r sinc pan welodd fod Julia yn ei alw.

'Haia pish, o'r diwadd! Bob dim yn iawn hefo chi?'

'Nagdyn Michael, tydyn nhw ddim.'

'Yli Jiw…'

'Ti'm yn dallt nagwt, Mici!'

'Dallt be?'

'Fod byw 'fo chdi fatha gwylio cartŵn. Ti yna un munud yn llawn lliw a bywyd, a'r munud nesa ma hi'n that's all folks!'

'Sori, oedd raid i mi…'

'Pan mae'r plant yn gofyn i mi lle wyt ti pan ma nhw'n deffro, fedra i'm edrych i fyw eu llgada nhw pan sgynna'i ddim atab. Dwi angan chdi hefo ni. Da ni *gyd* angan chdi hefo ni, dwi wedi syrffedu ar boeni amdana chdi.'

'Ia, dwi'n dallt hynny…'

'Wyt ti? Achos sgen i'm blydi syniad lle wyt ti hannar yr amsar! A gan bo chdi wedi bod yn ffonio fi yn ddi-baid, stupid me, ddes i adra 'fo'r plant yn yn gynnar o'n gwylia ni fel sypreis it… a low and behold, be ffendish-i ar lawr yn stafell wely ni oedd y ngŵr i out for the count, ac yn mwytho potal o wisgi fel babi.'

Llonyddodd Mici trwyddo a thoddodd pelan eira o gywilydd lawr ei asgwrn cefn.

'Dwi'n rili sori o waelod nghalon, Jiw… Ond… wel… mi gollish 'y mhen do pan welish i dy lythyr di ar y glustog. O'n i'n meddwl bo chdi di ngadal i do'n? Jysd… blip bach oedd o, sdi.'

'Blip! Ffycin blip! Odd y stafell fel bod 'na fom wedi mynd off yna a gwaed hyd y walia a'r carpad… Lwcus fod y plant ddim wedi gweld chdi yn dy lanast yn de?'

Dechreuodd hithau grio a chaeodd yntau'i lygaid.

'Sortia dy shit allan. Unwaith ag am byth achos fedra i ddim cymryd mwy o hyn…'

'Mi na i, dwi'n addo, ond si'm isho chdi boeni am ddim byd o hyn mlaen, iawn. Dwi 'di sortio'r llanast i gyd.'

'A be am y llanast yn dy ben di, ta?'

'Dwi lot gwell... a dwi wedi trwshio'r mirror. A llnau y carpad a'r walia yn lân... fatha newydd!'

'Wel llongyfarchiada mawr i chdi, be wyt tisho, medal arall for bravery, ia Mici? Jesus! Gwranda, paid â ffonio fi ddydd a nos yn racs o hyn mlaen iawn? Dwi angan llonydd am dipyn i feddwl am betha.'

'Ia iawn siŵr, sori.'

Bu saib bach rhyngddynt.

'O ia Jiw, tra dwi'n cofio...'

'Be?'

'Sud ma'r dishwasher 'ma'n yn gweithio ta?'

'Blydi hel! Ffonia Polish. Y fo ydi dy clean up man di fel arfar de! Yli, dwi'n goro mynd, ma'r plant 'ma isio bwyd.'

Cyn iddo gael cyfle i ddweud dim mwy, diffoddodd Julia yr alwad.

Gwagiodd Mici y tŵr llestri o'r dishwashar i mewn i'r sinc ac estyn am botal o ffêri licwid.

* * *

'Ieshu grasusha, fuo jesd mi neidio o nghroen, fachgian. Ma 'na de yn tebot. Gest di bysgod i ni?'

Sylwodd Aldo fod ei dad wedi croesi y ffin o sobrwydd i feddwdod. Dilynodd Ffred y ci o i mewn drwy'r drws a thriodd Gronw guddiad y botal gwirod peryg bywyd o dan bwrdd rhag i Adlo ei gweld. Llaeth mwnci oedd un o wendidau mwyaf ei fab a pheth gwirion iawn fysai rhoid temtasiwn mewn potel o'i flaen.

'A be mae'r ci yma'n wneud yn 'y nhŷ fi? Y basdun bach dideimlad. Catran o'r gwn cwningod dylia fo wedi gal, a dyna fo.'

Roedd gwep Gronw yn farcia du hyd-ddo ar ôl iddo fod yn gwthio ei fawd i drwmbal ei getyn a diawlio pob dim dan yr haul wrtho'i hun. Triodd ail-danio ei getyn ond toedd ei law dde ddim yn cytuno â'r fflam yn ei law chwith.

'A pheth arall...'

'Dwi ddim isho gwbod Dad. Dowch, a'i â chi i fyny, ia?'

Rhoddodd ei getyn lawr ar y bwrdd.

'Ia iawn, nil desperandum. Dwi 'di blino braidd weldi a mae nghefn i'n giami ond wsdi be?'

'Be?'

'Wel, wyt ti'n yn gwbod yn barod yn dwyt?'

'Yndw siŵr. Rŵan dowch, wir dduw.'

'A pheth arall...'

'Wn i! Dowch ŵan ffaddyr.'

Dechreuodd Gronw ganu 'Nessun Dorma' wrth gael ei hebrwng fyny'r grisha am y ciando.

* * *

Cafodd Jiffy lond bol o orfod mochal yn stafell gefn gwesty'r Hazlitt's yn Llundain a fedrai o ddim gweld dihangfa o'i drybini o aros yn y ddinas bellach. Ond cyn hel ei bac, cododd ffôn y stafell a rhoi caniad i Fwlch y Gloch.

'Blydi hel o'r diwadd! Lle ffwc wyt ti wedi bod Jiff? Dwi 'di bod yn poeni'n enaid amdana chdi!

'Ma hi'n ffycd Daf! Ma nhw'n chwilio amdana'i yn bob man. Fedra i'm symud i nunlla yn lle ma!'

'Pam?'

'Oherwydd ma nhw isho gwbod os na fi baciodd y deimonds yn y briffces cyn iddyn nhw adal am 'Werddon!'

'O ffac! Wela i!'

'Sud ma nhw 'di sysho'r peth, ta?'

'Wel yn un peth, maen nhw'n gwbod mai quarts landiodd yng nglin O'Malley yn Werddon dydyn, ac yn ail, roth Mici Ffin gweir i fab bos yr Hustons ar y llong yn do. Mi nath o fwy o lanast nag o les. Ac mae gynnon nhw ident arna chdi.'

'Shit! Be am Antonia, ta?'

'Tydyn nhw'n gwybod dim am weddill y criw a 'dan ni isho'i chadw hi felna. Os gân nhw afal arnan ni ynde, un ffor neu llall, mi gân nhw fwy na'r gwir allan ohonan ni, coelia di fi!'

'Sud?'

'Bachyn bwtshar drwy bocha dy din ag allan a wedyn dy hongian di fyny ben i lawr nes fyddi di'n gwichian fel piglet mewn lladd-dy.'

'Ok ok, spare me the gory details.'

'Wel dwi nabod eu ffyrdd nhw a wnân nhw ddim rhoi fyny ar yn hela ni. Mae'r ffaith fod rhywun wedi eu sgriwio nhw'n gyrru nhw'n boncyrs. 'Dan ni wedi procio nyth cacwn gangstars Llundan yn llydan agorad tro 'ma!'

'Be 'dan ni mynd i neud ta?'

'Dwn im eto. Dwi'n goro byw o funud i funud ar hyn o bryd… Ond paid â meiddio crwydro yn rhy bell o'r ffarm iawn? Mae gynnon nhw siwtia yng Nghaergybi yn chwilio amdana chdi fel ma hi… Na'i ffonio chdi ar y land lein o hyn mlaen iawn. Mi oedd Gronw yn iawn, ma'r ffôns ma'n arwain pawb i drafferthion yn y diwadd.'

'Ok.'

'Dwi am dalu gweddill y cash i banc acownt Gronw gynta medra'i a symud mlaen o fan hyn… Adawa i chdi wybod be ydi'r plania.'

'Be amdanan ni'n dau, ta Jiff?'

'Fedran ni'm cyfarfod am dipyn mae hynny yn saff ond mi gysyllta'i yn y dyddia nesa 'ma, ok? A dwi'n sori bo chdi'n meddwl mod i 'di gadal chi i gyd lawr ond nesh i i ddim. Damage limitation oedd o de.'

'Ia, dwi'n dallt hynny rŵan dydw? Cym ofal iawn. Caru chdi.'

'A chditha Daf's. Ofyr and owt.'

* * *

Synhwyro fel dau gi hela oedd y ddau ddyn mewn siwtia rhad yn y Golden Lion, yn troelli am eu cynffonnau wrth edrych o'u cwmpas, cyn iddynt ddechrau holi Barbra am Gymro a arferai yfed yno. Dangoswyd llun o Jiffy i'r landledi. Wrth strymio'i gitâr, clywodd Cidw bob gair heb gymryd dim sylw ohonynt.

Syllodd Barbra ar y llun.

'Do know you what? He looks the spit of my sister's husband, handsome man he was and all but he passed away last Easter, poor auld sod, never gor a chance to eat the Easter egg I gave him neither... Now lads, are you spending money in my establishment, or just here to hassle my punters with your negatives?'

Atebodd 'run o'r siwtia rhad.

'Well then, I will kindly ask you to fuck off from my boozer and go on your merry way.'

Ar ôl iddynt adael, gwnaeth Barbra arwydd ar Cidw i'w dilyn i fyny i'r lifing acomydeshyn.

* * *

Awr a deg munud gymerodd hi i Carbo a Moira gyrraedd cyrion Llwydlo. Gwelodd oleuadau oren croesawgar y dafarn yn llewyrchu o dan y bondo. Parciodd ei gludwraig yn y maes parcio rownd y cefna, tynnodd ei helmed oddi ar ei gorun a rhedag ei fysedd trwy'i wallt. Pwysodd y *kill switch* o dan y sêt rhag ofn i ryw ffycar gael ei demptio i'w dwyn. Clywodd leisiau ac acenion estron wrth agor drws y tŷ potas ac mi hitiodd ei helmet yn un clec ar ffrâm drws y lownj yn ddamweiniol wrth gerddad i mewn. Roedd Carbo wedi cyrradd y Fox and Hound a phawb a oedd yno wedi sylwi.

Edrychodd o'i gwmpas wrth osod ei helmed ar y bar i weld a oedd Antonia wedi landio. Gwelodd fod arwydd uwch ei ben hefo llun moto-beic a chroes goch drosto a 'No bikers' mewn llythrennau bras du. Gwenodd ar y barmed a chodi ei helmed.

'It's not mine, I'm selling it.'

Gwenodd honno'n ôl arno. 'Its alright love, you don't look like trouble to me. What will you be having?'

'A peint of seidar and a pacet of sgampi ffreis plis.'

Pwyntiodd hithau i ben arall y bar.

'Well, I think it's already in for you.'

O'r ochor arall i'r Fox and Hound, clywodd glec pêl ar bêl yn atseinio ac yno y safai Antonia yn dal ciw pŵl fel gwaywffon yn ei llaw chwith. Cynhyrfodd drwyddo wrth fynd lawr y ddwy stepan i'r bar cefn ond mi gafodd gam gwag am drio bod yn cŵl. Chwarddodd hithau. Cododd ei freichiau er mwyn ei chofleidio ond mi roddodd y ciw pŵl yn ei law.

'Siot chdi Carbo, dwi ar y cochion!'

Plygodd lawr mewn un symudiad a tharo'r wen yn berffaith yn erbyn y cwsh a'i snwcro tu ôl ir bêl felen.

* * *

Gwyddai Barbara fod Cidw a'i griw mewn trafferthion ond byddai gofidia yn peidio am heno. Roedd cael maldod yn llawer pwysicach wrth iddo ei chofleidio a'i chusanu'n nwydus nes fod ei chefn yn smwddio'r papur wal blodeuog ar y ffordd fyny'r grisha am y gwely pedwar postyn. Wrth iddynt ymgolli rhwng y cynfesi, anghofiodd Cidw yn llwyr fod o angen rhoi gwybod i Harry O'Carrol i beidio dilyn trywydd Jiffy bellach.

Oherwydd pan drosglwyddodd Jiffy yr arian mawr i gyfrif banc dyn o'r enw Gronw Wyn Owen, pingiodd y transacshyn ar gyfrifiadur Harry. Rhoddodd stop ar y *transfer* y munud hwnnw.

* * *

Cerddodd Carbo allan o'r toilet hefo smôc wedi'i rowlio'n daclus tu ôl i'w glust.

'Awn i rardd gefn ia?' meddai Carbo yn wên o glust i glust.

'A sud ddiawl wyt ti'n gwbod bo gynnyn nhw rar gefn yn fama?'

'Wel, lle arall ma nhw'n tyfu 'fala i neud seidar ffor hyn?'

Chwarddodd hithau a'i ddilyn. Eisteddodd y ddau gyferbyn â'i gilydd ar y bwrdd picnic yn yr ardd gwrw. Syllodd hithau i fyny ar ryfeddodau y nen a edrychai fel tae'r tylwyth teg wedi gwasgaru llwch hudol ar wyneb ffurfafen indigo.

Syllodd yntau arni hi, wedi gwirioni ar gael bod yn ei chwmni unwaith eto. Taniodd ei smôc a dechra dangos ei wybodaeth ddiweddar am y serods i Antonia. Mi greodd gryn argraff arni ac os oedd o ddim yn gwybod enwau rhai o'r sêr, mi wnaeth o rai i fyny: A.C. Cobra, Astra, neu Corsair a Zephyr. Chwarddodd hitha, gan ddeall yn iawn be oedd o'n ei wneud, ond ddywedodd hi ddim gan ei bod yn cael cymaint o hwyl ar y malu cachu.

'Tisho un arall?'

'Na, fyddai'n gorfod gadael mewn 'chydig, Carbo.'

'Be? Ti'm am fynd yn barod?'

'Mae gynna i waith ben bora sdi.'

'A fi 'fyd!'

Doedd hyn ddim yn mynd i fod yn hawdd iddi hi, na fynta.

'A finna di hamro yma ôl ddy we i weld chdi...'

'Ocê, arhosa'i am 'chydig ta.' Cafodd gryndod bach drwyddi. 'Wwww. Ma'i 'di oeri dydi, a'i i nôl yn jacet o car, 'li.'

Meddyliodd Carbo yn siŵr ei bod am ei adael.

'Na, ma'n iawn siŵr. Stedda di yn fanna. A i nôl hi i chdi. Tyd â'r goriad i mi.'

Gwyliodd o'n neidio dros y ffens bren a diflannu i'r tywyllwch. Taflodd y coed afalau gysgodion hir tra'i bod hi'n taflu'r cwestiynau yn ei meddwl. Be oedd hi'n mynd i wneud? A sut uffar oedd hi'n mynd i esbonio y sefyllfa iddo?

Dychwelodd yntau o'r tu ôl iddi'n dawel a gosod ei siaced melfed tros ei hysgwyddau.

''Ma chdi, mei ledi.'

'Blydi hel! Nest di'n nychryn i!'

'Ti'n jympi iawn, be sydd?'

'Dim.'

Eisteddodd nôl gyferbyn â hi a chydiodd yn ei dwylo ar y bwrdd pren i'w cynhesu. Tynnodd hithau ei dwylaw nôl ar ôl rhai eiliadau. Teimlodd ynta'r feibs oeraidd.

'Ma gan i bres i chdi,' meddai Antonia ymhen amser.

'Am be?'

'Tâl am y gwaith nest di 'di o.'

'Be? Ond o'n i'n meddwl fod y cash i gyd 'di mynd!'

'Camddealltwriaeth rhwng Jiffy a mrawd oedd hynny.'

'Ond...'

'Blydi hel, gwranda nei di yn lle torri ar y nhraws i bob munud!' Taniodd ei llygaid gwyrdd-las o dan y sêr. 'Ma Jiffy wedi nhalu fi a mae'r gweddill ohonach chi'n mynd i gael eich shâr o'r pres pan ddaw o. Felly plis cymra fo gen i a dos i rwla nei di, i rwla arall yn bell o'r traffath 'ma i gyd. Achos dwi ddim isho i chdi gal dy frifo... Eto fyth.'

'Brifo! Cal fy ffacin mrifo! Gan bwy?'

'Wel, ti'n gwybod be dwi'n feddwl dwyt?'

'Felly be ti'n ddeud ydi... does na'm dyfodol i ni'n dau felly, ia?'

Dywedodd ei thawelwch y cwbwl wrtho.

'Sbiash i arna chdi drwy dwll clo y stabal rôl i chi'n nghloi yno drwy'r nos. Oedda chdi'n gwbod yn iawn be odda chdi'n neud o'r dechra felly yn doeddat?'

'Cad dy lais lawr Carbo. Ma'r bobol 'na'n sbio arnan ni!'

'Ffwcia nhw! Ddudist di ella fod yna jans i ni'n dau cyn i ni fynd draw i Werddon! Ti'n cofio'r noson honno, wyt? Wyt ti'n meddwl bo fi wedi dod yma i chwilio am ffwcin pres gen ti, wyt Toni? Go iawn? Dyna pam ti'n meddwl bo fi 'di dod yma?'

Edrychodd Toni i ffwrdd. Gallai weld ei fod o'n dechra codi stêm.

'Wel ffycin hel! Dod yma i weld chdi nesh i a dim byd arall.'

'Sgen ti'm syniad nag oes?'

'Syniad am be rŵan?'

'Mi wyt ti'n troi fyny yma fel ffeiarwyrc eto. Dwi'n dal ddim yn gwbod lle ma'n mynd i landio a sgen ti ddim syniad be sy'n mynd mlaen go iawn. Ti'n siarad lot ond yn gwrando dim!'

'Chdi drefnodd bo ni'n cwarfod fan hyn a be ddiawl ydw'i wedi neud o'i le eto fyth?'

'Ma'r job drosodd. I bob un ohonan ni a 'dan ni gyd i fod i symud ymlaen dydan? Dyna oedd y plan, ynde?'

'Ond mae plania'n gallu newid dydyn?'

Atebodd hi ddim.

'Be di hanas y gweddill, ta?'

'Sgynna i'm syniad a dwi'm isho gwbod chwaith. Dwi isho cario mlaen hefo mywyd yn normal am unwaith. Mi orffennodd pob dim pan ddudon ni ta-ra yn do?'

'Ond nest di ddim.'

'Be?'

'Deud ta-ra wrtha i.'

'Wel, dwi'n gneud rŵan, felly ta-ra Carbo a dyma chdi dy gyflog am y joban.' Tynnodd *cheque* wedi ei phlygu iddo o'i chôt felfed a'i gosod ar y bwrdd picnic. 'Ma 'na £40,000 i chdi yn fanna. Roith o gyfla i chdi ddechra o'r dechra yn gneith.'

Gwyddai Carbo ei fod yn cael *kick to touch* ganddi.

'Cymera fo, mae o'n gyfla da i chdi neud bywyd newydd i chdi dy hun, yn dydi?'

'Ond be am weddill y criw?'

'Mi gân nhw i talu.'

Edrychodd ar y *cheque* a gwelodd ei enw a rhifau arni. *Carwyn Roberts. Pedwar deg mil o bunnoedd yn unig.* Mi oedd y ffigyrau ar ôl ei enw yn fwy o arian na welodd o erioed.

'A lle ffwc dwi fod i gashio hon ta?'

'Yn y banc, ynde'r lob.'

'Sgen i'm walat, heb sôn am fanc acownt, nag oes Toni?'

'Wel, agora un ta!'

Taniodd gornal y *cheque* efo'i *zippo* a gadal iddi losgi ar y bwrdd picnic o'u blaena.

'Clyfar iawn!'

'Fel ddudish i, ddesh i ddim yma i gal pres gen ti.'

'Wel dyna'r cwbwl sydd ar gael, sori.'

'Iawn os na fela ma dallt petha, hwyl ti ond cyn iti fynd de, dwi isho rhif Cidw gen ti. Dwi angan i weld o ynglŷn â rwbath.'

'Nagwyt.'

'Yndw!'

'Nagwyt!'

'Wel, yndw medda fi!'

'Nagwyt! Dwyt ti ddim isho rhif Cidw achos dwyt ti'm gwbod hefo be wyt ti'n delio. Mi blingith chdi'n fyw tra wt ti'n sefyll. Mae o'n ddyn lyfli ond pan mae hi'n dod at fusnes, mae o'n ffycin lethal. Job oedd hon iddo fo a dim arall. Joban y cest di dy dynnu mewn iddi. Rŵan plis, gad i betha fod a symuda ymlaen, ia? Mi wyt ti wedi gneud dy waith. Mae bob dim drosodd.'

'I chdi ella.'

'Be ti'n feddwl?'

'Wel… mae gan i rwbath, rwbath fedar helpu Les i dalu ei ddyledion.'

'Mae Mici Ffin wedi clymu honna fyny'n barod, felly gad i betha fod.'

Dechreuodd Carbo rolio smocsan.

'Wel, o'n i'n meddwl bo chdi'm callach be 'di hanas gweddill y gang…'

'Yli, dwi ddim isho bod yn ran o hyn ddim mwy. Dwi 'di byw ers dros flwyddyn yn planio'r job ddwytha 'na, a dwi 'di cael llond caitsh o bob dim.'

'Fyddi di yn bôrd *shitless* mewn 'thefnos siŵr.' Llyfodd Carbo y Risla.

'Ella wir ond fydda'i ddim yn gorfod poeni amdana chdi... Chi gyd.'

Sylwodd Carbo ar ei chamgymeriad, a thaniodd ei smôc dan wenu.

Cododd hithau'n dalsyth. 'Pob lwc i chdi.' Cynigiodd ei llaw iddo ei hysgwyd ond gwrthododd ynta.

'Wela i di, Evel Knievel.'

* * *

Canodd ffôn y land lein ym Mwlch y Gloch a gobeithiodd Dafydd Aldo o'i galon mai Jiffy oedd ar ben arall y lein ond Cidw oedd yno, a doedd ganddo ddim newyddion da. Esboniodd fod Harry O'Carrol wedi rhewi'r arian a drosglwyddwyd gan Jiffy i gyfri Gronw a byddai'n rhaid iddo fynd i gyfarfod Harry i drafod y telerau newydd. Cafodd lond clust gan Aldo am beidio cadw llygad agosach ar bethau ond roedd y difrod wedi'i wneud ers oriau.

* * *

Cnocwyd ar ddrws stafell Jiffy yng ngwesty Hazlitt's i ddweud fod ei *room service* wedi cyrraedd.

'Leave it by the door please.'

Arhosodd nes i'r hambwrdd gael ei osod tu allan i'w ddrws. Sbeciodd trwy'r drws cilagored cyn plygu lawr i estyn ei fwyd. Dyna'r symudiad olaf a wnaeth y noson honno.

* * *

Ar ôl swyno Mandy, y barmed, archebodd Carbo beint arall

o seidar a paciad o scampi ffreis oddi ar ei stôl wrth far y Fox and Hound a chynigiodd ddiod i Mandy gan mai dim ond nhw ill dau oedd ar ôl yno. Gofynnodd yn glên a oedd yna stafell yn rhydd am y noson iddo. Edrychodd hithau yn y llyfr bwcins dan wenu'n ôl a chanfod fod yna un *twin bedroom* yn rhydd. Gan ei bod hi'n hwyr ac yn debygol na fyddai neb arall am aros yno, mi gâi o'r stafell *twin* a brecwast llawn am ffiffdi cwid ganddi. Bargian i'r boi oedd yn gallu swyno nadroedd.

Agorodd ddrws y bar yn llydan gorad. Safai Antonia yn y gwagle, yn edrych bach yn llywath ar y ddau.

'Duw, welcym bac!'

'Tydi nghar i ddim yn tanio Carbo. Nei di gal golwg arno fo i mi plis?'

'Oes 'na betrol ynddo fo?'

'Wel oes siŵr dduw, ma'r tanc yn llawn ond does 'na ddim byd yn digwydd pan dwi'n troi'r goriad.'

'Can I help you love?' holodd Mandy.

'Her car won't start,' atebodd Carbo fel tasa Antonia ddim yno.

'Have you got any petrol in the tank?' cynigodd Mandy.

'That's funny, I've just asked the same thing. We must be on the same wavelength, Mands.' Clinciodd y ddau eu gwydrau.

Roedd Antonia yn dechra colli ei hamynedd. 'Does 'na ddim gola yn dod fyny ar y dashbord na dim. Dwn im be sydd yn bod arno fo. Dydi o rioed 'di gneud dim byd fel hyn o blaen.'

'What did she say?' gofynnodd y barmed wrth Carbo.

'She said that there's no lights showing up on the dashboard, and it's never done anything like this before.'

'Blydi hel Carbo!'

'You understood that didn't you, love,' meddai Carbo.

'Yes thanks. Oh, it sounds serious.'

'Yes, it does Mandy, you're right.' Cymerodd Carbo swig hir o'i beint, yn amlwg yn mwynhau.

'Well, what will you do then?'

'Yes, what will you do then?' holodd Carbo fel carrag atab. Agorodd y paciad scampi ffreis a chynnig un i Mandy.

'Nei di gal ffacin lwc arno fo Carbo! Ti'n fecanic i fod!'

'Ok… Ok… Aros ym bach.'

'What did she say?' gofynnodd hi eto, fel tasa Antonia ddim yn bodoli.

'She asked if I could have a look at her car because I'm a mechanic supposedly, and I'm the best there is, Mandy!'

'Well, that's lucky for you isn't it sweetheart, that he's a mechanic with manly hands.'

'Yes,' medda Toni â'i gwaed yn berwi. 'Wyt ti'n mynd i gal lwc ar y ffycin car 'ma ta be!?'

'I think I better have look at her car, Mandy. Pour us another one, I won't be long.'

Cododd Carbo y bonat a gofyn i Toni droi goriad y BMW. Ond dim oedd dim. Roedd y modur yn hollol ded. Daeth hithau at ei ysgwydd yn bryderus a'i holi be oedd o'n feddwl oedd yn bod ar ei char.

'Mae hi'n anodd deud yn twllwch 'ma dydi a sgynna i'm tŵls na dim hefo fi nag oes, ond 'swn i'n deud na'r starter motor sydd wedi mynd arno fo.'

'O shit! Be dwi'n mynd i neud?'

'Wel, fydd raid chdi aros tan bora bydd a ga'i lwc iawn arno fo yng ngolau dydd. Fydda i'n siŵr o allu sortio fo allan i chdi felly paid â phoeni, llygid doli.'

'A lle dwi'n fod i aros tan hynny, ta?'

'Wel ma genna *i* twin rŵm yn barod de... Fydd raid i chdi byncio hefo fi bydd. Sepret beds wth gwrs!'

* * *

Wedi syllu am sbelan go hir ar y botal gwirod peryg bywyd, penderfynodd Dafydd Aldo ei chloi hi'n ôl yn y cwpwrdd cornal. Aeth ati wedyn i llnau tipyn ar yr hen ffermdy gan fod golwg fel tasa 'na fwgan brain wedi symud mewn. Trodd yr hen radio falfiau ymlaen ac ar ôl iddi g'nesu, clywodd y *shipping forecast* ar Radio 4. Gwenodd wrth sgwrio'r bwrdd derw a rhoddodd frwshiad go dda i'r crawia, cyn mynd ati i guro'r llwch o'r carpedi ar y lein ddillad yng ngolau'r lloer.

Llneuodd y parlwr tân yn lân a chymerodd anadl ddofn cyn taclo'r gegin fach yn y cefn. Berwodd ddŵr poeth er mwyn glanhau'r saim oddi ar dop y popty a gwelodd fod rhywbeth tebyg i gyw iâr mawr y tu mewn iddi. Ar ôl ryw ddwy awr solat o lanhau, doedd yr hen le ddim yn edrych yr un fath. Taflodd bob math o 'nialwch i'r bin – bocsys wyau di-ri a gwerth blynyddoedd o *Farmers Weekly, Exchange and Mart* a *Trem Talmynydd*. Gwaredodd wrtho'i hun pan welodd domenni o hen dunia sŵp a phrŵns oedd wedi dechrau rhydu yn y cypyrddau a phan welodd fod tu mewn i ddroriau'r gegin fel nythod llygod mawr, fe dolltodd y cwbl lot i fagiau bin.

Ar ôl yr orchwyl sgwrio a llnau, gwnaeth banad haeddiannol iddo'i hun. Ond pan agorodd y ffrij i estyn llefrith, gwelodd fod tu mewn iddi hi fel rwbath allan o'r *Muppet show* a wedi llwydo'n bob lliwiau.

* * *

Clinciai poteli seidar yn erbyn ei gilydd ym mhocedi ei jaced ledar fel clychau eglwys ar ddiwrnod priodas.

'Be ydi'r gora gen ti Antonia? Un meddal? Ta un calad?'

'Pardyn!?'

'Wel gwely de... Un meddal ta un calad 'di gora gen ti?' meddai gan syllu ar ei thin wrth ei dilyn i fyny'r grisha am y stafell *twin*. Rhoddodd y goriad yng nghlo drws y stafell, ond wnâi o ddim agor.

'Dio'm yn agor.'

''Di cal gormod o'r blydi scrympi hurt 'na, wti. Tyd â'r goriad 'na i mi.' Triodd droi yr allwedd yn y clo, ond gwrthododd agor.

'Jesus Christ! Ma rhaid fod yr hulpan wirion 'na wedi rhoid y goriad anghywir i ni! Dos i nôl yr un iawn ganddi. Gan bo chi'n gymaint o fêts.'

'Ma hi wedi hen fynd adra erbyn hyn siŵr.'

'Ffo ffyc sêcs, Carbo. Dwyt ti ddim byd ond traffath! Be ddiawl nawn ni rŵan ta?' Stompiodd am y grisha tra oedd hi'n gwaredu. 'Dwi'm yn blydi coelio hyn!'

'Aros ym bach nei...'

'Pam, be ti am neud? Agor y drws 'na hefo dy *manly* hands, ia?'

'Ia. Sgin ti binna gwallt yn dal y mwng hir 'na?'

'Be!?'

'Mae gen ti herpins yn dal dy wallt i fyny fel arfar, does?'

'Be? Oes 'fyd!' Tynnodd un o'i chorun. 'Bruliant Carbo. Blydi bruliant!'

Sythodd Carbo y pìn gwallt, a gwneud plyg bach ar ei gwaelod. Chymerodd o ddim llawar i'r loc picar agor y Yale lock.

'Open sesami.' Daliodd y drws yn agored iddi yn fonheddig.

Toedd y stafell ddim cynddrwg ag y disgwylia hi gyda dau wely sengl wedi eu gwneud yn dwt a baddondy *en-suite* gwerth chweil yno.

'Dewis di pa wely tisho, ta.'

'Pam? Lle wt ti'n mynd?'

'Wel am y shower, de! Dwi wedi chwsu'n môls off yn y trwsus lledar 'ma.' Caeodd y drws yn glep ar ei ôl a throi'r gawod ymlaen.

Eisteddodd hithau ar un o'r gwlâu a bownshio'n ysgafn arno. Disgynnodd cudyn hir o'i gwallt agor cloua dros ei llygaid.

Canai Carbo ar dop ei lais yn y gawod.

'Welcome to the Hotel California, such a lovely place, such a lovely face.' Arhosodd ar ganol brawddeg y diwnsan. 'Helpa dy hun i un o'r poteli seidar 'na.' Cariodd 'mlaen i floeddio canu a gwneud y geiriau i fyny fel yr âi yn ei flaen. 'Wel does 'na ddim llawar o dempar ar lyfli Antonia, o bechod mawr ond fydd hi'n iawn mewn awr.'

Gwenodd hithau ar y tu mewn. Estynnodd am botal o'r Skull Crusher a'i hagor gyda goriad ei char. Llyfodd yr ewyn melys o wefus y botel a chymerodd lwnc helaeth. Cododd o'r singyl a sleidio sash windo i lawr. Cymrodd jochiad ddofn a chyrradd gwaelod y Skull Crusher. Anadlodd yn ddyfn a myfyrio ar ddail y coed afalau yn nofio ar awelon mwyn fel pysgod bychin gloyw yn heigio o helfa'r lloer.

* * *

Taerai Gronw ei fod o mewn tŷ diarth wrth ferwi wy a thywallt ei banad foreol. Gwelodd ei wep yn y teciall am y tro cyntaf ers blynyddoedd. Fedrai o ddim coelio pa mor lân oedd yr hen ffermdy wedi llaw ddiwyd ei fab. Ond mi dwt-twtiodd iddo'i hun ac ysgwyd ei ben pan welodd fod ei gylchgronau a'i *Exchange and Mart* yn un swpyn mewn bag bin. Cydiodd yn y sach ddu y munud hwnnw a thywallt y cwbwl lot hyd y bwrdd derw glân.

* * *

Chwibanodd Cidw ar dacsi y tu allan i'r Golden Lion yn Soho. Gan ei fod wedi bod ar yr injan ddyrnu am y rhan fwyaf o'r noson, pendwmpiodd yng nghefn y tacsi ar ei ffordd i Herring Bone Mews. Pwysodd fotwm ar bostyn *ornate* y giatia crand.

'Mr Clemmence to see Mr O'Carrol.'

'One second. Can you take that cloth off your head, and look up to the camera?'

Tynnodd ei gap stabal a gwenu ar bob camra cylch gyfyng a oedd yn brysur droelli'n ara deg i'w gyfeiriad.

* * *

Deffrodd Carbo a'i geg yn sych grimpan a chyn iddo droi ei ben i chwilio am lymad, teimlodd wallt rhywun arall tros ei wyneb. Agorodd ei lygaid a chwythu'r cudynnau o'i wep. Edrychodd lawr yn ara deg ar ei frest a gwelodd wyneb prydferth Antonia mewn trwmgwsg. Methodd ei galon guriad.

Cododd o'r gwely mor dawel ag y medrai a gosododd y cynfasa'n ôl dros ei chorff noeth. Rhoddodd gusan ysgafn iddi rhwng llafn ei hysgwydda llyfn. Heliodd ei betha ac aeth allan yn dawal i'r landing i wisgo rhag ei deffro.

Yfodd ddau lashiad o sudd oren wrth fynd heibio'r byrdda

brecwast a sleifio allan am y maes parcio yng nghefn y Fox and Hound. Trodd yr allwedd i agor BMW Antonia a thynnodd y gorchudd plastig ar y ffiwsbocs oedd wrth draed sêt y gyrrwr. Aeth i'w boced a gwthiodd ffiwsan yr *ignition* i'w phriod le. Trodd y goriad a thaniodd y modur ar ei union.

Pan aeth nôl drwy ddrws cefn y Fox and Hound, daeth wyneb yn wyneb â Mandy a daeth i ddallt yng ngolau llachar y bora mai hi oedd rheolwraig y tŷ potas. Holodd hithau'n ddiffrwt sut noson gafodd o yn ei hesdablishment, wrth iddo godi ei helmet o dan un o'r seti yn y bar.

'Rough night iw no. I had to sleep in the car!'

Gwenodd hithau arno'n asidig. 'Well you should have fixed her car then shouldn't you!'

Tynnodd Carbo wejan drwchus o bocad tu mewn ei jaced ledar a dechra cyfri'r pres o'i blaen. Gloywodd Mandy trwyddi.

'How much do I owe you, Mands?'

'Call it eighty quid and I'll throw you both in a breakfast in the deal.'

'Tshampion, thanciw. There's a hundred and twenty for you there in euros. And if you would be so kind to send a full breakfast and an orange juice up for madam.'

'Charming! And would you like anything else while I'm stood here?'

'Yes if you could give this key to her highness, and tell her I've fixed her car, I'd be very grateful.'

A chyn iddi gael y cyfla i ddweud gair arall, tarodd ei helmet dros ei ben a cherddad drwy'r drws i danio Moira yng nghefn y Fox and Hound.

* * *

O'r hyn a welai Cidw, roedd *security* Herring Bone Mews yn dynn iawn. Wrth iddo gael ei hebrwng i lawr y coridor i grombil *headquarters* Harry, roedd y llygaid bach coch electronig yn ei ddilyn fel llygaid Mona Lisa hyd y lle. Cnocwyd ar y drws mawr pren ar ei ran a cherddodd ei dywysydd ymaith.

Tarodd Cidw ei gap stabal dros ei lygad chwith a thynhau ei dei melyn i wynder startsh ei golar lân. Agorwyd y drws iddo gan y dyn ei hun.

'Welcome Mr Clemmence, do enter...'

Teimlodd hen ias annifyr wrth gerdded i mewn i stafell danddaearol Harry. Tywalltodd Harry ei frandi gorau i wydrau drytach. Cododd ei wydryn. 'Sláinte,' meddai a'i lygaid pyllau boddi eneidiau yn fflachio. Cododd Cidw ei wydryn *cut glass*.

'Take a seat.'

Wedi mân siarad, dywedodd Harry yn ddiflewyn fod yr arian oedd yn ddisgwyliedig iddynt wedi ei rewi'n solat am y tro. Bu bron i Cidw ymateb yn chwyrn ond gwell oedd gwrando yn gynta a siarad wedyn gan mai dim ond Harry ei hun a allai feirioli'r swm anferthol o arian oedd o wedi'i rewi. Ac fel pob dyn busnas gwerth ei halan, roedd Harry yn fodlon talu i'r criw a chydweithio, cyn bellad ag y câi ganran fechan am ei draffarth.

'What's the catch then Harry?'

'Well, it depends.'

'On what?'

'On how much do you like, or more to the point, do any of you care about Jiffy?'

Peth annoeth iawn fuasai i Cidw ddangos ei deyrngarwch tuag at neb o'i griw o flaen Harry. Llaciodd ei dei, agor botwm top ei grys, thynnu ei gap stabal a'i osod yn dwt ar ei benglin.

'Seems to me that the Huston boys are chompin' at your coat tails!'

'Well, that ain't my business any more, Harry. It's a done deal. Just transfer the money and take your cut. It was my mistake.'

Cododd Harry o'i sêt croen sharc. Sythodd ei drowsus, ajysdio'i fôls a thynhau ei felt am ei ganol, cyn eistedd i lawr reit yn ymyl Cidw ar y shêslong.

'I will tell you what I already know. Hustons and Co are after Jiffy aren't they, for the diamonds you snaffled from them!'

'Are they? Well you seem to know more than me. So tell me then, where's Jiffy by now?'

'Jiffy is safe.' Gwenodd arno. 'For the moment.'

'Where is he, Harry?'

'Never mind. He's safe and well. One of my boys is taking care of him in the east wing.'

Gwyddai Cidw yn union be oedd hynny yn ei olygu.

'What do you want, eh? Are you seriously considering holding Jiffy to ransom?'

'I'll tell you what the set up is, shall I?'

Aeth Harry yn ei flaen i egluro fod ei gwmni wedi bod yn gwerthu comodotis i Hustons and Co ers blynyddoedd. Amball i farryn bach, gemwaith, modrwya, cadwyni ac ati a oedd naill ai wedi eu dwyn neu wedi dod o ffynonellau amheus. Ond yr hyn a gythruddai Harry hyd at fêr ei esgyrn oedd fod Hustons and Co yn toddi a chymysgu yr aur i gyd yn rhywle a phan ddychwelai'r *ingots* yn ôl i Lundain, roedd *assay stamps* newydd arnynt yn dynodi bod yr *ingots* yn aur pur o Gymru. Gwnâi hynny'r bariau melyn hynny yn werth deg gwaith eu pris gwreiddiol. Cododd Harry ar ei draed a phwyso'n erbyn ei ddesg.

'I want you to find out how and where they do the melting. I need to know every detail. And then you get that gold to me before the Hustons crew get their little paws on it.'

Aeth Cidw yn chwys oer drosto.

'And then, only then, the Italian lad gets his boyfriend back and we'll go home richer men, you see! That's the deal!'

* * *

Sibrydodd Les drwy ddrws caeëdig stafell wely Meri Jên.

'Ydach chi'n dal i gysgu, myddyr?'

'Yndw, Leswold!'

'Wel, ma gan i cyp of ti bach i chi fan hyn a dwi 'di bod â Bentley a Shandy allan am dro ar ei licyl *walkies* yn barod. Iesu, ma nw'n gellu cachu fatha babŵns usynt ut.'

Doedd hyn ddim yn ddigwyddiad arferol i Meri Jên. Yn un peth, fyddai ei mab byth yn gneud panad iddi yn ei gwely os nad oedd hi'n fora Dolig, a hynny wedi iddo agor ei bresanta i gyd o flaen y gias ffeiar fel plentyn. Ac yn ail, fyddai o fyth yn mynd â'r cŵn bach am dro ben bora os nad oedd o mewn helbul.

Eisteddodd Meri i fyny yn ei gwely a gosod ei chlustog tu ôl i'w hernet a oedd yn dal ei chyrlars yn saff yn eu lle. Mi gâi baned yn ei gwely heddiw cyn mentro'i allan yn grand o'i cho am y gêm gynta o'r 'early bird's roll over Tuesdays' yn yr Eyes Down Lucky Bingo Hall.

'Oes 'na jinjyr nyt bach i gal hefo'r cyp of ti 'ma lyfli boi?'

Clywodd o'n deud 'Ffycin hel' dan ei wynt wrth fynd nôl lawr y grisha.

Gwaeddodd ar ei ôl. 'Don't iw dêr rhegis in mei hows synshain!'

Mi fyddai'n rhaid i Les ddweud y newyddion diweddaraf wrthi bora 'ma. Mi fyddai 'na wreichion a brwmstan yn tasgu hyd lawr strydoedd Grangetown wedyn.

* * *

Hyd y gwelai Cidw, doedd ganddo ddim rhyw lawar o opshynau i ddod â nhw allan o'r picil oeddan nhw ynddo. Mi oedd yn rhaid iddo ganfod lle a sut oedd Hustons and Co yn trin a thoddi'r aur os oeddant am gael Jiffy nôl yn un tamad. A dyn a ŵyr sut oedd y gweddill yn mynd i ymateb pan ddeuen nhw i glywed am eu helynt, yn enwedig Dafydd Aldo.

Ystyriodd Cidw ddenig i'r winllan sychedig yn y Dordogne a gadael pawb arall yn y picil poeth. Ond allai o ddim. Os y byddai'n cowtowio i ddymuniadau Harry, ella, a mond ella, y medrai Cidw Rhys Clemmence o Gwm Gwendraeth fach ffendio'i ffordd o amgylch y broblem enfawr hon. Ac os oedd 'na un enaid a all droi rhywbeth i'w fantais ei hun, y fo oedd hwnnw.

* * *

Gwthiodd Meri Jên big ei hymbarel yng nghracyrs Polish tra roedd hwnnw ar wastad ei gefn yn inspecdio y brêc peips a osodwyd gan Carbo y diwrnod blaenorol. Sleidiodd allan fel drôr o dan y Mercedes dan hefru ac yn gwneud dim pwt o sens i'r un enaid byw. Ar ôl i'r creadur llnau ei ddwylo'n lân ac ymddiheuro am ei ieithwedd unigryw, cyflwynodd ei hun i Meri Jên.

'I came to see Mici and not his monkey,' oedd ei hateb sur.

Agorwyd drws y swyddfa ac fe dorrwyd ar draws gorchwyl

pob un gan chwiban hir uchel dau nodyn. Arhosodd pawb yn Ceir Finnley Autos yn llonydd a throi i'w gyfeiriad. Tynnodd Mici ei ddau fys o'i geg.

'Is the Mercedes ready, Polish?'

'Yes boss!'

Gwnaeth arwydd codi cwpan i ddynodi ei bod hi'n amsar panad i'r gweithiwyr. Gwahoddodd Meri Jên i fyny i'r swyddfa ato ond ysgwyd ei phen a wnaeth hi wrth ddisgwyl i'r mecanics eraill fynd drwadd i'r cefn i'r stafell panad.

'Tyd ti lawr o fanna i fan hyn ata i, Michael Finnley. Lawr i'n lefal i ffôr a tshênj.'

Cerddodd Mici i lawr y grishau pren yn ara deg. Cymerodd ymbarél Meri Jên o'i llaw 'cofn iddo gael swadan ac agorodd ddrws pasinjyr y Mercedes Benz iddi'n fonheddig. Roedd o wedi hannar disgwyl iddi droi fyny swnyr or letar. Caeodd fonat y Merc a thynnodd ei ofyrols a'u hongian ar eu bachyn a chamu i sêt y gyrrwr am offis gyda Meri Jên. A chyn iddo gael y cyfla i ddweud dim, cafodd Meri y blaen arno.

'Dwi'n gwbod fod Leswold mewn trwbwl. Yp tŵ hus clustia hefyd. Felly bi-ffor iw sê dim byd usynt ut, ma gen i propysishyn bach i chdi.'

'No deal Miss Moore. Cheith o ddim dod yn ôl yma i weithio byth eto. Sori.'

'Gwranda ar be sgynna'i i ddeud yn gynta. Dwi'n gwybod bo chdi wedi rhoid y sac iddo fo a bob dim ond ddy trwth us, dwinna wedi helpu chditha drwy dark times hefyd yn do?'

'Do ond ma hynny wedi ei…'

'Shŵshd Michael. Dwi'n gwbod how mei Leswold wyrcs. Un rhyfadd ar y naw ydi o, aî shwd nô, y fi fagodd o. Ond, dwi'n gofyn yn neis i chdi… plis nei di dalu y ddyled yma sgynno fo'n ôl i'r Casino? Plis, mond ffor now and ai wul pê efri peni yn ôl i chdi. Dwi'n gaddo ar fywyd Bently a Shandy and more-over, dyma chdi yli.'

Pashodd amlen frown iddo.

'Be ydi hwn?'

'Gweithredoedd nymbar six Railway Street usynt ut fel deposit i chdi in cês ai marw's in mai gwely's cyn imi gal y cyfla i dalu chdi nôl. Mae'r tŷ yn werth lot mwy na be sydd arna Leswold i'r casino 'na usynt ut!'

'Awn ni am sbin, ia Meri?' Taniodd y Mercedes a rifyrshodd allan o'r garej. ''Da chi'n edrach yn dda iawn Miss Moore.'

'Thenciw. Synnat ti faint mae 'chydig bach o ffêc yp, lliwio ngwallt and ddy reit *attire* yn gellu gwneud i ddynas.'

Gwenodd yntau arni. 'Sud ydach chi ta?'

'Pam? Be wyt ti, doctor of medisyn ôl of ddy sydyn ia?'

''Dach chi'n newid dim.'

Aethant yn eu blaenau nes cyrraedd cyffordd Penarth Road.

'Ôl cliar ddus seid chauffer!'

Tynnodd yntau drwyn y Mercedes allan i'r lôn bost.

'Customer car ydi hwn, ia?'

'Ia, dwi'n goro test-dreifio nhw i gyd i gadw 'y nghwsmeriaid yn hapus.'

Chwipiodd y Merc i fyny rhiw serth nes fod Meri yn sownd i'w sêt. Roedd hi'n dawal am 'chydig wrth ddal ei handbag yn dynn.

'Car crand ydi o 'fyd, usynt ut.'

Parciodd Mici mewn lê-bei ar dop rhiw serth Llandochau oedd o hyd yn cynnig golygfeydd gogoneddus o Gaerdydd ar ddiwrnod braf. Edrychodd Meri tros y ddinas, craffodd yn hiraethus ar y dociau gweigion, a chodi ei golygon am y

Wenallt, ac yna'n ôl am gorn uchel yr ysbyty lle roddodd hi enedigaeth i fabi bach del flynyddoedd maith yn ôl.

'Ma 'na lyfli o fiw o fanma, usynt ut!'

'Ylwch, tydw i ddim isho ych enfilop chi na 'run deposit er mwyn talu y ddyled sydd arna Les, ok?'

'But iw mysd Michael neu mi dorran nhw o i fyny in tw lityl buts a'i roid o drwy minsar.'

'Na wnân.'

'A sud wyt ti'n gwbod hynny?'

Agorodd ffenest i gael mymryn o awyr iach. 'Achos dwi wedi talu'i ddyled o'n ôl i Ms Huang yn barod, iawn? A rwsud neu gilydd, mi geith Les dalu o'n ôl i mi. Dwn i'm sud ond tydw i ddim isho trafod dim am y peth ymhellach. Sori Meri, mae gen i ddigon ar y mhlât fel ma hi.'

Roedd Meri Jên wrth ei bodd a rhoddodd homar o sws iddo nes fod ei minlliw *Shocking Scarlet* yn un rhosyn ar ei foch.

'A sud mae y lityl ffamili gen ti ta, slici ffin? Pawb yn iawn ai hôp?'

Atebodd o ddim. Mond tanio y Merc a dreifio yn ôl i lawr am Canton. Ddywedodd Meri 'run gair chwaith gan ei bod wedi cael yn union be oedd hi isho. Cyrhaeddodd y ddau y tu allan i'r Eyes Down Lucky Bingo Hall mewn tawelwch llethol.

Cydiodd Meri yn ei law, a'i gwasgu. 'Mi wyt ti yn fwy o ddyn na unrhyw un arall dwi'n nabod, Michael.'

'Gwrandwch, cyn i chi ddechrau, tydw i ddim isho Les yn agos ata'i o hyn mlaen, iawn?'

Edrychodd hithau i fyw llygaid Mici. 'Ia, rhyfadd ydi hynny yn de...'

'Be?'

'Doedd 'na neb isho fo yn agos atyn nhw erioed nagoedd. Dim hyd yn oed ei fam a'i dad o.'

* * *

'Ia, 'na fo... ara bach ŵan... Iesu gwyn ar gefn beic, ara deg medda fi. Dyro'i lawr yn sgwâr yn fanna... Ia 'na chdi... tshampion 'chan. Lawr â hi...'

Agorodd Dafydd Aldo ffenast y stafell folchi i weld be oedd y miri a'r gweiddi. Methodd gredu'r hyn a welai yn y cae tu ôl i'r tŷ wrth i'w dad gyfarwyddo dreifar craen i osod hongliad o hen garafán static yn nghonol y cae. Wedi iddo gyrraedd ato drwy'r mwd mewn fflip fflops a'i frwsh dannadd yn dal yn ei geg, holodd be oedd yn mynd ymlaen.

'Wel gosod y giarafán yma yn ei lle yn te, fachgian.'

'I be?'

'Ar gyfar ei gosod hi allan i fusutors, siŵr dduw.'

'Be sydd harna chi, ddyn?'

'Wel, mae yn rhaid i mi wneud cregin rhywsut yn does, neu fel arall, sud uffar mae dyn i fod i fyw! Sgin i'm pres i brynu lwmp o sebon coch 'di mynd. A fi pia'r lle 'ma yn te, felly dos di i roid tân dan din y teciall.'

Toedd 'na ddim fedrai o ddweud yn ôl wrtho, felly tynnodd ei fflip fflops a cherdded yn droednoeth o'r cae mwdlyd dan ddiawlio.

Pan sglatshodd ei dad i mewn i'r tŷ yn ei welis, gwylltiodd Aldo yn gacwn am iddo faeddu llawr y parlwr tân.

'Iesu gwyn hogyn, anghofio'u tynnu nhw nesh i. Taw ar dy gwyno. Ti'n waeth na dy... '

'Hocin hel, Dad! Dwi wedi sgwrio'r lle 'ma'n lân unwaith!'

'Sori machgian i.' Taflodd Gronw ei welis allan i'r buarth.

'A pheth arall, fedrwch chi ddim jysd gosod carafáns allan wili nili siŵr iawn. Mae 'na reola pendant hefo'r petha ma.'

'Pach! Rheola pwy dŵad?'

'Wel, y planing a'r cyngor a phobol felly.'

'Duw duw, toes gan y cownsul 'ma sgynnon ni ddim syniad be maen nhw'n ei wneud o un dwrnod i'r llall, siŵr dduw. Twll i tina nhw i gyd. 'Yn nhir i ydi o beth bynnag. Ga'i neud fel leciai hefo fo.'

Eisteddodd yn boenus dan duchan o flaen y pentwr cylchgronau a phapurau newydd oedd ar y bwrdd derw.

'A pha fusnas oedd o i chdi i daflyd yn *Farmers Weekly*'s a'n *Exchange and Mart's* i gyd i'r sbwrial?'

'O ma'n iawn chi, si'm raid i chi ddiolch mi am llnau y lle i gyd yn lân tan oria mân y bora chwaith! Mi odd 'na olwg y diawl yma, Dad, ac mi oedd y gegin fach 'na yn health hazard siŵr. Odd 'na betha yn tyfu tu mewn i'r ffrij 'na.'

'Duw, duw. Ma gofyn i chdi wneud rwbath am dy gadw tra ti yma!' Cymerodd Gronw slyrpan o'i banad.

'Ych â fi! Ma'r te ma'n oer fel llymru. Gna banad arall i hen ddyn dy dad i mi gal trio cymryd y tabledi anjeina 'ma. Nefi wen, mae o fatha trio llyncu bwledi rhydlyd! A tydw i'm hannar da i chdi gal dallt!'

'O, wela i. A dydi hynny yn ddim i'w wneud hefo'r botal potshîn 'na fuo chi'n ei mwytho drwy gydol neithiwr, nacdi?'

'Aclwy mawr. Taw bendith tad! Mi wyt ti'n waeth na Neli ben stôl am gnewian, ogyn.'

'A pwy ddiawl ydi Neli ben stôl pan ma hi adra?'

Taflodd gopi o *Trem Talmynydd* ato. 'Darllan rhwng cloriau hwnna, mae hi'n sgwennu i gwyno am rwbath ynddo fo rownd y blydi ril.'

* * *

Reidiodd Carbo Moira i mewn i garej Mici Ffin a diffodd y pŵer. Tinciodd peipia llygredd y Kawasaki Ninja wrth iddynt oeri. Edrychodd Polish ar ei oriawr ac ysgwyd ei ben. Tynnodd Carbo ei helmed a oedd yn llawn atgofion melys o'r noson chwilboeth. Crynodd ei ffôn ym mhocad ei jaced ledar am y pumed tro y bora hwnnw, atebodd yr alwad gyda gwên lydan.

'Bora da, Lady Antonia.'

'Mi godist di'n gynnar iawn bora 'ma, Evel Knievel.'

'Dwi'n ôl yn gwaith ŵan 'li.'

'Diolch ti am sortio'r car de.'

'Croeso siŵr.'

'Be yn union oedd yn bod arno fo, ta?'

'Ymmm, wiran y startar motor odd 'di dod yn rhydd. Dwi 'di tynhau pob dim. Fydd o'n tshampion i chdi ŵan.'

'Diolch ti.'

'Iawn siŵr. Diolch i chdi.'

'Am be?'

'Wel... am neithiwr. Oedd hi'n noson lyfli doedd!'

Clywodd ei chwerthin yn ei glust fel llanw ar drai. Ysai yntau i gael dychwelyd nôl o dan gynfasa cynnas y stafell twin yn y Fox and Hound, yn hytrach na gorfod troi sbanars mewn garij oer.

'Yli Tôn, ma'n rhaid imi fynd. Ma'r Polish 'ma'n sbio dagyrs drwydda'i. Ffonia i di heno, os wyt ti isho de...'

'Iawn.'

'Raid mi fynd, bêb.'

A chyn i Polish gael y cyfla i roi bolycin iawn iddo o flaen y gweddill am gyrraedd i'w waith yn hwyr, glaniodd Mici'n ôl yn y Merc. Aeth pawb ati ar eu hunion nôl at eu gwaith a chyn i Carbo gael y cyfla i wthio'i drenars Adidas drwy lodrau'i ofyrols, gofynnodd bos y garej iddo i'w ddilyn i fyny'r grishau pren i'r swyddfa.

Caeodd Carbo y drws ar ei ôl. 'Ydi bob dim yn iawn, Mic?'

'Dwi isho i chdi fynd i werthu car i mi.'

'Iawn. Pa un?'

'Yr Audi Quattro.'

'Go iawn? Ond un o dy geir personol di ydi hwnnw ynde? Un o dy ffefrets di, medda chdi.'

'Ia.'

'Pam?'

'Dwi'm yn talu i chdi ofyn cwesdiyna, Carbo.'

Eisteddodd gyferbyn â'i fos. 'Be ydi be, ta?'

'Fedri di neud y joban 'ma ta be?'

'Medraf siŵr.'

'Ma'r Quattro ar y low loadar yn cefn a'r Renj Rofyr yno'n barod i fynd.'

'I lle tisho fi fynd â fo ta?'

'Shrewsbury.'

'Wel blydi hel, newydd ddod o ochra ffor 'na ydw i.'

'Wel, fyddi di'n gwbod dy ffordd nôl yno felly yn byddi?'

'Iawn. Pryd?'

'Ma raid i chdi fod yno erbyn pedwar o gloch heddiw. Mae'r garij yn disgwl amdana chdi. Tucker and Sons ydi enw'r lle.' Sgriblodd y cyfeiriad a'r cod post ar ddarn o bapur iddo ac yna, agorodd y sêff. Taflodd dri chant ato efo lastig band amdano. ''Na chdi, cyflog a pres i gyfro dy gosta di.'

'Iawn, diolch.'

'Cyn gyntad eu bod nhw'n hapus ar ôl edrych dros y car, ag mi fyddan nhw'n saff ti, cym y tri deg mil ganddyn nhw amdano fo, a cyfra pob sentan o'u blaena nhw iawn?'

'Ok.'

'A pan wyt ti yn hapus, sgwyda law, newidia number plates y Renj Rofyr a gad y trelar yno hefo nhw, gei di bigo fo fyny ar dy ffor yn ôl.'

'Pam. Lle ydw i fod i fynd wedyn?'

'Yn dy flaen i steshon Crewe.'

'Pam, be sy'n fanno?'

'Dwi isho i chdi bigo rhywun fyny i mi. Fydd y trên yn dod i mewn am 19.50. Paid â bod yn hwyr, neith o ddim aros amdana chdi.'

'Ok,' saliwtiodd Carbo.

'Paid â cymyd y piss!'

Rhoddodd Carbo ei ddwylo ym mhocedi ei din.

'Ag ar ôl i chdi bigo fo, dos â fo i le bynnag mae o yn ofyn i chdi, iawn?'

'Iawn! Ydw i'n cal gwbod pwy ydi'r boi 'ma ta?'

'Gei di weld pan landi di.'

Penderfynodd Carbo beidio holi mwy rhag ofn iddo gael bonclust sydyn nes bo sŵn môr yn ei glustiau am awran dda. Dilyn ordors fyddai'r peth calla iddo'i wneud. Rhoddodd ei gyflog ym mhocad tu mewn ei jaced ledar, tanio'r car tywys a dechrau ar ei siwrna.

Roedd Mici angan arian am y car yn ddybryd gan ei fod wedi talu dyledion Les a'r un geiniog goch y delyn wedi dod mewn i'r busnas yn ysdod y 'thefnos ddiwethaf.

* * *

Roedd gwep Dafydd Aldo yn wyn fel blawd ar ôl cael y newyddion diweddaraf am Jiffy gan ei chwaer ond sylwodd ei dad ddim wrth ddod lawr grisha i'r parlwr.

'Pwy ffoniodd gynna?'

'O... Antonia a mae hi'n cofio atoch chi'n arw.'

Chymrodd Gronw fawr o sylw o'r peth, gan fod ganddo bethau elwach ar ei feddwl.

'Gin i blania i'r hen le 'ma, Aldo. Ciarafáns tŵ let. Dewadd, fydd hi'n lyfli yma siŵr dduw. Cymryd pres y jacos i gyd am wylia bach teg ym Mwlch y Gloch. Be gaen nhw well, a werthwn ni wyau iddyn nhw bob bora. Dwy bunt a chwigian am hannar dwshin! Bargian i'r diawlad.' Cogiodd boeri i'w gledar a rhwbio'i ddwylo, cyn cicio Ffred y ci yn ôl dan bwrdd. Doedd o'n dal ddim wedi maddau i'r llofrudd ceiliog. Yna holodd be oedd i ginio gan fod diawl o ddim ar ôl ers i'w fab daflyd cynnwys y ffrij a'r cypyrddau i gyd i'r bin, a phaldaruodd eto am ei gynllun mawr ar gyfer cadw'r fusutors. Ond doedd Dafydd Aldo ddim cweit mor ddileityd â'i dad am y plania carafáns. Ond toedd o, yn ôl geiriau cadarn ei chwaer, ddim i yngan gair am Jiffy wrth Gronw am y tro.

* * *

Bu'n rhaid i Mici alw ei weithwyr i'w swyddfa ddiwedd y prynhawn. Oherwydd ei sefyllfa ariannol, mi fyddai'n rhaid iddo adael un o'i weithwyr i fynd, ond byddai'n saff o ofyn iddo ddod yn ôl yno i weithio unwaith y byddai pethau'n gwella. Agorodd y sêff a gosod yr amlen o'i flaen ar y bwrdd.

'Thanks Pete, that will be all for now.'

Cododd ac ysgwyd llaw gyda Mici a gadael yn benisel. Mi oedd hynny yn gadael Polish a Sgin yn eistedd o'i flaen. Dywedodd Mici fod eu cyfloga nhw'n saff yn y sêff ac iddynt gario ymlaen gyda'r gwaith yn brydlon bora yfory.

* * *

Aeth y transacshion gwerthu Audi Quattro Mici yn ddiffwdan yng ngarej Tucker and Sons yn yr Amwythig ac roedd y modur gerbron yn werth pob ceiniog o'r tri deg mil y bu'n rhaid i Carbo ei gyfri o'u blaenau yn y fan ar lle. Ac fel y gofynnwyd iddo, newidiodd blatiau'r modur a'i hanelu hi'n syth am steshon trenau Crewe efo'r bag lledar yn llawn arian sychion yn saff ar y sêt wrth ei ymyl.

* * *

Sugnodd Meri Jên ar ei Embassy Filter wrth adael Eyes Down Lucky Bingo Hall. Roedd y peli bach plastig wedi matshio'r union rifau yn y sgwariau papur o'i blaen a hithau wedi eu gorchuddio nhw i gyd efo'i stybar mawr piws gyda gwên lydan o lipstic *shocking red*. Roedd ei henillion wedi chwyddo ei phwrs i'w ochra a llun y morwr ynddo wedi ei fygu gan ei henillion.

Pashodd ddrws Bargain de Maison heb iddi sylwi, a throi ar ei sowdl i brynu pedwar can o seidar i'w mab, potal o Sherry iddi'i hun, a bwyd sbeshal i Shandy a Bentley. Cyfarchodd y byd a'i wraig fel cwîn wrth adael y siop. Craffodd tua'r haul a chwalai'n belydrau euraidd dros draffig Cowbrij Rôd.

* * *

Eisteddai Carbo yn y Renj Rofyr yn cael smocsan drwy'r ffenest tra oedd o'n gwylio'r grishau a arweiniai allan o steshon trenau Crewe. Toedd ganddo ddim syniad am bwy na be oedd o yn ei ddisgwyl. Wrth iddo ganolbwyntio ar bob un a ddeuai i lawr grishau'r steshon, neidiodd o'i groen pan agorwyd drws y pasinjyr.

'Shwd iti grwt?'

'Blydi hel Cidw! 'Nychryn i.'

'Seek and they shall find, gw-boi.'

Symudodd Carbo y bag arian er mwyn i Cidw gael eistedd yn ei ymyl. Taflodd Cidw ei fag yntau ar y sêt gefn ac ysgwyd llaw Carbo. Hwn oedd yr union foi oedd Carbo isho'i weld er mwyn ei holi am y garrag fach loyw oedd yn llosgi twll ym mhoced bach ei Levi's.

'I le tisho mynd?' holodd Carbo.

'North,' oedd ateb Cidw a thynnodd ei gap stabal dros ei lygaid a gorwadd nôl ar ei sêt. 'Connah's Quay to be precise.'

Cafodd Carbo ychydig mwy o wybodaeth ganddo am le i anelu ond toedd Cidw ddim yn gwneud llawer o sens gan ei fod yn disgyn i gysgu bob gafal am ei fod wedi bod yn llowcio Ginis a Brandi yn y Golden Lion dan yr oriau mân wedi'r seiat gyda Harry.

O fewn awr a hannar, mi gyrhaeddon nhw y tu allan i giatia ar stad ddiwydiannol yng Nghei Connah. Rhoddodd Carbo brod i Cidw yn ei asennau hefo'i fys canol.

''Dan ni yma!'

'Ffac mi! Ok, I'm on it.'

Camodd *security guard* tew, bôrd a phwysig allan o'i gaban. Esboniodd Cidw iddo eu bod nhw yno ar fusnas o Gwmni Hustons and Co yn Llundain a'u bod angen galw yn Uned 22B ar fyrder. Rhoddodd ffiffdi cwid wedi'u plygu iddo fel I.D. Codwyd y polyn gwyn a choch iddynt ar unwaith.

'Neis wan,' medd Carbo.

'Pan gyrhaeddwn ni'r target, 'wi moyn iti wneud slô dreif bei reit.'

Nodiodd Carbo. 'Dallt pam ddudodd Mici wrtha'i am newid y platia rŵan.'

'Top man! Ma'r cameras 'ma ym mhobman dyddie hyn!'

Wrth agosáu at y targed gwelsant fod goleuadau llachar yn dod o dan y drysau a thrwy do yr adeilad. Yn yr uned hwn y câi'r aur rhad ei doddi a'i gymysgu i fod yn un llawer drytach. Parciodd Carbo y modur o'r golwg tra'r aeth Cidw i gael golwg agosach ar y tŷ toddi. Eisteddodd yntau'n amyneddgar yn gwrando ar Marley yn isal drwy un sbicar a dechreuodd ei feddwl grwydro fymryn. Gwaith syml iawn oedd hwn iddo, joban dreifar. Gwyddai hefyd wrth edrych o'i gwmpas a gwylio pob drych fod rhywbeth mawr ar droed. Bu'n cadw llygad barcud ar bethau am ryw ddeng munud da arall, cyn i Cidw agor drws y pasinjyr a'i ddychryn am yr eilwaith y diwrnod hwnnw.

Gadawyd y stad ddiwydiannol a throdd y dreifar drwyn y bonat am yr Amwythig i fachu'r trelar gwag ac anelu'n ôl am Trenshtown.

* * *

Derbyniodd Mici alwad ffôn tra oedd o'n syllu drwy ei sbienddrych ar y galaeth enfawr drwy do gwydr ei gegin. Toedd Cidw ddim yn un i wastraffu'i eiriau ar adegau fel hyn. Wrth gael pisiad ar ochor y lôn allan o glyw Carbo, esboniodd wrth Mici os oeddent am achub croen Jiffy a chael eu harian yn ôl am y weithred ddiwethaf, y byddai'n rhaid iddynt alw cyfarfod brys i drafod petha'n iawn, a hynny cyn gynted â phosib. Torrodd Mici ar ei draws gan ddweud yn ddigon swta nad oedd o ddim isho dim i wneud â'r peth gan ei fod wedi gorffen ei waith gyda nhw ar y joban ddiwethaf.

'Felly wir... Wel cofia di hyn, Mici boi, y ti greodd y cawlach hyn.'

‘Sud?’

‘Trwy roi clatshen i Terry Huston ar long y *Celtic Pride* yntife?’

Mi aeth Mici yn oer trwyddo.

‘Felly, dy fai di yw e am lando ni gyd yn y ffycin mes ’ma i ddechre ’da hi. Ma nhw wedi bod yn wiled amdanot ti ymhobman so sort your shit out, Michael. Ni ar ein ffordd lawr i Trenchtown nawr! A wi wedi gweud wrth weddill y criw fod ni gyd yn cwarfod yng Nghaerdydd nos fory am saith o’r gloch siarp i sorto pethe. Ofyr and owt.’

Roedd llygaid Mici fel soseri a saethodd arian byw ei orbryder i dop thermomedr ei feddwl. Estynnodd am wydryn o’r cwpwrdd, rhew o’r ffrij a photal o Benderyn.

* * *

Gwagiodd Carbo yr olaf o friwshon ei faco jamecan i grynswth ei smôc a’i rhowlio wrth iddo lywio gyda’i bengliniau. Ond cyn iddo gael cyfla i roid fflam ar ei blaen, deffrodd ei basinjyr.

‘Le in ni, grwt?’

‘Symmonds Yat.’

‘Le yffach ma fan’ny?’

‘Dwnim! Enw shait ydi o eniwes de, rwla’n Lloegar ma shwr, ond ’dan ni ddim yn bell iawn o Trenshtown thanc ffyc.’

Rhan 2

STRYFFAGLIODD DAFYDD ALDO lawr y grisha efo dau siwtces – un bychan ei hun, a'r llall yn hongliad o beth mawr trwm hen ffashwn.

'Nefi wen, be sgynnoch chi yn hwn Dad? Brics ta plwm?'

'Be sydd arna chdi? Y chdi sydd wedi bacio fo i mi i fod!'

'Be arall 'dach chi wedi roid ynddo fo wedyn ta? Injan tractor?'

'Meindia hi!'

'Dad, cym on ŵan! Mond am noson ydan ni'n mynd, fydda ni'n ôl yma cyn i ni droi rownd!'

'Ddim otsh am hynny yn nacdi? Gwell ydi cael gormodedd na dim digon, weldi. Ond y peth pwysica i mi ydi ynte...'

'Ia?'

'Bacisht di'n siwt dydd Sul i?'

'Do.'

'A roddist di haearn tân dros 'y nghrys gora fi?'

Nodiodd Aldo dan anadlu allan yn ara.

'Ydi'n sana glân i wedi eu plygu'n daclus hefyd?'

'Yndyn!'

'A ydi mag molchi i ynddo fo?'

'Yndi!'

'A mrwsh shafio a'n sebon shafio Joni Shein i mewn 'fyd?'

'Iesu goc!'

'Wel?'

'Yndyn'

'Da'r ogyn. Diolch i ti Aldo. Hogyn da wti.' Cyfeiriodd at

lun ei wraig. 'A mi fysa hithau yn falch iawn ohonat ti i chdi gael dallt.'

Cododd Gronw ei llun o'r pentan a tharodd drwmbal ei getyn yn erbyn y grât i'w wagio fel tae'n cyfri'r blynyddoedd a aeth heibio ers ei cholli. Daliodd ffrâm ei gwyneb yn ei law a rhoi cusan iddi drwy'r gwydr.

'Wel, fydd yn rhaid i mi gal mynd â hi hefo fi decini...'

'Hocin-el, does 'na ddim lle i Mam yn ych siwtces chi, siŵr dduw!'

'O 'na fo ta... Dewadd 'ranwl dad, wyt ti'n cofio yr holl Eidalwyr yna yn dod yma i'w chynhebrwng hi, ta Aldo?'

Mymblodd Aldo dan ei wynt, 'Hiar wi go.'

'Mi landiodd hannar Sisyli ar y buarth fatha orcistra o giangstars myn brain i. A phob un wan jac ohonyn nhw... yn... pwyntio bys a thrio gweld bai arna i. Wti'n cofio?'

'Wrth gwrs mod i, ond naethon nhw ddim ennill yn diwadd naddo?'

'Naddo washi. Naethon nhw ddim.'

Cydiodd Gronw yn dynn am ysgwyddau ei fab a rhannwyd teimladau dyfnion mewn 'chydig eiliadau o dan y gronglwyd hynafol. Gollyngodd Aldo ei afael.

'Ylwch ffaddyr, mae'r hen ddyddia wedi bod yn dydyn, a mae'n raid i ni gario mlaen yn does?'

'Wsdi be, mi wyt ti'n iawn, beryg.'

'A rŵan, ma raid ni drio sortio'r llanast 'ma.'

Nodiodd Gronw ac eisteddodd y ddau lawr am ysbaid.

'Sortiwn i betha, wsdi.'

Anadlodd Gronw allan yn ddyfn wrth estyn am ei oriawr o bocad ei grysbas a thwt-twtiodd wrth weld y munudau yn prysur fynd heibio. Cododd o'i gadair yn ddifynadd a newid i'w jaced a'i siwt farchnad. Cyrhaeddai ei llawesi at ei ddau fawd yn ddigon taclus, ond prin iawn oedd y defnydd am ei fogal. Damniodd wrth i un o'i botymau saethu o dwll gwaelod ei jaced a thynnodd y cyrtan melfed trwchus o gongol y ffenast i gael gweld os oedd 'na unrhyw sôn am eu cludwr.

'Lle uffar ma Ifor Tŵ Pe pan mae rhywun ei angan o medda chdi? Hannar awr wedi deg ar y dot ddudish i wrtho fo. Blydi hel, 'dan ni ddim isho colli'n trên yn nag oes?'

'Mi ddaw o! 'Da chi fatha gafr ar daranau. Steddwch am funud wir dduw!' Triodd Aldo newid y pwnc. 'Ydi Ffred wedi ei fwydo bora 'ma? Cyn i ni fynd oma?'

'Mae Ifor a'i wraig am ei gymryd o am noson, ddwy. Mi geith y lladdwr ceiliogod frathu moths yn 'rardd gefn hwnnw heno iddo gael cyfla i ddod at ei goed.'

Clywyd corn shiarabang Ifor Tŵ Pe yn dod lawr y bryncyn am fuarth Bwlch y Gloch.

'O'r diwadd.'

'Awê ta, ffaddyr.'

Llusgodd Aldo y *shipping container* o gês oedd gan ei dad dros riniog y drws am y tacsi. Edrychodd Gronw o'i gwmpas i ffarwelio â'r hen barlwr tân cyn gadael fel tae o ar fin dechrau taith o amgylch y byd. Y daith gerbron oedd y peth mwyaf cynhyrfus i Gronw ers iddo ennill y brif gystadleuaeth aredig efo ceffylau gwedd ym mhrimin Môn yn 1974 a meddwi'n slwtsh yng Ngwalchmai am ddeuddydd wedyn. Gwenodd ar y pedwar *rosette* coch a oedd wedi pylu'n binc gola uwch y pentan. Tarodd ei fodyn ar wydr y baromedr. 'Wind easing, mild for a while. Rybish siŵr dduw!'

Disgynnodd Carbo oddi ar ei soffa o wely a thynnodd ei glustog ledar llawn tri deg mil o bunnoedd efo fo wrth landio yn galed ar lawr pren swyddfa Mici Ffin. Ei fobail oedd ar fai am ei ddeffroad annisgwyl am ei fod yn feibretio fel bymbyl bi a Bob Marley yn canu 'Sun is Shining' ar ffwl blam. Eisteddodd i fyny ar y llawr pren ac ymbalfalodd i'w ateb. Clywodd lais cynnas yn toddi i lawr ei glust.

'Iawn, Carbo?'

'Ai!'

'Pam na ffonist di ta?'

'Be? O ia 'fyd!' Cofiodd ei fod o wedi anghofio. 'Ym... Newydd ddeffro ydw i a nesh i'm landio'n ôl yn y garij 'ma tan ddau bora 'ma!'

'Pam?'

'Wel, gwranda ar hon ta...' Cymerodd stretsh go hegar i stwytho a daeth sŵn dylifo gên mawr o'i enau fel morlo bach coll yn galw am ei fam. 'Sori am hynna. Dwi'n stiff fel procar ar ôl cysgu ar y soffa 'ma. Wyt ti'n dal yna?'

'Yndw!'

'Wel, ar ôl i ni gyrradd nôl o topia 'na 'de, o'n i'n gorfod dreifio Cidw rownd pob blydi pyb yn y Bae 'na a dau ffycin gasino wedyn. O'n i fel plentyn yn gorod aros amdano fo efo potal o vimto a paciad crisps yn car... Ffac mi. Mae'r boi 'na yn beiriant a hannar, Toni.'

'Ddudish i wrtha chdi yn do?'

'Do, wn i! Fel arall dwi'n tshampion, diolch ti am ofyn. Sud wyt ti ta?'

'Grêt, diolch ti. Dwi'n cymyd bo chdi'n gwbod be ydi be erbyn hyn wyt? Cwarfod wedi'i alw yn y Radisson Blu, does?'

'Oes. Dyna lle ollyngish i Jac Sbaro neithiwr. Iesu, o'n i'n falch o'i weld o'n mynd, dwi'n absylwtli nacyrd!'

'Be!?' Fflyrtiodd hithau lawr ei gragen glywed. 'Dydi hogyn ifanc del a chryf fel chdi ddim wedi blino, nagdi?'

Teimlodd Carbo wrid yn codi i'w glustiau, a disgynnodd ei hyder i'w sodla.

'Ym... Am saith heno 'dan ni'n... 'dan ni'n cyfarfod, ia?'

Chwarddodd Toni. 'Ia!'

Teimlodd ias gynhyrfus fel ton yn torri drosto. 'Grêt. Dwi'n edrych ymlaen yn barod!'

'Dwi'm isho neb ddod i wybod amdanan ni iawn?'

'Pam? Sgen ti gywilydd ohona'i ne rwbath?'

'Nag oes siŵr! Ond fydd yn raid i ni fihafio yn hunan o flaen bawb... Bod yn broffesiynol, iawn?'

'Grêt. Dwi'n lyfio tshalinjis.'

Bu ennyd o dawelwch.

'Cael dy siomi nei di, Carbo.'

Caeodd hynny ei dwll cacan am rai eiliadau.

'Ga'i sws slei gen ti letyr on, ta? Ar ôl y cyfarfod?'

'Bihafia. Ofyr and owt.'

Paratoi ei uwd boreol oedd Mici pan welodd gysgod yn ymlwybro i fyny'r ardd gefn. Sleidiodd Cidw y *Bi fold doors* a ffroeni aer cynnes y gegin.

'Hyfryd Michael! Absyliwtli biwtiffwl gw-boi. Dim gwell na gwynto uwd y peth cynta yn y bore, codi archwaeth ag ysbryd dyn yn dyw e? 'Sda ti Columbian ar y go?'

'Stedda, mi na'i un ichdi.'

Synnodd Mici pan welodd ei ymwelydd yn rhoi halen mewn i'r uwd yn y sosban a'i gymysgu'n drwyadl fel tae o adra.

'A fel drafodwyd nithiwr, gymres i dair mil o'r bag fel

advance am y gwaith sydd o mlân i… Ond y good news yw, enilles i chwe mil yn y casino! Felly, dyw e mond yn deg dy fod ti'n cael tair mil yn ôl 'da fi…'

Gwyddai Mici mai talu'r arian nôl er mwyn ysgafnu ei gydwybod ei hun oedd Cidw.

Clywodd Les sŵn cnocio a chân Vivaldi yn canu allan o diwn gan fod batri'r gloch yn fflat, cyn i'r cŵn bach ddechra iap iapian dros bob man. Llamodd ei galon i'w wddf a meddyliodd yn siŵr mai ciwed Ms Huang oedd ar ei stepan drws i gasglu eu dyledion. Roedd o ar esgyrn ei din go iawn y tro hwn. Tynnodd flancedi ei wely dros ei ben i guddio oddi wrth y byd a'i drybini.

Derbyniodd Meri y parseli catalog gan y postman ac aeth ati i ddechra gwneud ei goruchwylion rownd y tŷ. Roedd hi eisoes wedi gwneud ei golchiad cyntaf y bora hwnnw a rheini yn dawnsio'n ôl a mlaen ar y lein ddillad ar yr awel deg.

Gwaeddodd ar Les i godi o'i wely, cyn mynd allan i'r cefn i eistedd er mwyn cael hoe fach gyda'i phanad a'i jinjyr nyt. Gwyliodd ddawns ei golchiad wrth i awelon mwyn godi *sheets* y gwlâu i fyny fel hwyliau.

Sylwodd fod y lili wen fach yn dechrau agor eu llygaid claerwyn a blaguron y goeden rhosod yn bygwth dangos eu tafodau cochion uwch y briallu. Toedd dim gwell ganddi na phersawr y blodau ac aroglau dillad glân yn sychu. Er mai bwrdd snwcyr o ardd gefn oedd ganddi, mi oedd o fel gerddi Bodnant iddi hi. Wrth iddi blygu i ddechra chwynnu ei bordor bach, canodd ffôn y tŷ, ac mi aeth yn fân ac yn fuan i'w atab yn ei ffedog felen.

Antonia oedd ar ben arall y lein yn gwahodd Les a hithau i gyfarfod heno. Stompiodd Meri i fyny'r grishau i stafell Les hefo basgiad olchi wag yn ei chôl.

'Wyt ti 'di deffro? Ma gen i niws i chdi! Blydi hel sbels Leswold! Ma hi'n drewi fel tasa 'na fwch gafr wedi bod yn rybing utselff ar 'y ngharpedi fi!' Agorodd y cyrtans a'r ffenest led y pen er mwyn cael 'madal ar yr hogla rhechods annioddefol. 'Get yp iw lymp! Ut's a biwtiffyl dê!'

'Sgynna i ddim byd i godi iddo fo yn nag oes myddyr,' atebodd o'i *cocoon*.

'Wel oes siŵr iawn, fedri di godi o dy pit yn un peth a mynd allan i chwilio am job gan bo chdi 'di cal sac! Bicôs uff iw thinc dy fod di am gal gorfeddian yn dy wely ôl dê long, iw betar thinc agen usynt ut!'

'Ocê, ocin-el!'

Cafodd ei ddallu gan olau'r haul wrth iddo godi ei ben o dan y blancedi.

'Oes 'na jans am fowleniad mawr o Ffrosdis yn gwely gynta ta, myddyr?'

Wrth iddo droelli'r gyllell fenyn yn gylchoedd ar y bwrdd wrth bwyso a mesur ei sefyllfa, roedd un peth yn amlwg i Mici. Os byddai pethau yn cario ymlaen fel hyn, mi fyddai'n *bankrupt* o fewn dim a gallai golli'r cwbwl: ei gartref, ei fusnes ac yn fwy na hynny i gyd, ei wraig a'i blant. Teimlai fel pe bai yn erbyn wal a honno yn uwch nag un Jericho. Gwyddai y byddai'n brifo teimladau y rhai oedd wedi bod yn driw iawn iddo os y byddai'n penderfynu peidio cymryd rhan yn y fenter nesaf. Ond ar y llaw arall, os y byddai'n cytuno i fod rhan o'r cynllun newydd, mi fyddai'r *odds* o achub croen Jiffy yn gwella ac mi fyddai'n gyfla da i bawb adennill eu colledion. Byddai yntau'n llawer mwy tebygol o gael ei arian yn ôl gan Les.

Canodd ei ffôn i'w dynnu o'i bensyndod. Carbo oedd yno, wedi cynhyrfu yn lân.

'Dwi wrthi'n rhoid y cash yn dy sêff di fel ofynist di mi, de! Ond ma'r bag lledar dair mil yn ysgafnach bora 'ma! Dwi methu dallt, dwi 'di gyfri fo ddega o blydi weithia. A mae o dal yn brin. Mi oedd 'na 30 o wads mil o bunnoedd ynddo fo ddoe am werthu'r Quattro 'na, a twenty ffwcin sefn grand sydd ynddo fo bora 'ma! Dwi'n gaddo.'

'Paid â poeni. Cidw sy 'di ei gymryd o. Ma 'di cal syb gen i.'

'Wel diolch am ddeud wrtha'i de! Blydi hel! Mae'n rhaid fod o wedi'i snafflo ar ffor nôl lawr heb i mi sylwi. Y twat slei!'

Prin iawn y crwydrai Gronw ymhell iawn o ddalgylch fferm Bwlch y Gloch. Mi fyddai'n ffriwilio yn ei hen Land Rofyr lawr i siop bost y pentref bob bora Mercher am ei fân negeseuon, ei benshwn, *Trem Talmynydd* a'i *Exchange and Mart*. Byddai'n mynd yn blygeiniol bob nos Lun i dafarn yr Afr i slotian a chwara cardia. Fel arall, adra y trigai o un wawr i'r llall. Doedd o ddim 'di mentro i lawer o nunlla arall ers dros chwartar canrif bellach ond roedd y byd mawr tu allan i'w filltir sgwâr wedi newid cryn dipyn yn ei absenoldeb.

Heddiw, roedd Gronw wedi mopio'n lân ar gael mynd ar y trên i lawr i Gaerdydd. Doedd o ddim wedi stopio siarad ers eistedd ar y trên yn steshon Bangor. Ar ôl oriau o wrando ar ei dad yn parablu am bopeth dan haul ar y shwrna, teimlodd Aldo ryddhad enfawr pan dynnodd y gerbydres i mewn i steshon Gaerdydd.

'Dewadd, ydan ni yma'n barod? Mi aeth mewn chwinciad ond mi rydw i'n stiff 'tha sbanar ar ôl ista ar y drol disyl yna gyhyd!'

Cariodd Aldo gês trwm ei dad o'r platfform ac i lawr y grisha a hebrwng yr hen ffarmwr allan o'r steshon at resiad o dacsis.

'Nefoedd yr adar a brawd fy nain! O le mae'r holl bobol 'ma wedi dod, dudwch?'

Aeth 'na gar plisman a dwy injan dân heibio a'i seirena'n diasbedain oddi ar furiau'r adeiladau uchel.

'Aclwy mawr, ma hi'n swnllyd ar y naw yma hefyd, yndi ddim!'

Roedd Gronw yn dal i baldaruo yn y tacsi.

'Aclwy Gristion! Mae'r Mileniwm Sdediym 'na yn edrych lot llai ar y teli bocs… Atgoffa fi hefyd Aldo y mod isho galw draw i Sain Ffagan tra fydda i yma.'

'Acin-el ffaddyr, 'sa well i chi beidio!'

'Pam neno'r tad?'

'Beryg iddyn nhw'ch cadw chi yno fel exhibit.'

'Digwilydd-dra ydi peth felly! A sbeitlyd iawn hefyd os ca'i ddeud. A dwi isho piciad mewn i'r Senedd 'na hefyd, tra ryda ni yma.'

'Pam? Ydach chi'n nabod rhywun yn fanno?'

'Wel, nacdw ond mi nesh i groes pensal ar linyn i'w chael hi yno yn do! Ag ella helpan nhw hefo'n syniad i o osod carafáns i fusutors ar y tir 'cw wrach. Wyddost di ddim.'

Mi dorrodd dreifar tacsi ar draws ei sgwrs, gan ofyn rhai o le oeddan nhw.

'Bwlch y Gloch. Up in the mountains, and above the sea…'

Edrychodd y gyrrwr yn wargam arno. Wedi iddynt gerdded drwy borth y Radisson Blu, tynnodd Gronw ei gap wrth edrych i fyny mewn rhyfeddod.

'Brenshach annwyl, mi fysa ti'n cael Bwlch y Gloch ugeiniau o weithia ar ben i gilydd mewn i fan hyn! Welish i erioed gymaint o wydr mewn un adeilad.'

'Steddwch yn fanna am funud! A peidiwch â blydi symud, iawn, neu beryg i chi fynd ar goll! A'i tshecio ni mewn ocê?'

Cymerodd Gron sêt ar ei union fel plentyn coll, daliodd ei ddwy law yn dynn am handlan ei siwtces rhag ofn i rywun drio'i ddwyn. Rhyfeddodd at y prysurdeb o'i gwmpas a dechreuodd ddeud 'How are you' wrth ddieithriaid llwyr. Pan hebryngwyd o mewn i'r lifft gan ei fab, gafaelodd yn dynn yn y rêl rhag ofn i'r bocs wiran cyflym saethu allan drwy do y gwesty.

'Mae o fatha mynd i dop tŵr Blacpwl stalwm yn dydi ond yn llawar cynt wrth reswm.'

Atebodd Aldo ddim, mond dal ei edrychiad yn y drych.

Pan ddwedodd llais dynes 'Floor twenty one' a 'lift opening', atebodd Gronw yn ôl yn gwrtais. 'Diolch yn fawr. Thank you very much.'

Ysgwydodd Aldo ei ben wrth ei arwain at ddrws y stafell, a rhoddodd gardyn plastig yn ei law.

''Ma chi, mwynhewch. Wela'i chi nes ymlaen iawn?'

'O sdim rhaid i chdi siŵr, dwi ddim isho gwario dy arian prin di, Aldo bach!'

'Goriad y drws ydi o dad.'

'Be?'

Dangosodd iddo sut i'w ddefnyddio.

'Nefi blw! Cerdyn majic i agor drysa!'

Wrth i'r drws agor, tynnwyd yr anadl o ysgyfaint Gronw pan welodd pa mor uchel oedd ei stafell.

'Blydi hel! 'Dna ni yn y cymyla fachgian! Yli golygfa sy yma!'

''Dan ni ar y llawr uchaf Dad.'

Roedd Gronw yn syfrdan.

'Ydi'n saff i rywun gysgu'r nos mor uchal â hyn, dwa?'

'Ma 'na danc ocsigen yn y cwpwr wrth y gwely i chi.'

'Ia reit dda ŵan Aldo.' Aeth at y ffenestri a dechrau cnocio'r gwydra. 'Ag ydi'r ffenestri ma'n sownd solat yndyn?'

'Yndyn siŵr. Dadbaciwch a ro'i showt i chi nes mlaen, iawn.'

'Iawn fachgian... Wel y nefi wen, sbia! Mae 'na deli bocs teneua welist di rioed ar y wal! Sud uffar ma nhw'n ffitio bob dim i mewn iddo fo dŵad? A mae 'na deciall newydd sbond yma! A bagia te i ni gal panad a bob dim! Ffantasdic!'

'Wela i chi wedyn, iawn.'

Ynsipiodd Gronw ei siwtces heffdi a dechra gwagio cynnwys ei stondin *army and navy*. Tynnodd blât fetal, fforc, pedwar tun o *pilchards* ac wyth can o Ginis o drwmbal y cês.

Eisteddodd ar y gwely dwbwl enfawr ac agor ei gan o Ginis gyda gofal rhag ofn iddo golli peth ar y ciarpad. Drachtiodd yn ddyfn o'i gynnwys ac mi fownshodd ei din ddwywaith dair ar y fatras. Chwarddodd yn uchel wrth edrych o gwmpas ei bent-hows top notsh. Roedd Gronw Wyn Owen ar dop y byd.

Methodd Les yn glir â chael gafael ar Mici ar ei ffôn er mwyn trio sgwario petha hefo fo cyn y cyfarfod pwysig. Gwyddai mai gwrthod ateb ei ddegau o alwadau oedd ei gyn-gyfaill.

Toedd Les ddim yn hapi byni o gwbwl ac ynta'n eistedd o flaen y teli yn stwffio tair Jaffa Cêc ar y tro mewn i'w geg. Byddai'n gallu chwalu paceidia cyfa ohonynt pan fyddai ei asbri'n isel, a heddiw 'ma, mi roedd o *down in the dumps* go iawn, ac ar y trydydd bocs.

'Byta'n daclus wul iŵ, Leswold.'

Chymrodd o ddim sylw o Meri Jên, mond dal ati i sglaffio'r Jaffa Cêcs, cyn deud â'i geg yn llawn fod y boi ar *Flog It!* yn mynd ar ei wic o. Ciciodd y ddau gi bach am eu bod yn synhwyro am friwshon o dan ei draed.

'Don't iw dêr cicio'n lutyl dogis, iŵ big lymp!'

Stwffiodd dair Jaffa Cêc arall mewn i'w drap.

Ysgwydodd Meri ei phen wrth ei wylio. Er ei bod yn ei addoli o o'i *slip ons* du i dop ei gorun Just For Men, mi fydda'n gwthio'i hamynedd i'r eitha ar adega fel hyn. Yna, tasgodd tameidia bach o joclet, sbwnj a jeli orinj o geg Les.

'Ocin-el myddyr! Ylwch! Ma'r boi 'ma sydd ar y *Flog It!* yn recno fod y llwy sheini sulfyr 'na werth tŵ hyndred cwid y pop! Ffyc mi, dwi'n siŵr bo gynnach chi rei mewn drôr yn rwla does...'

'So?'

'So, doswch i chwilio amdanyn nhw usynt ut! A cwicli 'fyd myddyr i ni gal tshecio os oes 'na stampia bach arnyn nhw fatha sydd ar honna!' Stwffiodd y dair Jaffa Cêc olaf o'r bocs mewn i'w jops. 'Iŵ nefar no usynt ut! Wi cwd bi bac in ddy myni Mama!'

'Gwranda, y piglet bach, 'dan ni ddim yn mynd i ista'n fan hyn fatha dau ornament o flaen y teli 'ma drw nos, nag yn mynd i sbio ar lwyau tŵ and typans drwy magniffeîng glas chwaith! Ma gynnan ni mîting pwysig i fynd iddo fo heno.'

'Dwi'm isho mynd.'

'O 'na fo ta! Haid biheind iôr trybyls eto, tiny tears!'

'Shwshd nowch chi, Meri Jên... A peidiwch â ngalw fi yn hynna. Dio'm yn ffêr at ôl.'

'Yndi mae o! Be arall ar wî syposd tw dw ta Leswold Clarance Moore? Sgynnan ni 'run opshyn arall nag oes? Fydd yn *rhaid* i ni fynd i weld wat's wat yna siŵr iawn!'

'Dwi'm yn mynd, iawn!?'

'Wel fydd yn rhaid i chdi wynebu y Slici Ffin yna rywbryd yn bydd?'

Shrygiodd Les ei ysgwydda.

'And iŵ cant heid iôr selff o dan yn ffedogs i ddus teim synshain, no we hô-sê! 'Dan ni'n mynd i'r meeting ma! And ddat's ut! End of. Rŵan shifft ut synshain!'

'Sgin i ddim byd i wisgo eniwes!'

'Shwsh iôr sili lips am unwaith! Ma dy siwt newydd 'di landio o catlog bora 'ma, felly dos fyny y grisha na, cyma shêf, a golcha dy buts tra ti wrthi usynt ut!' Rhoddodd glipan sydyn iddo wrth bashio. 'Ddus munyt a rŵan, Leswold.'

♦

Teimlai Gronw fel cowboi mewn twb tun allan o ffilm westyrn wrth eillio'i ên trwy'i sebon shafio Joni Shein a bybls filoedd hyd at ei geseiliau a'i gap yn sgi-wiff ar ei gorun. Dechreuodd fwmian a chanu, 'I was born under a wondering star' ac estynnodd i agor bleinds y ffenest i weld a oedd seren am wincio arno heno. Craffodd o'i daflod uchel ar y *prairie* o wydr a choncrit a oedd yn ymestyn ymhell heibio i fraich craen. Tu hwnt i le tynnwyd calon y ddinas gan y barus, gwelodd dopia *highrises* tlawd yn y pellter, lle trigai yr olaf o hen wariars y Biwt Town.

Teimlai ymhell iawn o lwybrau persawr yr eithin wrth edrych i lawr ar y ddinas oddi tano. Roedd y strydoedd oll fel trac *scalextrics* cymhleth a thrafnidiaeth y dre yn rashio hyd-ddynt fel Dinky Toys bach lliwgar. Dilynodd ei lygaid gleision oleuadau bach coch y craen 'nôl i fyny i'r entrychion. Clywodd atsain peiriannau y ryff-necs yn drilio lawr drwy grombil daear i dywallt sment i'r sgwariau rhydlyd i greu sylfeini gwesty arall. A chlywodd waedd y *bank's men* yn bachu concrid a dur i'r craen ddydd a nos i adeiladu gorwel estron.

Llonyddwyd ei feddyliau gan stribed o sidan glas tywyll afon. Ymgollodd i fyfyrdod pur wrth ei dilyn. Dyfroedd hon a lyfodd y dorlan a mwytho'r creigia o'i tharddiad yn y mynydd-dir a thorri ei chwys heibio pentrefi bychin a'r bythynnod to gwellt, lle roedd rhwydi'r pysgotwyr yn anadlu'n dyner uwch gwedd ei drych aflonydd, a chychod bychin pren yn nofio arni i rythm naturiol yr heli. Ond goleuadau a chysgodion o dyrau uchel sydd ar ei gwedd heddiw; cofebion i'r hen ddyddiau diddan a fu.

Neidiodd Gronw o'i groen yn y bath pan glywodd gnoc ar ddrws ei stafell.

'Be di'r paswyrd?'

'Room service.'

Meddyliodd yn siŵr mai Aldo oedd yno'n cyboli.

'Doniol iawn, Aldo!'

Cafodd sioc ar ei goc pan agorodd y drws yn lyb socian a thywal am ei ganol. Oherwydd o'i flaen safai merch ddiarth yn dal hambwrdd o frechdanau ham a thomato, ffrensh ffreis a pheint o Ginis hefo *shamrock* ar yr ewyn. Cerddodd y ferch i mewn a gosod y wledd ar y bwrdd o flaen y teli tenau.

Edrychodd arni mewn rhyfeddod llwyr.

'Have a wonderfull stay with us, Sir.'

'Iesu gwyn! Thanciw feri mytsh. Much obliged to you, m'am.'

Gwenodd hithau'n gwrtais.

'Anything else you need, just give reception a call.'

Eisteddodd Gronw ar ei wely yn hollol fflabyrgasded wedi iddi adael, a chymyd sipsan o'i Ginis. Estynnodd am ei getyn a rhoi tocyn o faco cachu jiraff yn ei drwmbal. Cyn tanio'i fatshan, sylwodd ar arwyddion rheolau tân ymhob iaith, heblaw am ei famiaith, felly cysidrodd danio'i biball i'r diawl.

Canodd y ffôn wrth ei wely ac mi neidiodd o'i groen glyb a gollwng ei getyn i'w beint.

'Damia uffar!' Atebodd yr alwad. 'Hello, top floor.'

'Iawn Gandalff! Croeso i Trenchtown! Ydach chi'n licio'i lawr yn y ddinas fawr ddrwg 'ma ta?'

'Yndw Carbo ngwashi, mae hi'n ddigon o sioe yma 'chan...'

'Gyrhaeddodd y rŵm syrfus?'

'Wel chdi ordrodd o ia? Diolch ti fachgian.' Pysgotodd ei getyn allan o'i beint o Ginis. 'A mae'r tŷ lojin 'ma'n well na'r Ritz 'chan! Dwi ar y llawr ucha un ag ar ben fy nigon yma.' Sychodd ei getyn gyda'i gap. 'Deud i mi, ga'i danio mhiball yn fy stafell ta ydi o'n well imi beidio? Dwi reit ar y top fflôr weldi a dwi'm isho agor y ffenast i gael mwgyn, cofn i mi ddisgyn allan a landio yn un sglwj ar y palmant fel jam mwyar duon!'

Chwarddodd Carbo yn uchel.

'Dorwch hosan dros y smôc alarm Gron, a steddwch ar y potyn cachu i gal ych cetyn.'

'Tshampion rhen foi a diolch ti am y danteithion, ynte. Wela'i di heno, ofyr and owt.'

Mi oedd stafell bwrpasol wedi ei gosod yn y Radisson a theimlai Cidw yn eiddgar i gychwyn ar y prosidings.

Diolchodd i reolwraig digwyddiadau y gwesty am roi trefn ar y stafell ar eu cyfer a gofynnodd iddi'n gwrtais am botal o Benderyn, ynghyd ag wyth gwydr bychan, a dau jwg mawr o ddŵr llawn rhew a lemons a oedd i'w gosod ar y bwrdd mawr crwn erbyn deg munud i saith ar y dot.

Wyddai o ddim sut y gwnâi'r criw ymateb heno, yn enwedig gan fod 'na fai mawr arno fo yn ogystal â Mici am y llanast. Dychmygodd nhw'n eistedd o amgylch y bwrdd yn mân ddadlau ymysg ei gilydd, neu yn rhythu arno fel llongwyr oedd ar fin suddo i ddyfroedd dyfnion.

Caeodd Mici y drysa mawr glas tu ôl iddo gyda botwm ei oriada. Agorodd Carbo ddrws y pasinjyr a neidio i mewn ato. Dreifiodd Mici ar hyd y lôn dyllog nes cyrraedd y gyffordd ar Penarth Road.

'Dwrnod da o waith heddiw, doedd?'

'Oedd?'

'Oedd, gwd dê had bei ôl... Ti'n iawn, wyt Mic?'

'Yndw.'

'Gwd thing! Wel dyro sownds on ta! Bach o reggae i'r ogia!'

Pwysodd fotwm y sterio a phwmpiodd Marley drwy'r sbicars cyn i Mici ei ddiffodd.

'Cur ben sgin ti, ia?'

'Naci Carbo!'

'O!'

'Isho gwbod ydw i ynde...'

'Ia?'

'Pam bo chdi'n ista'n ymyl i?

'Gwd point. Dwn i'm a deud gwir wrtha chdi.'

'Sgin ti'm adra i fynd iddo?'

Mi gyffyrddodd hyn nerf go ddyfn ynddo.

''Dan ni'n mynd i'r un cyfarfod nes mlaen, yndan ddim? A rhyw feddwl o'n i fyswn i yn cal jet wash sydyn yn lle chdi cyn ni fynd yno. Os ydi hynny yn iawn hefo chdi, de bos?'

Atebodd Mici ddim.

'Be sydd?'

'Dim. Dim byd.' Gwyddai Carbo fod rhywbeth yn ei bigo.

'Dropia fi off yn pyb 'gosa os lici di ta ac olcha'i nghnau mewn sinc yn fanno. Dwi 'di hen arfar.'

Teimlodd yn anesmwyth iawn wrth i Mici dynnu y modur mewn i lê bei.

'Be sydd? Dwi'm di neud im byd o'i le, naddo?'

'Gwranda, Carbo.'

Mi wasgodd yntau fotwm ei selff presyfershon. 'O ffyc reit off Mici. Dwi 'di glwad o i gyd o blaen a ma Antonia 'di deud 'run fath wrtha i 'fyd. Cut loose while I'm ahead, ia? A nag oes, ti'n iawn, sgynna'i ddim cartra sefydlog na tŷ crand na cheese plant mawr yn ffenast, sgen i ddim byd nag oes, sweet ffyc ôl…' Cododd ei ddwy law. 'Mond y dwylo 'ma i wneud gwaith gonast i chdi fel mecanic am gyflog.'

'Enjinîar.'

'Be?'

'Ti'n enjinîar a hannar.'

''Run fath ydi ci a'i gynffon a ddudish i wrth Toni 'fyd!'

'Be?'

'Y mod i ddim yn mynd i gowtowio i'r un criminal byth eto a dwi'n feddwl o.'

'Ocê ocê, cŵl blydi hed. Be o'n i mynd i ddeud wrtha chdi oedd...'

'Cadwa fo. Dwi'm isho dy gyngor di na neb arall yli. Os wyt ti ddim isho fi o gwmpas, deud wrtha'i yn strêt ia?'

'Ddim dyna be dwisho ddeud wrtha chdi!'

'Naci? Wel pwy ffwc ydi bos yr owtffit yma go iawn ta? Wyt ti wedi gofyn hynny i chdi dy hun?'

'Gwranda nei di?'

'Na wnaf, ffyc ddus a dwi 'di blino ar wrando, a dwi 'di grafftio'n galad i chdi dros y dyddia dwytha 'ma yn do? Felly ffwcio hyn. Wela'i di yna.'

Camodd allan o'r car.

'Neidia mewn nei di y jolpyn! Carbo tyd nôl!'

Ond anwybyddwyd Mici yn llwyr. Troediodd Carbo oddi ar y palmant a diflannodd drwy y gwyrddni.

Camodd Gronw mewn i'r lifft yn ei siwt dydd Sul a hoglau *moth balls* ar yr union adeg y camodd Cidw allan ohono.

'Siwt smart, Gronw.'

'Iesu Cidw! Neshi'm nabod chdi am funud 'chan!'

Teimlodd Cidw y brethyn rhwng ei fys a bawd.

'Harris tweed ife?'

'Ia fachgian, un craff fuast di erioed, ond ei bod hi wedi ei gwnïo gan deiliwr gorau'r Eidal weldi. Wela i di lawr yn y bar wedyn, ia.'

Gwyddai Jiffy erbyn hyn fod Cidw yn trio taro bargen efo

Harry i ryddhau yr arian deimonds oedd wedi'i rewi a'i fod o'n rhydd i wneud fel ag y mynnai o fewn walia'r Herring Bone Mews am y tro. Mi oedd ynta'n ddigon siarp i chwarae'r gêm oherwydd allai o ddim cwyno ei fyd gan ei fod yn cael ei fwydo a'i entyrtenio efo pob math o ddanteithion, a'i warchod rhag yr Hustons yng nghartref mawr Harry the Hack O'Carrol.

♦

Disgwyliodd Mici yn ei Renj Rofyr ar Sanatorium Road er mwyn aros i Carbo ddod allan pen arall i'r llwybr. Gwelodd olau oren ei smôc yn dod drwy'r gwyll.

'Neidia mewn nei di y clown.'

Teimlai Carbo yn wirion am ymateb yn blentynnaidd, ond roedd ganddo ofn i rywun roid sbanar *in the works* a chwalu yr hapusrwydd oedd ganddo efo Antonia a'i joban newydd.

'Sori am fflio oddi ar yr handyl hefo chdi ond ma hi wedi bod yn ffiw dês calad dydi?'

'Ma'n iawn, neidia mewn, ia?'

'O'n i'n meddwl bo chdi am roid y bŵt i mi.'

'Nagon siŵr, fedra i'm fforddio dy golli di.'

'Diolch Mic, ma hynna'n meddwl lot i mi sdi.'

'Reit ta, 'sa'n well i ni siapio hi yn bysa? 'Dan ni on parade yn munud.'

♦

Gwnaeth Cidw yr alwad bwysig i Lundain o'i stafell wrth edrych allan dros Gaerdydd.

'The meeting is on, but Aldo wants to talk to Jiffy before we commence.'

'Consider it done. He's outside my office as we speak!'

'But if I cast my net out, Harry, do you promise to keep the sharks out?'

'My word is my bond. But if you let me down, I'll lead the Hustons straight to you.'

'Thanks for that one, Harry!'

Clywodd Cidw gnoc ar ddrws ei stafell.

'He's here. Speak to you later...'

Agorodd Cidw y drws i gyfarch ei gyfaill, ac fe ganodd ffôn Aldo wrth iddo gerdded i mewn. Toedd o ddim yn nabod y rhif.

'Iawn Dafs?'

'Jiffy!'

Cafodd y ddau ryddhad enfawr wrth glywed lleisiau'i gilydd.

'Ti'n iawn?'

'Yndw. Wyt ti?'

'Ai, ond bo fi'n methu chdi yn uffernol, de.'

'A finna chditha.' Siaradodd yn fyrlymus gynhyrfus. 'Ond mae petha'n ocê rŵan yn dydyn, mae Harry a chi yn mynd i sortio petha, medda fo, a dwi'n lwcus iawn bod o wedi ffendio fi neu duw a ŵyr be 'sa 'di digwydd i mi tasa Terry Huston wedi cael gafal arna'i.'

'Yli Jiff...'

'A mond disgwyl i'r pres fynd drwadd mae Harry medda fo, felly paid â poeni amdana i, wela'i di mewn diwrnod neu ddau.'

'Gwranda...'

Cymerodd Harry y ffôn oddi ar Jiffy.

'Drop the double dutch. He's fine Italiano. We're taking good care of him. You carry on with the plan, Cidw will fill you in with all the details.'

Llyncodd Aldo ei boer nes fod ei geg yn grimpan. Syllodd ar Cidw.

'O'n i'n meddwl fod bob dim yn sorted, Cidw!'

'So fe mor syml â hynny, Aldo bach.'

'Di Jiffy ddim yn gwbod be ydi'r fargen newydd nacdi?'

'Nag yw.'

'Jesus Christ a'i frawd!'

'Grinda Daf, ma bywyde pobol sy'n agos iawn i ni mewn perygl mawr man hyn, ag *os* gallen ni wneud rhywbeth i achub y sefyllfa i *ni* ynddi, wel, nage jyst bywyd ti a Jiffy fydd mewn perygl, mae un Mici hefyd. Felly ni gyd yn y cawlach hyn 'da'n gilydd yn 'dyn ni!'

'Mae hyn yn ffycin ridicilys siŵr! O'n i'n meddwl fod Jiffy yn gwbod be ydi be, a bo ni'n mynd i sortio petha! Mae Harry yn yn chwara ni gyd er mwyn cael be mae o ishio yn dydi?'

'Dyna pam i ni gyd yn cyfarfod heno ie ddim?'

Roedd Aldo wedi laru ffonio a chnocio stafell ei dad felly penderfynodd fynd i lawr i'r bar, a dyna lle oedd Gronw yn *holding court* hefo ryw foi ifanc a'i wraig, a'r tri yn siarad pymtheg y dwshin. Ymunodd Antonia a Cidw wrth y bar.

Ordrodd Aldo ddau jin a *tonic* mawr llawn rhew a lemons a sudd oren iddo'i hun. 'Hefo pwy uffar ma hwn yn rwdlian eto byth, Antonia?'

A phan welodd ei dad yn tynnu ei esgid a'i hosan er mwyn dangos ei droed i'r boi diarth, bu bron iddo ddisgyn oddi ar ei stôl. Fe synnwyd y ddau arall hefyd pan welsant fod Gronw yn codi ei droed blewog reit dan drwyn y boi diarth, ac yn pwyntio at fawd ei droed.

Cyffyrddodd Cidw big ei gap stabal.

'Mae trôd fel Hobbit 'da fe. Beth yffach ma fe'n ei wneud?'

'Paid â gofyn,' atebodd y brawd a'r chwaer ar yr un pryd.

Edrychodd Cidw ar ei rolecs, ugian munud i saith.

'Wel, o leia i ni 'ma. Le yffach ma Mici a'r gweddill?'

'Mi ddôn nhw' atebodd Antonia.

'Iawn gyfeillion annwyl?' holodd Gronw wrth hoblan efo'i hosan a'i esgid yn ei law. Roedd gan Aldo gywilydd a chymrodd o ddim sylw ohono wrth i Antonia gofleidio ei thad yn gynnes a rhoi sws ar ei foch.

'Dorwch ych esgid a'ch hosan nôl am ych troed wir dduw! A phwy uffar ydi'r boi 'na fuoch chi'n hwffio'ch seis lefns i'w wynab o?' holodd Aldo.

'Hywel Ty'n Rhosydd.'

'Pwy?'

'Mab Robin Andrex o Nanlla 'cw, wyt ti'n i gofio fo?'

'Nacdw.'

'Wel dyna chdi falwr cachu oedd hwnnw, patshan clwydda fel eda oddi ar ril. Mi oedd y dyn yn dweud anwiredd tra'i fod o'n cysgu. Dewadd tydi hi'n fyd bychan dudwch, meddyliwch bo fi wedi cyfarfod ei fab o mor bell o adra ynte!'

Roedd Gronw yn mwynhau tipyn mwy nag y dylia o dan yr amgylchiadau, ac mi sobrodd wrth weld gwep y tri.

'Dowch i ni gael eista wth y bwrdd na'n fanna ta i mi gal rhoid yn hosan a'n esgid nôl am 'y nhroed.'

Eiseddodd y pedwar a'i wylio'n tuchan a rhegi wrth blygu lawr i roi ei hosan dros ei droed blewog a'i gwthio mewn i'w esgid.

'Pam uffar bo chi wedi dangos y'ch troed chi iddo fo, ta?' brathodd Aldo.

Chwythodd Gronw allan yn drwm a chymyd jochiad go helaeth o'i Ginis nes fod ganddo fwsdásh mawr ewynnog.

'Dewadd, lyfli! Stwff llesol iawn ydi'r llaeth du 'ma!'

Edrychodd y tri arno mewn rhyfeddod.

'Reit lle o'n i? O ia 'fyd! Wel mae mab Robin Andrex yn ddoctor of medisyn 'dach chi'n gweld. Dyna pam ddangosish-i 'y nhroed iddo fo!'

Rhoddodd Aldo ei ben yn ei ddwylo. 'Oh no!'

'Dad! Blydi hel! Be sarnach chi? Fedran ni ddim mynd â chi i nunlla!' ategodd ei chwaer.

'Wel, mae'r hogyn 'na o Nanlla wedi dod o nunlla a wedi gneud yn dda iawn iddo fo ei hun hefyd, yndi tad. Llawar gwell na rhai...'

'Be 'dach chi'n drio ddeud, dad?' holodd Aldo.

'Os 'di'r ciap yn ffitio fachgian. Gwisga fo.'

'Wel diolch yn fawr i chi am honna!'

'Wel be gest di o dy addysg 'rioed? Mond trydydd am wislo, ail am chwara llwya, a cynta am ddweud clwydda!'

'Dad! Dyrwch gora iddi! '

'Duw duw, tynnu i goes o ydw i, Antonia!'

'Wel shut it ta, cyn mi dynnu'ch sana chi a hwffio nhw mewn i'ch ceg chi!'

'Ia iawn y mach i... Wel mae Hywel Ty'n Rhosydd wedi gneud yn aruthrol o dda iddo'i hun a chysidro na Robin Andrex y malwr cachu mwya dan 'rhaul ydi dad o. Ag mae o yn gonsyltant yn yr 'rhosbitol fwya sy'n wlad ma. Hogyn ffeind iawn. Tynnu ar ôl ei fam mae'n rhaid. Nyrs oedd honno a dynas smart ofnadwy os y ca'i fentro dweud. Mi oedd dynion yn ciwio tu allan i'r syrjari a'u tafoda allan i gal pilsan ganddi, oeddan tad! Wedyn gan bo fi yma, mi ddangosish i 'y nghorn calad ar 'y nhroed chwith iddo fo gal golwg.'

'Inblydicredibyl!' ochneidiodd Aldo.

'Hotel yw man hyn Gron, nid syrjyri.'

'Duw duw, mi safiodd drip at docdor i mi'n do, Cidw!'

'Mi rydach chi'n incorrigible Dad!' ochneidiodd Antonia.

'Deud ti dy eiria mawr! Ond gwaed a nid traed ydi ei arbenigedd *o* medda fo a'r peth gora i mi neud ydi mynd i weld doctor traed pan a'i nôl adra a wedyn mi wnân nhw shafio asgwrn y corn reit lawr bob yn dipyn i ddim mi medda fo!'

Gosododd Antonia ei diod i lawr yn glec. 'Dad! Ydach chi'n meindio? 'Dach chi'n gneud mi deimlo'n sâl.'

'Lwc i mi weld o yn doedd a chael consylteshon am 'y nghorn gwlad 'run pryd. Reit pwy sydd isho peint arall?'

Sylwodd Carbo yn syth ar yr arwydd pan gerddodd i mewn i dderbynfa y Radisson Blu.

CYFARFOD A.P.R. CONSTRUCTION. 7pm. Suite 4.

Dilynodd Mici i'r bar. Methodd ei galon sawl curiad pan welodd Antonia yn eistedd yno; roedd hi'n edrych mor hardd ag erioed.

'Duw ma nhw 'lwch, Butch Cassidy and the Sundance Kid wedi landio,' meddai Gronw.

Ar hynny, cerddodd Meri Jên a Les i mewn i'r bar yn edrach yn smart o'u coua. Roedd Les yn ei siwt newydd sbond *light grey* sgleiniog o'r catalog ac mi oedd wedi cribo ei wallt du Just For Men yn ôl yn slic efo bryl crîm nes ei fod yn edrach fel Elvis yn ei ddyddiau hwyr. Roedd Meri Jên yn *dolled up to the nines* hefyd, mewn ffrog leilac a *sequins* arian am y llawesi a sgarff pashmina oren a du hefo patrwm pennau cŵn bach dros ei sgwyddau. Ond pen punt a chynffon dima oedd Meri heno, gan fod ei *pop socks American tan* wedi rowlio lawr i'w fferau i gyfarfod â phâr o'r sandals brown hylla welodd neb erioed, a golwg arnynt fel 'san nhw wedi troedio drwy'r Sahara ag yn nôl.

Cododd Gronw. 'A dyma nhw 'lwch, Bonnie a Clyde i'w canlyn myn brain i!'

Mi oedd yna hen feiban od o'u cwmpas yn syth a sylwodd pawb fod Mici wedi gwrthod ysgwyd llaw â Les.

'Wel be uffar sy'n bod ar nacw?'

Gwasgodd Antonia ben-glin ei thad i'w dawelu.

Daeth criw o bobol swnllyd y swyddfeydd i mewn i'r bar. Tarodd y giang eu golygon tuag at y bobol bwysig mewn siwtiau drud a phocedi gweigion. Ond tynnodd Meri mo'i llygaid mwyar duon oddi ar Cidw. Daliodd yntau ei llygaid a chodi i gyflwyno ei hun yn fonheddig. Aeth penglina Meri yn wantan fel Bambi, a bu rhaid iddi bloncio'i thin yn syth ar sêt.

'I chi'n iawn?' holodd Cidw.

'Ymmm... nacdw. Yndw...' Sadiodd ei hun a sylwodd y gweddill fod Meri ddim yn hi ei hun o gwbwl.

Estynnodd am ei phwrs a'i hancas. 'Dos i nôl port and brandy mawr i dy fam plis, Leswold!'

Cydiodd Meri yn dynn am law Cidw a syllu i mewn i'w llygaid. Llifodd atgofion yn ôl fel llith o longau hwyliau'n dychwelyd i'r harbwr ar lanw uchel.

'Braf iawn cwrdd â chi o'r diwedd, Meri. 'Wi wedi clywed lot amdano chi.'

'Haf iw now? Ôl gwd ai hôp!' Tagodd tu ôl i'w hancas. 'Ti 'run ffunud â fo...'

''Run ffunud â pwy, Meri?'

'Rhywun o ni'n nabod long teim a go sdi...'

Rhythodd Meri yn ddyfn drwy ffenestri enaid Cidw a theimlodd yntau ychydig yn anesmwyth yn ei chwmni. Trodd at y gweddill.

'Reit, i ni'n dechre'r cyfarfod 'ma mewn pum muned gyfeillion!' Cerddodd i'r stafell gyfarfod a thaflu un edrychiad sydyn nôl ar Meri Jên cyn camu drwy'r drws.

Sbiodd pawb ar ei gilydd ac yna ar eu watshis. Cododd Gronw a chymryd sêt yn ymyl Meri.

'Ydach chi'n iawn, Meri? Hen bensgafndod gafoch chi, ia?'

'Ia, symthing leic ddat usynt ut!' Clymodd ben rhaffau gwyllt ei hemosiynau yn dynn wrth i Les ddod â'i diod iddi. Llyncodd y *port* and brandy mawr mewn un.

'Dos i nôl un arall i mi plis...'

'Duw ia. Tyd â un i minna hefyd plis, machgian i,' ategodd Gronw.

''Dach chi'n edrach yn dda Meri, yn foch goch ag iach yn te!'

Gwenodd i ddiolch iddo ond gwelw iawn oedd hi tu ôl i'w cholur a'i hymarweddiad fel tasa rhywun wedi'i rhwygo o'i gwreiddiau i fyny.

Wrth y bar, roedd Les yn trio'i orau i ddal llygaid Mici ond edrych i bob cyfeiriad wnâi hwnnw. Cododd Les ei blwc a mentro ato.

'Yli Mic, dwi'n...'

'Ffyc off Les! Dwi'm isho gwybod, iawn!'

Daeth Antonia rhyngddynt ar amrantiad.

'Dos â'r diod 'na i dy fam Les, mae hi angan o 'swn i'n ddeud.'

Trodd Mici nôl i wynebu'r bar. Cydiodd Toni yn ysgwydd siwt Mici a'i droi tuag ati.

'Paid ti â meiddio troi dy gefn arna i Mici Ffin. Pwy ffwc wti'n feddwl wyt ti?'

Edrychodd arni mewn syndod, ond ddwedodd o ddim. 'Tyd ti lawr o dy high horse, ia!' Teimlodd hwnnw ei hegni peryg wrth i'w llygaid lliw llechi miniog danio trwyddo.

Agorodd Meri ei phwrs i dalu am ei diodydd ac edrychodd ar lun y morwr oedd yn prysur felynu yn y goleuni a'r tywyllwch.

'Ma'n iawn myddyr, sim isho chi dalu. Mae Aldo 'di gneud.'

Caeodd ei phwrs cyn i'r cwîn flincio a dechreuodd y gweddill din-droi am y cyfarfod.

'Dos di Les, dwi'm yn teimlo yn wan hyndyred pyrsént usynt ut.'

'Ydach chi'n iawn yndach, myddyr?'

'Yndw siŵr mai boi. Yr hen seiatica 'ma sy'n tynnu eto. Dos di yli, a'i am adra a rhoi'n padyls yp hefo'n licyl dogis i usynt ut. Ga'i yr hanas i gyd gen ti wedyn.'

''Dach chi'n siŵr?'

'Yndw synshain. Dos! Neu fyddi di'n hwyr am dy mîting pwysig.'

'Welai chi letyrs, ocê Mama.'

Wrth weld ei mab maeth yn gadael yn ei siwt a'i sgidia newydd sbond danlli, cronnodd swigan fach glaer yng nghornel ei llygaid a chwalu'n ddeigryn hallt wrth dorri llwybr clir drwy bowdwr ei cholur.

Stafell ddigon arferol oedd *suite* rhif pedwar efo bleinds gwyn a bwrdd crwn pren heb fath o raen. Cerddodd y criw mewn i'r stafell mewn singyl ffeil gydag Antonia yn eu harwain a Carbo yn dal y drws. Cymerodd pawb eu seddi yn dawedog. Sylwodd Cidw fod un gadair wag.

'We don't have a full compliment, lady and gents. Mae un ar goll. Ble mae hi?'

'Mae hi 'di gorfod mynd adra,' meddai Les. 'Doedd hi'm yn teimlo'n rhy sbeshal medda hi.'

Tynnodd Cidw ei gap stabal, agorodd ei wasgod a llacio ei dei drudfawr, cyn cymryd ei sedd.

'Gyfeillion! Diolch i chi gyd am droi lan heno. 'Sda fi ddim newyddion rhy dda ma 'da fi ofon.'

Camodd Meri i sêt gefn y tacsi. Gwyliodd y gyrrwr yn taro ei gloc ymlaen ac mi oedd yna ddwy bunt a chwigian arno'n barod.

'Where you goin to, my lovely?'

'The Packet, Tiger Bay.'

'Down the Bute is it?'

'Yes, Bute town please.'

'No bother.'

Roedd canol y ddinas yn fwrlwm lliwgar a thacsis yn cludo pobol llawn bri a gobeithion a'r rhan fwyaf o'r rheiny yn taeru ymysg ei gilydd mai nhw oedd yn gwybod lle oedd y llefydd gorau i fynd am bangar o noson allan, cyn y byddai'n mynd yn flêr eto heno ar Chippy Alley, a llafna ifanc yn rhwygo eu crysa i gwffio â'u cysgodion.

Gwyliodd Meri y byd yn mynd heibio drwy ffenest y tacsi, a gwyliodd y gyrrwr hi yn ei ddrych yn sychu corneli ei llygaid gyda hances. Agorodd Meri y ffenast i gael mymryn o awyr iach.

'You all good in the back?'

'Yes, thanciw ffor ascin.'

'So tell me, why is the docks called Tiger Bay then? I mean, nobody seems to know the answer, not even the people who live there now!'

Gwenodd hithau'n ôl arno yn ei ddrych.

'Well, when coal was king in Cardiff, years before they built the barrage to try and control the tides, sailing into port was very hazardous for the sailors and their cargo, and the old mariners used to say that if the north wind was to change the tide's mind, then trying to sail into Cardiff docks through the wild currents of the Bristol channel... was like trying to fight tigers.'

'Bloody hell, well I never!'

Gwrando yn astud wnaeth y criw ar wybodaeth ddiweddaraf Cidw. Cymerodd yntau ei amser i esbonio fod Jiffy wedi ddal fel gwystl gan Harry a bod ffyrm Hustons and Co yn dal i chwilio amdanynt.

'Gan fod Mr Michael Finnley man hyn wedi rhoi uffach o gweir i Terrence Huston yn nhoilets y *Celtic Pride* y noson honno!'

Gwingodd Mici yn ei sêt. Doedd o ddim yn disgwl swadan cweit mor sydyn. Edrychodd Carbo, Les a Gronw arno efo llygaid llyffantod oedd ar fin dodwy wyau osdrij.

'Wel y nefi wen a handyls pren! Be uffar ddoth...'

Torrodd Cidw ar draws Gronw.

'Ond mae 'na fai arno i am beidio cadw llygaid agosach ar bethe hefyd Gronw, yn enwedig tra roedd yr arian yn cael ei drosglwyddo i'ch cyfrif banc chi. Felly ymddiheuriadau i chi oll am y ffyc yp hynny hefyd.'

'Wel am siop shafins o sefyllfa! Be ydan ni...'

'Shwsd Dad! Mae'n rhaid i ni wneud fel mae Harry yn ei ofyn o hyn ymlaen yn does neu... wel... 'dan ni gyd yn gwybod be ddigwyddith fel arall.' Edrychodd pob aelod o'r criw ar Aldo. 'Mae be sydd wedi digwydd, wedi digwydd dydi a fedran ni ddim newid hynny, felly, mae'n rhaid i bob un wan jac ohonach chi benderfynu sud ydan ni am ddelio hefo'r sefyllfa shait yma yn does?'

Cododd Cidw ar ei draed a thywallt siot go hegar o Benderyn i wydr pob un er mwyn lleddfu'r boen a rhoi cyfla iddynt dreulio'r wybodaeth grasboeth.

Cyrhaeddodd y tacsi tu allan i'r Packet, yr unig dafarn yn y Bae oedd wedi aros yn driw i'r hen ddyddiau a fu. Agorodd y gyrrwr y drws i Meri Jên yn fonheddig a theimlodd hithau ias fain yn dod o'r bae.

'I haven't paid you yet.'

'It's ok lovely, this one's on me! Enjoy your night.'

'Well thank you.'

Mae 'na amball i enaid da ar ôl yn hen fyd 'ma meddyliodd wrth chwilota yn ei handbag am ei phaciad o Embasi Ffilters. Taniodd ffagsan a sugno'r mwg gan wylio y drws fel tae hi'n disgwyl i rywun ddod allan ohono. Clywodd gân gyfarwydd y 'Sloop John B.' yn dod o'r tŷ potas wrth i Lityl George dwangio tannau ei gitâr a Peggy 'Whine' Lee ei wraig fyseddu eboni ag eiforis y piano yn ysgafn.

Ffeindiodd stôl fechan oddi fewn i'r drws ffrynt, ond roedd

y mynd a'r dod yn achosi i ddrafft droi am ei fferau. Cododd ei *pop socks American tan* a symud i sêt arall.

Stopiodd y piano, wrth i Lityl George roi ei law dros allweddellau ei wraig. Trodd honno rownd ar ei stôl.

'I don't beleive it! It's Mary Jane Moore! Long time no see.'

'How have you been keeping after all these years then my lovely?' holodd Peggy.

'Good as gold Peggy, good as gold usynt ut!'

Wrth iddynt drafod eu sefyllfa gachu hwch ymhellach, mi dorrodd Gronw ar draws y prosidings.

''Ma ni ta, darllan hwnna yn uchal i bawb, Aldo.'

Sleidiodd hen lyfryn bychan, brau a'i glawr wedi magu adenydd i rywle ers blynyddoedd maith.

'Lwcus mi ffendio fo yn tŷ 'cw i chi yn toedd, ond doeddan ni'n dau yn gwbod yn iawn cyn dod lawr yma na canfod yr aur fydda'r perwyl nesa. Tyd â hi i ni Aldo.'

Gwrandawodd y criw yn astud rownd y bwrdd crwn wrth i Aldo ddechrau darllen ysgrifau Siôn Ynysgor, y mwyngloddiwr tlawd o Fedd y Coediwr.

'Nôl yn y bedwaredd ganrif ar bymtheg, pan oedd bywyd yn symlach ond llawer iawn caletach, Cymru fach oedd un o'r cyflenwyr mwyaf o aur drwy'r byd i gyd. Clogau, Dolaucothi a Gwynfynydd oedd prif weithfeydd y cyfnod. A thra bod perchnogion y gweithfeydd hynny yn byw yn fras ar eu hystadau enfawr, roedd y mwyngloddwyr yn gorfod byw ar grystiau sych a llaeth enwyn mewn hofeli bychain lloriau pridd. Gweision bychain i'r perchnogion mawr oeddent, yn gorfod cloddio am aur o fore gwyn tan nos am y nesaf peth i ddim o gyflog. Heb fawr ddim dewis, byddent yn arfer sleifio dan lewyrch lloer potsiwrs i ddwyn ceirw oddi ar ystadau ysblennydd eu meistri neu'n pysgota dwylo am frithyll o nentydd claer y mynyddoedd, gan ei throi hi am adref cyn mig y wawr i fwydo boliau gweigion eu plantos. Dysgu wnaethant o enau a dwylo eu rhieni sut i oresgyn gorthrwm y gaethiwed.

Ac wedi i ddwylaw droelli dŵr a graean mewn padell ger glan afon a chasglu aur yn ei rhigolau, dim ond un dafod lithrig a gymerodd hi wedyn i rywrai glywed am y darganfyddiad mawr a dechreuwyd y rhuthr gwyllt am aur ym mynyddoedd Meirionnydd. Gaeafau geirwon a chwipiodd y mynyddoedd hyn a'r meinwynt a chwistrellodd rew yn ddyfn i'w gwythiennau nes i haf hir tesog grasu'r llethrau a meirioli'r ffrydiau mewnol a datgelu'r haenau melyn oddi fewn. Yr union aur hwn a berodd wallgofrwydd i rai a ddaeth gyda'u hebillion i droelli tyllau ffrwydron, a phrin iawn yw'r melyn drudfawr a gloddiwyd gan y tlodion erbyn hyn. Diwaelod oedd trachwant y meistri, cyn iddynt adael yr ardal wedi llenwi'u pocedi sidan dyfnion, gan fod y graig wedi eu concro hwythau. Gadawyd ogofâu yn gegagored, yn waedd fud gan y natur famol. Ond aros mae dewiniaeth natur a'i hadau aur sy'n egino gweryd y gwanwyn unwaith yn rhagor."'

'Wel dyna chi ddeud, mi oedd Siôn Ynysgor yn lenor o fri yn toedd ac yn ffarmwr fatha finna…'

Mylliodd Cidw. 'Le yffach ma'r ovaltine Gronw? 'Sda ni ddim amser i wrando ar tales from Wales gan Siôn sgwarnog wotsis name! Bleedin hell! Felly bawb, chi siŵr o fod yn deall taw beth ni gyd yn delio gydag e ar ôl y stori jacanori 'na yw… aur o Gymru ac aur o Clogau mines yn y north yw yr aur sydd yn pob modrwy briodas y royal family.'

'So? Be ydi dy boint di, Cidw?' holodd Mici yn ddiamynedd.

'Sydd yn ei wneud e felly, Michael, yn aur uchel iawn ei statws, a'r drytaf yn y byd, i chi'n deall be 'sda fi? Prinna yw'r comodoti, dryta yw ei bris, a ma Harry O'Carrol moyn i ni ddwgyd yr aur drosto fe er mwyn achub croen Jiffy, a chael ein harian ni'n ôl am y deimonds.'

Nodiodd pob un o griw y rownd têbl mewn dealltwriaeth. Aeth Cidw ac Aldo yn eu blaenau i esbonio be oedd y sgôr. Eglurwyd eu bod eisoes wedi canfod lle roedd Hustons and Co yn toddi yr aur sgrap gan dywallt canran fechan iawn o aur Cymru mewn i'r mics. Ond roedd angen rhywun gyda awdurdod i roi stamp ar y metal melyn i ddynodi ei hunaniaeth a'i burdeb, a'r dyn oedd yn gyfrifol am wneud y weithred honno oedd gŵr o'r enw Julian Giles, a fu ar un adeg yn gweithio fel *Assay officer* yn Sheffield am flynyddoedd, ond erbyn hyn yn berchen siop emwaith ym Mangor.

Mi fu Hustons and Co yn defnyddio arbenigedd y dyn tal main hwn at eu perwyl eu hunain ers blynyddoedd, a'i wthio'n ara deg i gornel gyfyng heb iddo sylweddoli, a thrwy dactegau budron a bygythiadau, byddai Julian yn gorfod cyflenwi canran fechan o aur Cymraeg prin i roi yn eu cymysgfa, ac yna eu stampio, er mwyn chwyddo pris yr aur sgrap i'r entrychion.

Dyn parchus iawn oedd Julian o ddydd i ddydd, yn aelod amlwg yn yr eglwys gadeiriol ym Mangor ac yn aelod brwd o'r Mêsyns ym Mhorth y Wygr, neu Beaumaris fel ail-enwyd y lle gan ryw frenin neu'i gilydd. Diafol pen ffordd ac angel pen pentan oedd o. Y fo a'i siop emwaith yn blingo'r tlodion tra oedd o'n ymarweddu fel Cristion pybyr.

Esboniwyd i bawb fod Harry isho tamad mawr o'r acshyn. I

felysu'r fargen, addawodd Harry y câi o ffyrm Terry Hustons and Co oddi ar eu cefnau hefyd, a chau pen y mwdwl blêr yma iddynt, unwaith ac am byth.

'Felly gyfeillion, dyna yw'r diweddaraf sda fi i chi, unrhyw gwestiynau?'

Dechreuodd Gronw, Carbo, Mici a Les siarad ar yr un pryd.

'Hold on hogia,' meddai Antonia. 'Un ar y tro, ia?'

'Ydi yr Harry yma yn un dibynadwy ac yn un sy'n debygol o gadw at ei air ydi'r cwestiwn mawr yn te?' holodd Gronw.

''Wi wedi delio 'da fe ers blynydde, Gronw, a mae e wedi bod yn itha gonest 'da fi hyd yn hyn.'

'Ond sud mae o'n mynd i gael Hustons oddi ar yn cefna ni wedyn ta?' holodd Carbo.

'Gwd cwesdiyn synshain,' ategodd Les.

'Mae hynny lan i Harry. Ond ma 'da fe ei ffyrdd. Ma 'da fe gryn ddylanwad yn Llunden ag ymhellach a ma 'da fe gysylltiade peryg ymhobman.'

'Felly, does gynnon ni ddim llawar o ddewis yn y matar nag oes!' meddai Aldo yn dawel. 'Neu duw a ŵyr be ddigwiddith i Jiffy os na wnawn ni be mae Harry yn ei ofyn!'

Bu ennyd o dawelwch nes i Les roid ei werth deg ceiniog i mewn.

'Wel! Sud ffwc ydan ni fod i gal gafal ar y gold 'ma i ddechra hefo'i ta?'

'Dyma pam i ni 'ma, Les.'

'Wel? Oes gen ti blan, ta?'

'Oes Carbo. Ma 'da fi ag Aldo hadyn o syniad ond hadyn yw e.'

'Well na dim siŵr dduw!' meddai Gronw wrth dywallt glygiad arall o Benderyn i'w wydryn. 'Tân dani ta, Cidw.'

'Cyn mynd ymlân, 'wi'n cymeryd ein bod ni all in, odi ni?'
Cododd pawb eu gwydrau efo'i gilydd, heblaw am Mici.

Teimlai Meri Jên fwy fel hi'i hun o lawer wrth gydganu y 'Sloop John B.' efo Peggy Lee a Lityl George am y trydydd tro y noson honno. A theimlai ysgafnder hapus trwyddi wrth i bawb glapio iddynt ar ddiwedd y gân. Roedd hi fel yr hen ddyddiau i lawr yn y dociau heno ond fod y wynebau cyfarwydd a fu yn lluniau du a gwyn mewn fframiau ar furiau'r dafarn ger yr heli. Agorodd ei phwrs i brynu diod arall, gwelodd wyneb y morwr golygus yn gwenu'n ôl arni.

'Mae mrawd a fi isio sortio ambell beth arall a wedyn newn-ni gydgyfarfod yn y gogledd. Adawa i chi wybod lle a phryd. Dwi ddim yn mynd i ofyn i chi helpu ni ar hon, ocê Dad? Dio'm yn deg arna chi na'ch iechyd. Ma raid i chi edrych ar ôl y galon 'na.'

Edrychodd Gronw lawr ar ei draed wedi moni.

'So be wyt ti am neud, Mici Ffin?' holodd Antonia yn oeraidd. 'Wyt ti mewn hefo ni ta be? Ta sgen ti blania pwysicach, oes?' ategodd yn sbeitlyd.

Teimlai Mici ei fod yn cael ei wthio allan ganddi mwya sydyn, a gobeithia y byddai rhywun o'r criw yn taflud rhaffan o achubiaeth ato ond doedd neb i weld am ddweud dim.

'Dwi'm yn gwybod eto Toni, ond os ddechreuwch chi roid petha at ei gilydd hebdda i...'

'Na, wyt ti mewn hefo ni rŵan, neu dwyt ti ddim o gwbwl, iawn!'

Fe'i synnwyd o gan ei hymateb llym.

'Wel os ydach chi wir angan fi.' Roedd Mici yn pysgota'n ddyfn am deyrngarwch ond doedd 'na 'run *winchman* uwch ei ben i'w godi o'i drybini. 'Fel ddudish i, ella y medra'i ymuno hefo chi nes ymlaen ar y job. Gin i fusnas i redag a theulu i'w gadw yn does!'

Gronw oedd ei unig achubiaeth. 'Camp o syniad machgian i.'

'Mae fyny i chdi, Mici,' atebodd Aldo yn swta.

Gan ddiolch i'r gweddill, daeth Aldo â chyfarfod y bwrdd crwn i ben. 'Mae 'na buffet yn aros amdanoch chi yn y bar fel diolch i chi am ddŵad yma heno.'

Cododd Les o'i sêt cyn i Aldo gael cyfla i orffen y frawddeg a dilynodd y gweddill o allan o'r stafell yn dawedog. Arhosodd Cidw yn ei sêt i ffonio Harry. Roedd y Gwyddel cellweirus ar ben ei ddigon pan glywodd fod yr opyreshon yn mynd rhagddi.

'But if we land this one on your lap Harry, you better be good and tight on your side of the deal!'

'Fear not, I'll keep my word. You crack on, and get me that gold with their stamps, and you'll get back what I've promised.'

'I need the ten grand deposit in cash tomorrow Harry. I'll send you the details of where and when. Over and out.'

Gosododd ei ffôn ar y bwrdd a'i droelli fel tae'n disgwyl i'r teclyn ddangos iddo pa gyfeiriad i gymryd nesaf. Tywalltodd yr ola o waelod y botal Penderyn i mewn i'w wydryn.

Eistedd ar ben ei hun oedd Les Moore efo syrfiét wedi'i dycio'n ddel lawr colar ei grys newydd sbond o'r catalog a'i fochau bron â byrstio. O'i flaen roedd tair plât llwythog llawn *chicken wings*, barbyciw *ribs*, *chips*, *onion rings*, a dega o *vol-au-vents*, ond dim salad.

'Ffor ffoc sêcs. Sbia faint o fwyd sgin Les o'i flaen, Toni,' meddai Carbo gan godi ribsan wrth fynd heibio'r buffet.

'Gad o fod, bechod. Mae o wrth 'i fodd, dydi?'

'Bechod o ddiawl! Sbia arno fo! Ma fatha plentyn mewn te parti. Well i chdi fynd i nôl rwbath i fyta reit handi dydi, neu fydd y ffwcin lot wedi mynd, bydd!'

Chwarddodd y ddau yn annwyl gan syllu i lygaid ei gilydd.

Cerddodd Mici i gyfeiriad y drws ond fe drodd ar ei sowdl wrth y dderbynfa ac anelu'n ôl am y bar at Antonia.

'Ga'i air plis, Antonia?'

'Cei siŵr'

'Ar ben yn hunan ia, plis?'

'Sgiwsha fi, Carbo.' Cerddodd y ddau allan o'r bar.

Triodd Carbo ddyfalu be oedd yn digwydd ym mhen Mici wrth ordro peint o seidar a phaciad o sgampi ffreis, ond doeddan nhw ddim yn gwerthu y petha bach melyn drewllyd mewn gwesty o safon fel hwn meddai'r barman pwysig yn snoblyd.

'Ffwgin hopless,' meddai dan ei wynt.

Bu eiliadau o dawelwch annifyr yn *suite* rhif pedwar. Antonia dorrodd yr ias oer oedd rhyngddynt.

'Be ydi'r gair 'ma wyt tisho ta?'

'Pam bo chi gyd yn beio fi am y llanast 'ma?'

Fflachiodd mellt yn ei llygaid gwyrddlas ac yna daeth y daran.

‘Am mai chdi roth gweir i fab pen bandit yr Hustons ar y llong ’na.’

‘Ffycin hel… Oedd Terrence Huston yn ei haeddu hi… Am be naethon nhw i dy deulu di a thad Carbo.’

‘Wel sori i ddeud wrtha chdi de, ond mi nest di fwy o ddamij nag o ddaioni.’

‘Wela i. Be am Cidw ta?’

‘Be amdano fo?’

‘Y fo gociodd dranshacshyn pres y deimonds, ia ddim? ’Sna neb wedi deud dim am hynny!’

‘Heblaw amdana chdi a dy antics fysa dim o hyn wedi digwydd i ddechra hefo’i yn na fysa?’

‘Be wyt ti’n drio’i ddeud, Antonia?’

‘Y chdi ydi’r cause and effect yn hyn i gyd Mici, y chdi a neb arall!’

Roedd y cyn-filwr ar y droed ôl. Anelodd am y drws a throi ati. ‘Iawn, diolch i chdi… am ffyc ôl!’

‘Mici…’ Tawelodd ei llais. ‘’Dan ni’n trio achub cariad ’y mrawd o sefyllfa roddon ni o ynddi fan hyn dydan, a dwi’m isho ffraeo hefo chdi am y peth, ocê?’

‘Nag oes?’

Syllodd y ddau ar ei gilydd.

Cofiodd ei chyfarfod am y tro cyntaf wedi iddo ddenig i ehangder Eryri oherwydd fod hunllefau PTSD yn chwalu ei enaid. Yno cafodd gyfle i drio ailosod botymau diffygiol yn ei ben tra oedd o’n sgrechian ei gynddaredd tua’r mynyddoedd oherwydd ei artaith mewnol. Cafodd lonyddwch meddwl a chariad yng nghilfachau diogel Bwlch y Gloch – coflaid o egni pur a moddion gwella’r meddwl ganddi hi a’i thad.

‘Dwi’n dallt fod gen ti deulu i’w fagu yng nghanol hyn i gyd, ond dwi wedi dy gefnogi di erioed yn do, yn enwedig pan oedd dy ben di ar goll yn y cae rwdins... Dy ddewis di ydi o os ti'n helpu ni neu beidio. Mi gei di gerddad i ffwrdd o'r holl beth a fydd 'na ddim drwgdeimlad rhyngthan ni. 'Dan ni'n ffrindia rhy dda i hynny erbyn hyn, yn dydan?'

Edrychodd yntau ymaith.

'Yn dydan, Mici?'

Atebodd o ddim.

'Wel?'

Ar hynny, daeth Carbo drwy'r drws fel mellten hefo coes cyw iâr yn ei law.

'Dowch wir dduw neu fydd Les 'di dechra byta'r bar!'

Teimlodd y tensiwn yn syth. Cymerodd frathiad o'r *chicken leg* a'i chnoi, ac edrych o'r naill i'r llall.

'Pawb yn iawn 'ma?'

'Yndi, dwi ar fin gadal.'

'Mici...' Cydiodd Antonia yn ei fraich.

Tynnodd Mici ei llaw oddi arno efo dirmyg. Cerddodd am y drws.

'Wela'i di'n gwaith bora fory Carbo. Han 'di saith ar y dot fel ddudish-i.'

'Be sydd Mici?'

Ysgwydodd Antonia ei phen. 'Gad o fynd, Carbo.'

Trodd Mici rownd cyn gadael, a rhythodd i lygaid Antonia am rai eiliadau cyn dweud yn filain, 'Pob lwc i chi gyd!' Cerddodd drwy'r drws.

'Wyt ti'n iawn, Tôn?'

'Yndw. Tyd, awn ni i'r bar, dwi angan rwbath cryf i yfad!'

Clywsant ganu yn mynd o nerth i nerth wrth ddynesu at far y gwesty.

'Calon lân yn llawn daioni. Tecach yw na'r lili dlos... Dim ond calon lân all ganu, canu'r dydd a chanu'r nos.'

Choeliai Antonia mo'i chlustiau na'i llygaid pan gyrhaeddodd y bar. Roedd Gronw wrthi'n arwain côr bychan o 'ddeutu pump neu chwech gyda llwy bwdin a fforcan ynghanol y bar, a gwraig Hywel Ty'n Rhosydd yn cyfeilio ar *baby grand* piano y gwesty gydag arddeliad.

Rhoddodd Gronw daw ar y côr a'r piano drwy daro ei baton fforc i ochor gwydryn gwag. 'Ting Ting Ting, hold ddy bôt, mae 'na un ohonach chi yn Fflat Huw Puw yn fan hyn, ac yn suddo'r gweddill hefo'ch llais cras, felly, mi ydw i isho clywad pob un ohonach chi'n canu yn unigol os gwelwch yn dda...'

'Ffocin hel, Carbo, dwi'm yn coelio hyn, fedra'i mynd â fo i nunlla nafdraf.'

'Duw duw, gad o fod, mae o yn ei eliment dydi? Tyd, awn ni ben arall y bar os leci di.'

Gwnaethant wyriad i guddiad a chwerthin fel dau blentyn wedi denig o'r ysgol.

Ar ôl y clyweliadau unigol, penderfynodd Gronw mai Les oedd yr un a oedd yn achosi'r sŵn drwg, ac fe gafodd ei ddiarddel o'r côr bach del. Ceisiodd y gweddill drio achub cam Elvis ansoniarus ond ysgwyd ei ben wnaeth yr arweinydd a'i hel ymaith gyda'i fforcan.

Dal dwylo oedd Toni a Carbo, y ddau wedi dotio ar gael teimlo ei gilydd eto. Yn fud a llonydd mewn lle na all geiriau fynegi dim.

Tapiodd Les Antonia ar ei hysgwydd.

'Ma Gronw wedi banio fi o'r côr, Toni!'

Chwarddodd Carbo a hithau'n uchel.

'Be gymi di Les?' holodd Carbo.

'Peint o Strongbo plis, dic hed! Lle mae Mici Ffin ta?'

'Duw a ŵyr, paid â poeni amdano fo!'

'Dio'm yn siarad hefo fi na dim, sdi Toni. Mae o 'di llyncu donci go iawn am bo fi 'di colli y pres 'na i gyd yn y casino a dwi 'di cal y sac gynno fo yn do.'

'Yli, gei di dalu'r pres 'na'n ôl iddo fo ar ôl y joban nesa 'ma yn cei? Mi wyt ti 'di bod yn driw iawn iddo fo erioed chwara teg!'

'Y fi ydi'r bai usynt ut, am fod mor sdiwpid, fel arfar.'

'Paid â bod mor galad arna chdi dy hun. 'Dan ni gyd yn gneud misdêcs weithia, sdi.'

Pashiodd Carbo beint o Strongbo i'w gyfaill. 'Nais wan synshain. Ma' ngheg i'n sych 'tha cotshan fyltshyr ar ôl yr holl ganu na!' Torrodd wynt. 'Beg your pwdin,' a chymerodd swig arall a cholli diferion o'r seidar lawr ei siwt newydd.

'O no, ffyc mi! Myci pyp ma Mam yn galw fi, chi!' Rhwbiodd y diferion efo'i law a chymryd swig arall.

Gwenodd Carbo a Toni ar ei gilydd.

'Ydi Mici yn dod ar yr opyreshyn nesa 'ma ta, Antonia?'

'Tydi hi ddim yn edrych felly, de Les. Eniwes, llai o siarad siop ia? A iechyd da!'

Tarodd y tri eu gwydrau at ei gilydd.

Gwneud ymchwil trylwyr yn ei stafell oedd Cidw er mwyn cael syniad o brishau'r aur gan fod gwerth metalau drud yn codi a gostwng yn ddyddiol. Ond nid aur o Gymru. Codi yn ei werth a wnâi hwnnw bob eiliad. Ac os oeddent am wneud y gwaith gerbron er mwyn rhyddhau Jiffy a chael eu harian yn ôl, roedd gofyn bod o leiaf dri symudiad ar y blaen gan eu bod yn chwara gwyddbwyll efo pobol beryg bywyd. Roedd datrys problemau fel hyn yn tic tician tu mewn i Cidw yn dragywydd ac roedd angen llygaid craff ar y diawl i weld saim yn y briwas hwn.

Casglu'r gwydra gweigion oedd staff y Radisson Blu a'r asbri a fu eisoes yn stori bora wedyn. Eisteddai Gronw yn llonyddwch ei chwildod, yn blincio'n unllygeidiog fel gwdihŵ mewn twll coedan. Datganodd Aldo ei bod hi'n hwyr glas iddo fynd am y ciando. Dechreuodd Carbo bendroni le y câi yntau roi ei ben lawr heno. Triodd roi caniad i Mici i weld oedd o'n iawn ac i weld os y câi loches yno, ond doedd hwnnw ddim yn ateb ei alwadau.

'Mae raid fod Mici Ffin 'di pwdu hefo pawb a bob dim.'

Atebodd 'run ohonynt.

''Sa well i mi drio cal stafall yn fan hyn felly yn bysa!'

'Gei di aros yn y sber rŵm acw os ti'n sdyc usynt ut synshain,' meddai Les.

Cysidrodd mond am eiliad cyn ateb. 'Fyddai'n iawn diolch ti, Les.'

'Reit ta, dwi'n mynd â'r hen ddyn i'w wely,' meddai Aldo. Roedd Gronw wedi dechra chwyrnu yn ei gadair a'i beint yn ei law. Trodd nôl at Les a Carbo wrth adael. 'O ia fyd, roi dincyl i chi pan dwi'n barod i chi ddod fyny i'r gogledd, iawn? Ma gynnan ni waith gosod llwybrau yn gynta yn does, sis?'

Nodiodd hithau. Aeth yntau ati i ddeffro'i dad a'i hebrwng tua'r llawr uchaf i gysgu ymysg y cymylau.

Teimlai Les 'chydig bach fel gwsberan yng nghwmni Antonia a Carbo gan eu bod ar goll yn llygaid ei gilydd.

'Ymmm, fysa well i minna fynd am adra usynt ut i weld os ydi myddyr yn ocê. Spîc tw iw sŵn ia?'

Gwenodd Antonia a'i gofleidio. 'Iawn, cym ofal Les.'

'Wela'i di Leswold, siaradan ni fory iown?'

'Siŵr o neud, Carbonara.'

Bu tawelwch rhwng y ddau ar ôl i bawb eu gadael.

'Be nawn ni ta ŵan Toni?

'Gorffan yn drincs, ia?'

Gorffennodd y ddau eu diodydd mewn un swigsan, codi o'u stolion ac ymlwybro tua'r dderbynfa yn giglan fel *teenagers* a'u hormons yn clecian. Cyn i Carbo gael y cyfle i fod yn fonheddwr a holi y boi tu ôl i ddesg y rishepshon a oedd yna stafell sengl ar gael, fe gydiodd Toni yn llawes ei jaced ledar, ei lusgo mewn i'r lifft, a gwasgu'r botwm er mwyn datod rhai eraill.

Llewyrchodd y wawr bob sbectrwm o oren drwy'r ffurfafen biws, o saffrwm tywyll i golsyn fflamgoch, a thrwodd i liw llachar melyngoch wrth i'w choron godi dros y ddinas. Ymddangosodd ager yn stribedau gwyn o adenydd awyren wedi iddi godi o darmac y Rhws am bellafoedd byd. Gwyliodd Carbo hi'n diflannu drwy fwg ei smôc.

Troediodd o dan bont y draffordd i'r tywyllwch lle canfu batrymau llythrennau graffiti a'r sgrifen liwgar yn dyst i'r rhai a fu yno yn nhywyllwch yr oriau mân, y *tags* o'r tuniau *aerosols* yn dal yn llaith. Un o'i hoff ogleuon. Gwthiodd y wawr drwy holltau'r bont yn rhimyn hir o aur ar y gro mân. Agorodd *zip* ei jaced ledar a chamu o'r cysgodion i ddiwrnod newydd.

Cyrhaeddodd Ceir Finnley Autos cyn iddo sylwi gan fod ei feddwl wedi bod ar y nwyd a losgwyd drwy'r oriau coll. Wrth droedio tua mangre'r mecanics, teimlai 'chydig yn betrusgar ynglŷn â'r ffordd ora i handlo Mici. Sylwodd fod drws bach y garej ar agor. Mae'n rhaid fod rhywun wedi dechrau gwaith o'i flaen.

Camodd trwyddo, ond doedd neb i'w gweld hyd lawr y garej. Tynnodd ei jaced ledar a'i hongian ar *throttle* Moira. Estynnodd am ei ofyrols oddi ar y peg a thynnu'r lifrai gweithio amdano mewn un symudiad.

Gwaeddodd Polish arno o ben draw'r garij. Bu bron i Carbo neidio'n ôl allan o'i ofyrols.

'Good morning young man! Nice to see you here bright and early for a change.'

'Ffocin hel Polish! Where the hell did you pop up from? It's only twenty tŵ sics, haven't you been home yet?'

Toedd Polish na Sgin ddim wedi bod yn agos i'w gwlâu ers y noson cynt gan eu bod yn trio llacio tipyn ar y *back log* o geir. A rhwng y caru ar donnau braf y gwely dwbwl yn y Radisson Blu a'r swsys ffeindia a fu wrth ffarwelio â Toni, dim ond mymryn o gwsg roedd Carbo wedi'i gael. Cafodd wybod gan y dyn bach oedd yn glanhau a pholishio pob dim rownd y blydi ril fod Mici eisoes yn ei swyddfa a'i fod yn edrych fel tae wedi cael crocodeil i frecwast.

Aeth drwadd i'r stafell panad i nôl llymaid o ddŵr. Gwelodd fod Sgin yn cysgu'n sownd solat a'i ben yn ei freichiau ar y bwrdd. Ymddangosai bybyls bach rhwng ei wefusa wrth iddo chwyrnu cysgu.

Rhoddodd Carbo ei geg dan y tap dŵr oer a gylpio galwyn, sychu ei wefla, a mynd draw i gael spec ar rota'r dydd. Mi oedd 'na *shit loads* i'w wneud. Aeth ar y sbanars yn syth a bu wrthi'n ddygn yn gosod *loom* trydanol newydd yn ôl mewn i'r hen Fford Anglia a oedd wedi ei chwistrellu eisoes. Bwydodd y sbageti o wifrau at dyllau y goleuadau a soldro weiars i gysylltu'r *headlamps*. Wedi iddo sgriwio'r *chrome grill* a'r bympar gloyw'n ôl yn eu llefydd priodol, sylwodd fod 'na wên lydan wedi dychwelyd dan lygaid gloyw yr Anglia. Mi oedd ar gychwyn rhoi gwep newydd ar gefn y modur pan glywodd Mici yn chwibanu o dop y grishau pren i ddynodi ei bod hi'n amsar panad.

Symudodd Polish yn fân ac yn fuan drwy'r garej i'r cefna i daro'r teciall ymlaen a deffro Sgin o'i drwmgwsg chwthu bybyls.

Aeth Carbo ddim trwodd i stafell gefn y gweithiwrs am banad. Gwell dal ati â'i orchwylion, yn enwedig gan fod Mici yn syllu i lawr arno o'i swyddfa. Cael ei dynnu ddwy ffordd oedd y sgampi ffrei kid ac ofn troi'r drol. Fedrai o fyth blesio pawb, mwy na thrio piso'n uchel dros geiliog gwynt yr eglwys agosa.

Eisteddodd Gronw ar erchwyn ei wely yn mwytho'i dalcian poenus efo cadach wlanan oer gan geryddu ei hun am yfad llond bath o gwrw budur.

Agorodd fleinds ei stafell a chollodd ei falans pan welodd yr uchder aruthrol y safai arno. Cafodd gyfog ac aeth i eistedd nôl ar y gwely wrth i ddŵr poethach na lafa godi i fyny o'i stumog. Estynnodd am ei asbrins, ei dabledi calon, Rennie's a photal o ddŵr.

Roedd hi'n fore braf di-gwmwl a gallai Gronw weld yn glir tros ddwyrain Caerdydd draw tuag at Wlad yr Haf a orweddai fel milgi diog yn haul y bore. Mi oedd gwlad y Saeson i'w gweld yn hynod agos, fel mai dim ond llam plentyn a fyddai ei angen i groesi'r dyfroedd hallt.

Paratôdd ddwy banad o de iddo'i hun gan fod cwpanau y gwesty fel rhai tŷ doli. Agorodd dun o *pilchards* a bwytaodd nhw'n awchus yn syth allan o'r tun efo'i fforcan.

Galwyd Carbo fyny i'r swyddfa. Sylwodd fod hoel noson hegar yng nghochni llygaid Mici a thaniodd Sarjiant y sbeshal fforsys gwestiyna fel bwledi i'w gyfeiriad i ganfod be gafodd ei ddweud amdano ar ôl iddo adael y Radisson neithiwr. Nid lle Carbo oedd esbonio dim wrtho, ond er mwyn trio cadw'r ddesgil yn wastad, dywedodd na wyddai o ddim mwy na'r hyn a ddywedwyd yn y cyfarfod. Gwyddai Mici fod yr hogyn yn bod yn economaidd iawn efo'i wybodaeth.

'Pryd wyt ti'n gadael am y north 'na, ta Carbo?'

'Fory ella? Dwi'm yn siŵr deu gwir, disgwyl galwad gan Aldo dwi.'

'O wela i! A pryd fyddi di'n dod nôl i weithio i mi yn fan hyn wedyn ta?'

'Wel, ma'n dibynnu be ddigwyddith fyny fanna dydi... Fysa Antonia ddim yn deud dim byd cas amdana chdi tu ôl i dy gefn di! A ti'n gwbod hynny hefyd.'

'Deud ti!'

'Paid â bod fela! 'Dan ni gyd ar dy ochor di a does 'na'r un ohonan ni'n dal dig am bo chdi ddim isho bod yn rhan o'r peth siŵr!'

Gwyddai Mici ei fod o'n siarad synnwyr, ond mi oedd o wedi ei glwyfo a'r ddraenen yn ddofn ym mhawen y blaidd.

'Na'i banad i ni, ia Mic?'

'Na, sgen ti'm amsar. Mae gen i joban arall i chdi pnawn ma. Dwi isho chdi bigo car i fyny i mi. Porsche Carrera.'

'Iawn man, dim probs. Lwmp o gar.'

Llithrodd Mici daflen o bapur dros y bwrdd iddo.

'Mae'r cyfeiriad ar hwnna. Dos â'r Renj Rofyr a'r low loader i bigo fo i fyny achos does na'm winscrin ar y Porsche, iawn!'

Edrychodd Carbo ar y daflen a gweld mai *South Wales Police Vehicle Retrieving Form* oedd hi a chyfeiriad HQ Heddlu Pontypridd ar y top.

'Be? Wyt ti'n disgwyl i *mi* nôl hwn?'

'Yndw, pam?'

'Tydw i *ddim* yn delio hefo cops.'

'Fedri di ddim dewis pa jobsys wyt tisho wneud siŵr dduw!'

'Wel gyrra Polish neu Sgin i'w nôl o ta, garia'i mlaen hefo'r gwaith yn fan hyn.'

Collodd Mici ei limpyn.

'Ffocin hel Carbo! Dy enw di sydd ar y sein uwchben drws y garij 'ma, ia?'

'Naci.'

Rheolodd Mici rywfaint arno'i hun.

'Wyt ti am wneud fel dwi'n ofyn i chdi am unwaith ta be?'

'Dwi ddim yn delio hefo plusmyn a dyna fo. Ac a'i ddim mewn i'r un cop shop. Byth eto.'

'Mond handio'r sheet yma mewn iddyn nhw a pigo'r car o'r lock up yn cefn sydd isho chdi neud.'

'Ffwc o otsh gen i. Dwi'm yn mynd yn agos at 'run cwt mochyn.'

'Pam? Be di'r big deal, hogyn?'

'Achos y tro dwytha fuas i mewn polîs steshon, mi gesh i nghicio'n noethlymun rownd y sel, a mi bisodd y copars ar 'y mhen i wedyn!'

'Dyna wyt ti'n gal am ddwyn un o'u ceir nhw a mynd â nhw ar cross country!'

'Isho mynd adra at Mam o'n i, oedd hi'n giami doedd... Do'n i'm yn haeddu ffasiwn gweir gan blusmyn yn eu hoed a'u hamsar. Blydi nora, sicsdîn o'n i...'

Gwelodd Mici fod yr holl brofiad wedi gadael ei hoel ar yr hogyn.

'Iawn. Geith Sgin fynd i nôl o ta, gan fod y diawl bach hwnnw wedi cysgu drwy bora.'

'Sud o chdi'n gwbod hynny?'

'Dwi'n methu dim. Reit, dos yn nôl ar y tŵls ta.'

'Diolch ti Mic. O ia 'fyd, tra dwi'n cofio de, ma gen i rwbath i chdi, rwbath fedrith helpu chdi ella.'

'Be ti'n feddwl?'

'Wel, werthist di un o dy geir gora i helpu Les a'i ddyledion yn do?'

'A pa fusnas ydi hynny i chdi?'

'Trio helpu ydw i!'

Agorodd ei ofyrols a thynnodd y garreg fach loyw allan o bocad fach ei Levi's a'i gosod ar y bwrdd o flaen Mici. Cododd Mici'r garreg. 'O le ddiawl gest di hon?'

'O lle ti'n feddwl? O'r joban ddwytha ynde. Oedd 'na saith carrag i'w swapio ar y *Celtic Pride* doedd, ond mi oedd 'na wyth deimond yn y briffces, felly gadwish i hon...'

'Wel mae rhaid fod Terrence Huston a'i frawd yn gwbod bo rywun wedi sgriwio nhw pan agoron nhw'r briefcase yn Werddon felly?'

'O chdi wedi gneud llanast cyn hynny doeddat?'

'Blydi hel, sim raid i chdi rwbio fo mewn chwaith!'

'Mae'n rhaid fod y garrag 'ma werth cymaint â'r gweddill dydi? Sy'n ei gwneud hi felly yn werth thyrti neu fforti grand. Yn hawdd 'fyd!'

Edrychodd Mici ar y garreg eto.

'Felly pan ddaw yr amsar, ofynnwn ni i Cidw ei gwerthu i Ishmael, a geith o handling charge bach, ac mi sblitiwn ni'n dau y gweddill, de. Well na cic yn din yn dydi, Sarjiant?'

'Dwi'm yn dallt, pam tisho rhannu'r cash hefo fi? Toes ddim rhaid i chdi nag oes? Pam na gadwi di o i gyd i chdi dy hun?'

'Am bo chdi wedi bod yn deg iawn hefo fi o'r dechra. Swn i'n gellu rhannu'r cash hefo Les er mwyn iddo fo gal talu ei ddyled yn nôl i chdi ond i be cymhlethu petha? Ti ar dy ennill bob ffordd dwyt?'

'Ydw i?'

'Wel wyt, achos mae Leswold bownd o dalu chdi'n ôl ar ôl y joban nesa 'ma be bynnag, dydi!'

'A be sy'n gneud i chdi feddwl y cewch chi'r pres i gyd yn ôl gin Harry O'Carrol?'

'Am bo fi'n trysdio Cidw ag o be wela i, sgynnan ni'm dewis arall.'

Cododd Mici y deimond garw rhwng ei fysedd a'i ddal i'r golau.

'Pwy arall sy'n gwybod am hon ta?'

'Neb. Mond chdi a fi. Felly cadwa hi'n saff yn dy sêff am dipyn, ia?'

Er mai hogyn llawn hyder oedd Carbo ar y wyneb, gwyddai Mici fod rhuddin cryf a thrwch o ddaioni yn ei berfedd. Roedd o'n un a esgynnodd ysgol bywyd mewn ffordd galed. Dibynnu ar ei ddoniau cynhenid a wnâi gan ailadeiladu'r ystol fesul gris.

'Ti 'di gweithio bob dim allan, do Carbo?'

'Do!' atebodd hwnnw yn wên o glust i glust.

'Iawn ta, mi edrycha i ar ei hôl hi i chdi ond dwi ddim isho dim i wneud hefo'r garrag, iawn?'

‘Pam?’

‘Achos dydi’r blydi things ’di dod â dim byd mond anlwc i mi! Reit ta oes ’na rwbath arall tisho’i ddatgelu cyn ti fynd nôl ati?’

‘Na, dim byd.’ Cododd i fynd nôl lawr at ei orchwyl ond wrth ddrws y swyddfa trodd i wynebu Mici eto.

‘O ia, ma ’na un peth bach arall.’

‘Be?’

Edrychodd arno’n daer. ‘Ffonia Les nei di? Mae’n torri ei galon.’ Trodd a gadael.

Astudiodd Mici y garreg fechan eto, cyn codi ffôn y swyddfa a deialu.

‘Haia pish! Sud ma petha fo chdi a’r kids? A pryd ydach chi am ddod nôl adra? Dwi’n methu chi yn uffernol…’

‘Gwranda, Michael. Dwi ’di bod yn meddwl am betha… non stop… a…’

‘A finna ’fyd, dyna pam dwi isho i chi gyd ddod nôl adra ata i Jiw er mwyn i ni’n dau drafod petha yn iawn.’

‘Na Mici… Fedra’i ddim neud o ddim mwy… Sori… Dio’m yn deg ar y plant…’

‘Be? Na, paid… Plis paid â…’

‘Na! Bydd dawal a gwranda *di* ar rywun arall am unwaith.’ Torrodd ei llais fel brigau sychion yn llosgi. ‘Dwi’n sori… ond… sgin i ddim byd ar ôl i chdi. Dwi’n wag tu mewn.’ Anadlodd mewn yn ddyfn. ‘Siarada hefo dy gyfreithiwr gynta medri di. Gei di bapura drwy’r post dyddiau nesa ’ma.’

Aeth y lein yn fud. Sugnwyd ei holl einioes allan ohono a chwalodd ei fyd yn dameidiau o ddrychau mân o flaen ei lygaid unwaith eto. Syllodd i’r gwagle yn methu amgyffred yr hyn a glywodd. Dychwelodd y ci mawr du sy’n cyfarth yn ei feddyliau yn ddi-baid, a'r tro hwn, roedd am ei frathu trwodd i'r asgwrn.

Agorodd ddrôr ei ddesg, estyn potal a thywallt treblan mawr o wisgi i'w wydryn.

Roedd hi'n fwrlwm gwyllt o brysurdeb yn y Radisson wrth i eneidiau newydd gyrraedd a'r preswylwyr blaenorol dywallt allan o ddrws y dderbynfa.

Sugnodd Antonia ei *espresso* yn y risepshon a'i gwallt breinddu yn gwlwm cynffon merlan dros ei hysgwydd dde. Mi oedd hi, Cidw ac Aldo eisoes wedi cael eu cyfarfod boreol uwch eu huwd i drafod y camau nesaf a phenderfynwyd mai'r peth callaf i wneud fyddai i Cidw adael am Lundain i gyfarfod â Harry a chael gweld drosto'i hun fod Jiffy'n ocê. A thrwy fod yn agosach at lygaid y ffynnon, byddai'n ei alluogi i daflyd dŵr dros unrhyw dân cyn iddo ymledu.

Roedd y tri ohonynt yn eiddgar i adael y gwesty erbyn hyn wrth ddisgwyl am Gronw. Gwyliasant bob un yn dod allan o'r liffts yn eu tro ond toedd dim sôn amdano. Eisteddodd y triawd heb siarad fawr ddim yn haul y bora a drwynai'n llachar drwy ffenestri dirifedi y gwesty. Tarodd Cidw ei *shades* am ei drwyn a glansho ar ei Rolecs eiliadau ar ôl ei *time check* diwethaf.

'Reit Aldo, cofia mod i wedi trefnu cyfarfod i ti bigo lan y deposit yn cwt y ceiliogod am ddau prynhawn 'ma.'

'Dwi'n cofio siŵr. Diolch ti Cid.'

'It's time to shifft nôl lawr i'r big smoke. Gadwa i mewn cysylltiad. Pob lwc!' Diflannodd trwy'r drysau troelli i brysurdeb y ddinas.

'Lle uffar mae ffaddyr ta, sisdyr?'

'Cŵl hed. Dyro bum munud bach iddo fo, ma'n hen cofia.'

'Ia, hen a hungover ti'n feddwl. Oedd o fatha plentyn teirblwydd hyd lle 'ma neithiwr!'

Edrychodd Antonia ar ei ffôn.

Agorodd drws y lifft a throdd y brawd a'i chwaer i'w gyfeiriad. Yno'n sefyll tu ôl i ddwy ddynes ganol oed oedd Gronw â golwg fel tae o wedi cysgu'r nos ypseid down arno. Gadawodd y ddwy ddynes i fynd allan o'i flaen a chododd siwtces un ohonynt allan o'r lifft yn fonheddig. Fel y camodd nôl mewn i godi ei gês ei hun, caeodd drysau y bocs wiran yn ei wyneb a mynd nôl am i fyny.

'Ffocin-hel! Mae hwn ar goll heb ei dractor.' Aeth Aldo i bwyso botwm y lifft yn ffrantic. Ar ôl 'chydig funudau dychwelodd y bocs weiran, sleidiodd y drysau ar agor ond toedd dim golwg o Gronw.

Brasgamodd Aldo nôl at ei chwaer. 'Wel lle uffar mae o wedi mynd rŵan eto fyth medda chdi?'

Yna, fe glywson lais cyfarwydd yn hefru dros y dderbynfa, 'Ma'r blydi liffts ma'n amhosib siŵr dduw!' Aeth prysurdeb y Radisson Blu i stop wrth i Gronw ddiawlio. 'Dwi 'di bod fyny a lawr yn y tun sardîns 'na fel mwnci'n hel cnau ers imi landio yma. Blydi rybish. A ma mhen i'n troi rhwng bob dim. Dwi siŵr bo fi wedi di bod yn y ffwc jwg 'na yn hirach na dwi 'di bod yn 'y ngwely. A tydi'r ddynas fach sy'n siarad tu mewn iddo fo yn gwneud dim pwt o sens, nag yn gwrando affliw o ddim arna'i!'

Rhoddodd ei ferch sws a choflaid iddo. 'Dowch ffaddyr.'

Cydiodd Dafydd Aldo yn siwtces ei dad a sylwi ei fod yn llawer ysgafnach.

Roedd Meri wedi bod ar ei thraed ers hannar 'di pump y bora a heb gysgu blincsan wrth droi a throsi yn ei hernet yn meddwl am Cidw a oedd yn ail-argraffiad o'r morwr a hwyliodd i ffwrdd o Tiger Bay flynyddoedd yn ôl gyda'i chalon. Bu'n eistedd yn pendroni a chodi ei hornaments i'w dystio, ac yn eistedd eto, heb wybod be i wneud efo hi'i hun, heblaw am fwydo Shandy a Bentley.

Wrth ddystio'r teli, gwyddai y gallai'r hyn roedd hi'n ei amau gymhlethu ei bywyd yn ofnadwy. Os y byddai Les yn dod i wybod mai Cidw oedd y babi bach a roddodd hi i'w fabwysiadu ac yn difaru yn ddyddiol ers hynny, byddai'n ddigon i chwalu ei ben o'n racsjibidêrs. A toedd 'na ddim ffiars o beryg y gadawai i hynny ddigwydd ar unrhyw gyfri.

Penderfynodd roi'r teledu ymlaen er mwyn tynnu ei meddwl oddi ar betha. Ordrodd ddwy gannwyll o'r *shopping channel* a oedd fod i ogleuo o 'essential essences of the the Everglades'. Yna aeth ati i wneud brecwast yn gwely i Leswold, fel arall, yn ei *pit* y bydda'r lwmpyn yn rhochian, nes fod bloda y cyrtans wedi gwywo.

Cariodd hambwrdd *Rupert the Bear* mewn i'r stafell wely, a dau gan o Ffanta, powlan enfawr o Ffrosdis a mygiad o goffi du.

'Wêci wêci synshain, brecffast in bed i chdi yli, mai biwtiffwl boi.'

Tynnodd Les ei ben o dan y glustog yn laddar o chwys a'i wallt Elvis yn llipa fel *mud flap* tros ei lygaid. Tynnodd Meri ei wallt o'r neilltu a rhoi ei sbectols am ei drwyn. Estynnodd ynta'n syth am un o'r cania Ffanta a'i agor.

'Ffanciw Mama, 'dach chi'n leiff sêfyr.' Yfodd y cynnwys mewn un llwnc. Tarodd wynt a wopar o rech a waffdio'r blancedi.

'Lyfli! Be gewch chi well!'

'Wel y piglet bach budur.'

Cymerodd y *tray* gan ei fam

'Lyyyfliii myddyr.'

'Reit synshain, tel mi efrithing. Dwi isho gwbod pob dim.'

Cymerodd yntau lwyad enfawr o'i Ffrostis a chwyno fod y llefrith yn rhy boeth.

'Wel mi oerith yn dy stumog di usynt ut! Rŵan shwsh dy gwyno a deud wrtha i be gafodd ei ddweud yn y mîting pwysigs neithiwr.'

Pan glywodd Gronw nad oeddan nhw'n mynd i weld y Senedd fel ag yr addawyd iddo, mi bwdodd a chogio'i fod o'n cysgu yn sêt gefn y car.

Gadawyd Caerdydd am y cyrion a'i wyrddni, ac fel ci bwtshar sy'n cysgu dan y cowntar yn disgwl am unrhyw sgrapyn o gig, mi welodd yn unllygeidiog fod ei ferch yn troi trwyn y cerbyd i mewn i ryw faes parcio mawr.

'Iesu grasusa, be 'dach chisho'n fan hyn? 'Dan ni'n mynd syth am y north 'na meddach chi? Rosa i'n car 'lwch a pheidiwch â bod yn hir 'ma wir dduw. Dwisho mynd adra!'

Trodd Aldo ato. 'Wel dyma ych cyfla chi Dad, ond peidiwch â chrwydro rhy bell oddi wrthan ni iawn, rhag ofn iddyn nhw'ch cadw chi yma.'

Allai Gronw ddim cadw ei gynnwrf dan reolaeth pan welodd y llythrennau mawrion.

'Wel y nefodd wen a hoelion pren, Sain Ffagan ydi o de! Wel ar f'enaid i! Dyma be ydi syrpreis a hannar!'

Roedd Jiffy wedi laru aros o fewn walia Herring Bone Mews ddydd a nos. Uwch eu brecwast *eggs benedict* a smôcd samon, gofynnodd i Harry os y câi o fenthyg ei fobail i ffonio tacsi gan fod ei ffôn o wedi diflannu ers iddo gael ei achub dan amodau amheus o westy yr Hazlitt's.

'No chance,' oedd yr atab. Pwysleisiodd Harry nad oedd hi'n saff iddo fentro allan o'i gartref.

Collodd Jiffy ei limpyn yn lân a hitiodd nodyn uwch gyda phob gair wrth ddweud nad oedd hi'n deg o gwbwl na châi o wneud fel oedd o isho. Wedi'r cwbwl, dim ond trio gwarchod buddiannau'r criw oedd o. Ond fe'i hatgoffwyd yn syth gan Harry ei fod wedi dwyn gan griw peryg iawn, a heblaw amdano fo, mi fysa Jiffy yn dameidia o gnawd ar ochr rheilffordd yn rhywle erbyn hyn.

'Fuck me sideways, all you have to do is work out the finer details, and transfer the dosh, Harry!'

'Listen, things ain't that simple. Before I release a penny to any of you, your crew has to get something for me. It won't take them long. Meanwhile, sit your ass down. You ain't goin' nowhere for the time being!'

Disgynnodd y geiniog o le uchel iawn i Jiffy. Doedd 'na ddim *get out of jail free card* yn mynd i fod iddo heddiw. Gofynnodd eto os y câi ddefnyddio ffôn Harry, ond roedd hwnnw isho gwybod efo pwy oedd o angen siarad. Aeth hi'n uffar o ffrae rhwng y ddau, a bu'n rhaid i Harry alw ei *security* pan daflodd Jiffy ei blât o *eggs benedict* yn erbyn y wal.

Teimlai Gronw fel tasa rhywun wedi'i daflyd yn ôl i'r oes o'r blaen, tua dwy ganrif ynghynt, i le roedd o'n perthyn. Porthodd gyda phawb a phopeth wrth grwydro mewn ac allan o'r hen anheddi. Fe'i cyfareddwyd gan greiriau, offer a gybins. Buan iawn aeth yr eiliadau yn funudau, a'r munudau yn oriau, nes ei bod hi'n amsar cael tamad o ginio yng nghaffi Gwalia.

Chymerodd mo'i anadl wrth drafod ei brofiadau.

'Harddwch pur i'r enaid a'r llygaid ydi fan hyn 'rhen blant. Diolch i chi'ch dau fach am fod mor ffeind â dod â fi yma. Arhoswch i mi gal deud wrth Gwynfor Dau Grys ag Ifor Tŵ Pe am hyn ta! Ewadd ia!'

'Yfwch ych panad, Dad.'

'A mae'r siop 'ma sydd oddi tana ni yn ateb gweddi pob hen ffarmwr tlawd fatha fi. Ma nhw'n gwerthu bob affliw o bob dim yna. Fferins a hoelion, ffyrch codi cachu, hada swêj a moron a baco i nghetyn i! Ma bob dim dan 'rhaul ma rywun angan yma yn tydi! Mae'r lle 'ma'n siwtio fi i'r dim 'chan.'

Cymerodd damad o'i fechdan ham a chaws a llymad swnllyd o'i de melys wrth edych yn feddylgar drwy'r ffenast. Gwenodd Antonia ar ei brawd a rhoddodd yntau winc iddi.

'Yndi tad mae'r hen grefftau cefn gwlad 'ma i gyd yn marw ar eu traed yn ara deg chi. A mae angan eu gwarchod nhw ar gyfer y dyfodol er mwyn addysgu plant heddiw ynte, yn hytrach na bod eu holl sylw nhw'n mynd ar y blydi sgwaryn sgrin 'na sy'n eu dwylo nhw rownd y ffycin ril.'

'Dad! Iaith ia!'

'Cymro glân gloyw yn ei wlad ei hun thenciw feri mytsh, Antonia!' Aeth ymlaen ac ymlaen fel megin fyglyd am y gof uwch ei engan. Fflachiodd gwreichion yn ei lygaid gleision wrth dynnu pedol rydlyd o'i bocad a'i dal hi fyny o'i flaen fel tae hi'n heneb werthfawr.

'A mi gesh i hon yn bresant ganddo fo!'

Doedd hynny ddim yn wir oherwydd mi welodd Aldo ei fod wedi'i chopio hi dan drwyn y dyn waldio dur.

'Hen foi iawn 'fyd, er 'na hen seusyn oedd o. A dwi am ei gosod hi ar ddrws ffrynt Bwlch 'cw syth rôl mi gyrradd adra i mi gal cofio am heddiw.'

Gwenodd ei blant wrth weld hwyliau'r hen foi yn llawn o lawenydd.

'Ag mae yr oes o'r blaen yn dal o'n blaenau ni eto chi. Fyddan ni gyd yn gorod mynd yn ôl i'r hen ffordd o fyw yn y diwadd, gewch chi weld!'

'Hocin-hel! Cymrwch feit o'ch bechdan, wir dduw!'

'Gwranda di ar hen ddyn dy dad, Aldo bach, fysa'n werth i egspyrts y Sain Ffagan 'ma ddod fyny am dro i Bwlch y Gloch yn bysa! Mae 'na bethau hŷn yn fanno na sydd 'na yn fan hyn fachgian! Ac ella ga'i geiniog neu ddwy o'u tina nhw 'run pryd wrach!'

Edrychodd Aldo ar ei oriawr ac esgusodi ei hun heb gyffwrdd ei banad na'i fechdan. Edrychodd Gronw ar ei ferch mewn syndod.

'Be ddiawl ddoth dros hwnna mwya sydyn, Antonia?'

'Dwi'm isho ych siomi chi dad ond 'dan ni angan gadal mewn ryw awran, ocê?'

'Dim problem 'y mach i, dwi 'di cal gweld bob dim dwi angan siŵr iawn, ac wn i bo chi isho trafod petha pwysig.'

'Beryg fydd rhaid ni orfod rhoi rwbath at ei gilydd heno a dwi rili ddim isho chi orfod helpu ni ar hon, ocê?'

'Gnewch chi be sydd raid i chi, mach i, na i ddim busnesu eto.'

'Diolch, dwi mor falch bo ni'n dalld yn gilydd.'

'Pryd ma'r criw i gyd am gyfarfod yn y north 'na ta? Ma 'na groeso i chi gyd yn Bwlch y Gloch siŵr iawn.'

'Blydi hel, 'da chi'n imposubl.'

Cydiodd yn ei dwy law.

''Y ngartra i ydi o Antonia glws a dyna be fydd i chditha un dwrnod a'i lond o blantos, gobeithio. Dwi'm isho fo gael ei ddymchwel a'i ailgodi garrag wrth garrag yn fan hyn fel cofeb i'r oes a fu yn nag oes?'

Gwenodd hithau a rhoi cusan iddo ar ei foch.

'Fydd Bwlch y Gloch yna am byth.'

'Diolch ti ngenath i. Reit, be di'r cama nesa i ni ta?'

'Dwn im ffaddyr, dwn im. Dyna be mae Aldo yn drio ei sortio allan rŵan.'

Gyda'i feddwl ar ruthr gwyllt o orbryder, sgidiodd Mici i mewn i faes parcio Keith's Bar. Gorffennodd gynnwys olaf y botel Penderyn a'i gwthio dan ei sêt. Llamodd i mewn fel gwallgofddyn trwy ddrws cefn cwt yfad yr hogia drwg, ond toedd Les ddim yno.

Holodd y barmed a oedd hi wedi gweld Les. Cafodd wybod ei fod newydd adael.

'When did he leave?'

'A minute before you came in.'

Brasgamodd am y drws a tharo mewn i fwrdd. Tasgodd y gwydrau oddi arno a'u sŵn yn diasbedain oddi ar y teils. Gwaeddodd hen begor arno, 'Fuckin easy, tiger!'

Chlywodd Mici mohono wrth i guriadau ei galon ddyrnu tu mewn i'w glustiau. Teimlai'n noethlymun yng ngolau llachar haul y prynhawn. Syllodd hyd dopia toeau y stryd gyferbyn. Roedd o nôl yn y dwyrain canol ac yn darged agored i unrhyw sneipar ar strydoedd cul a llychlyd Affghanistan a'r bwledi yn chiwbanu'n boeth heibio'i glustiau. Gostyngodd ei ben, a gweld fod y bocsus ffrwythau tu allan i'r siop yn llawn granêds ac arfau. Fedrai ddim cymeryd dim mwy, a chamodd yn syth i ganol y lôn brysur.

Gwasgodd dreifar dybl decyr oren ei gorn mewn braw, a brecio'n stond fodfeddi o frest Mici. Safodd yntau fel delw a'i lygaid gweigion yn syllu'n ôl i lygaid y gyrrwr tra fod hwnnw yn ei ddiawlio. Chlywai mo'i regfeydd. Roedd yn fyddar yn ei wewyr... Mwya sydyn, fe'i tynnwyd o'r neilltu, yn ôl i ddiogelwch y pafin.

'Be ffwc wti'n neud yn ganol y mên rôd Mici? Iŵ cwd haf got iorselff cild usynt ut.'

Dechreuodd Mici gyfogi.

'Ffocin hel! Be o chdi'n drio neud Mici? Ti'n iawn, wyt?'

'Trio croesi i'r ochor arall o ni Les... Na'r cwbwl... Ymm... Dwisho drinc...'

Gwyddai Les fod Mici mewn lle ciami.

'Ocê mêt, dîp breths.'

Rhoddodd ei fraich dan ysgwydd Mici a'i hebrwng nôl mewn drwy ddrws Keith's Bar. Ddudodd neb iot pan gerddodd y ddau'n ôl i mewn. Estynnodd Les stôl a sodro Mici arni.

'Tw feri larj Penderyns plis, Shami. No, tel iŵ what, pass me the bottle and two glasses please.'

Yn Nhalwrn y Ceiliogod, addysgwyd Aldo am hanes y cwt crwn unigryw hwn gan un o dywyswyr Sain Ffagan. Esboniwyd mai *cockpit* o gefn tafarn yr Hawk and Buckle Inn o Sir Ddinbych oedd yr adeilad to gwellt o'r 17eg ganrif. Yma y clymid llafnau miniog uwch crafangau'r ceiliogod a'u gorfodi i frwydro hyd at farwolaeth erchyll. Gwrandawodd yn astud ar hanes y bwrlwm, y dadlau brwd a fyddai a'r arian mawr a gyfnewidid wrth fetio ar dranc yr adar balch amryliw. Bron na fedrai Aldo glywed brolio'r tirfeddianwyr boliog wrth iddynt bocedu eu henillion a thaflu cribau gwaedlyd y ceiliogod druan i wynebau y gynulleidfa dlawd.

Ogleuodd Aldo bersawr drud yn wafftio o amgylch yr *amphitheatre* bren. Trodd a sylwi ar ddynes ganol oed yn dod i eistedd y tu ôl iddo mewn dillad *haute couture* a *holdall* lledr yn ei llaw. Gwyddai'n syth mai hon oedd ei *gontact*.

'Interested in cock fighting are you, sailor?' holodd gydag acen grand Saesneg oedd yn swnio fel tasa ganddi lwmp o daffi triog yn styc yng nghefn ei gwddw.

'You obviously know your history?' meddai yntau'n gwrtais.

'I've got all the information for you. I'm meticulous when it comes down to the details. Survival of the fittest, just like rooster fighting.'

'Is it? Well, blood sport is not my cup of tea at all to be honest with you. It all boils down to the money in the end, doesn't it? Breeds the greed in each and every one of us!'

'I do agree but money also makes the world go around. Talking of which, here you are. '

Pashodd *holdall* lledr iddo a gwenu'n ffals.

'Now, there's the ten K from Mr O'Carrol, as promised. The melting and pouring of the yellow will commence on the morning of the twelfth in Connah's Quay and the delivery to the jewellers will be on the thirteenth. Once it's been assay marked, it will be on it's way to London on the fourteenth.'

'What? The next day?' Gwyddai felly mai dim ond ffenest o noson oedd ganddynt i ddwyn yr aur.

'Clever boy. The rest of the details are in there with the money so it's up to you and your crew from now on.'

Tynnodd lythyr o'i boced. 'Can you make sure that Jiffy gets this letter please? The least I can do is tell the poor fucker what's really going on.'

'Oh, don't you bother your little mind about that. We've got him well sedated after his last little tantrum. He hasn't got a clue what's going on at the moment, so best of order to you and your crew, sailor boy.' Gwenodd arno, cyn codi i'w adael.

Cydiodd Aldo yn llawes ei chôt ddrudfawr a'i thynnu i lawr ato heb edrych arni.

'You just make sure that Jiffy gets this letter and tell Harry, if this doesn't all go to plan, I'll be...'

Tynnodd hithau ei llawes nôl.

'Don't touch me, you Welsh little pikey. Just you make sure that you execute your contract with us professionally.'

Gwenodd arno'n ddilornus wrth ei adael yn nhalwrn y ceiliogod.

Agorodd Aldo yr *holdall* lledr. Ar y top roedd ffeil ac oddi tani fricsan fach o ddeg mil o bunnoedd mewn selaffên. Cymrodd sgan sydyn dros y gwaith papur a sylweddolodd fod gofyn iddo droi petha rownd yn reit handi a dechra rhoi rhyw fath o gynllun pendant at ei gilydd.

Diolchodd Les am y trydydd tro'n olynol i Mici am dalu ei ddyledion gamblio yn ôl i Ms Huang ond chymerodd Mici fawr o sylw wrth iddo ordro potal arall o Benderyn i foddi ei ofidiau.

'I cid iŵ not, mae yr hôl ecspirians wedi roid neitmers i

mi. O'n i'n breuddwydios bod nw'n yn dod drwy ffenasts bedrwm amdana fi and ddei wer jymping out of efri cornar yn y tŷ mewn balaclafas du. Horuffic ecspirians! Felly diolch i chdi wans agen usynt ut.'

'Ma'n iawn Les…'

Yn llawn *bravado,* dywedodd Les y bysa'n saff blydi syrtan o dalu pob sentan goch yn ôl i Mici ar ôl y joban nesaf. Addawodd brynu *chinese banquet* yn yr Hapi Gaddering wudd ôl ddy trimings i'r ddau ohonynt, ac i'r sgilffyn bach tena 'na am achub ei Gaprî o grafangau cryshar Mr Ferry.

'Felly, ôl in ôl, ôl wul bi gwd yn y diwadds. Dwi mor falch bo ni'n dallt yn gilydd.' Cododd Les i'w gofleidio.

'Stedda!'

Teimlodd Les feiban beryg ac eisteddodd nôl lawr dan fymryn o gywilydd. Tolltodd Mici ddiod arall iddynt. Llonydd i gael sgwrs gyda'i wydryn oedd Mici isho yn anad dim.

'Ydi Julia a'r sbrogs wedi dod nôl adra o'u holidês ta?' mentrodd Les.

Gwgodd Mici drwy wawl ei ddisberod, codi ei wydryn a'i lyncu mewn un llwnc, cyn ei ail lenwi eto i'r ymylon.

'Cym on Mic, cheer up nei di, synshain.'

Ond yr unig heulwen a welai Mici oedd yr un a ddawnsiai gyda'r rhew yn ei wydryn.

Canodd tôn Shostakovich ar fobail Mici i darfu ar y tawelwch. Byseddodd drwy'i bocedi i drio'i ffendio a'i hatab. Clywodd Carbo yn holi os mai fo neu Polish oedd i fod i gloi y garij heno. Cyn i Mici gael cyfla i'w ateb, canodd ffôn y garij a gofynnodd Carbo i Mici aros am funud er mwyn iddo gymryd yr alwad.

Cyfarthodd lawr ei fobail gan fod y wisgi yn prysur doddi ei *larynx*. 'Ffycin hel, brysha ta Carbo! Neu ffonia fi'n ôl. Dwi'n brysur…'

Edrychodd Les arno heb ddweud dim.

Clywodd Carbo lais Aldo lawr ffôn y garij yn gofyn am gael siarad efo Mici.

'Ffynili inyff de, ma Mici ar ben arall 'y mobail i yli.'

Daliodd Carbo *landline* y garij a'i fobail benben, ond chlywai Mici nac Aldo mo'i gilydd o gwbwl.

Collodd Aldo ei fynadd wrth droedio am faes parcio Sain Ffagan.

'Mici, ti nghlwad i?'

'Be ffwc sy'n mynd ymlaen Carbo? Dwi'n clywad ffyc ôl!' gwaeddodd Mici'n ôl.

Pwysodd Carbo lowd sbicar y land lein a dal ei fobail i'r sbicar.

'Triwch hon ta 'ogia.'

Clywodd Mici lais Aldo.

'Iawn Mici. Wyt ti yna?'

'Yndw, gwaetha'r modd. Eniwe, be wyt ti isho Aldo? Eh? Dwi owt o'r joban dydw, so gad llonydd i mi, ia!'

'Cyn chdi ddechra arna i, dwi'm yn beio neb am be sydd wedi digwydd. Dŵr dan bont ydi hynny bellach de… Paid di â sugno gormod ar lolipop dy hunandosturi, Mici, beryg iddo dy dagu di!'

Collodd Mici ei dymer. 'Yli Dafydd ffycin Aldo…'

'Yli di Mic, dwi angan dy help di. Ma angen i ni gyd gyfarfod yn y north. Ond ddim yn Bwlch, rhy beryg i ni fanno cofn i Terrence Hustons a'i ffyrm ffendio'i ffor yna. Os fedri di ddod, mi ddoi di. Dwi'n gwbod hynny.'

Llyncodd Mici ei boer a necio gweddill ei wisgi.

'Dwi owt ar hon, sori Capdan. Ofyr and owt.'

Tolltodd Mici ddiod arall i fyntau a Les.

'Ti'm yn meddwl dyla chdi slofi lawr ar hwnna 'chydig?'

'Ffyc off Les!' Rhoddodd glec i'w ddiod ac ail-lenwi ei wydryn.

'Ond... wyt ti mewn go iawn dwyt Mic?'

'Ffwcin shwsh a pryna borc pei nei di, Leswold i mi gal brêc o dy fyrbal deiaria di!'

Cododd Mici oddi ar ei stôl yn sigledig i fynd am bishiad. Cerddodd ar ei ben i mewn i ffrâm drws y tŷ bach.

Wedi i'r tri teithiwr ddychwelyd nôl i goflaid mynydd-dir Bwlch y Gloch y noson honno, gwrandawodd y ddau ar eu tad yn paldaruo wrth iddo droedio'n llafurus i fyny'r grisha am ei wely ei fod o am agor amgueddfa fechan, a gwerthu hen greiriau o un o'r cytia tu allan, a chael grant gan rywun o rwla, a symthing ffor nything am ei neud o.

Steddodd Antonia ac Aldo i gael eu gwynt atynt wedi iddo gau drws ei stafell wely. Anadlodd y ddau allan yr un pryd.

'Iesu, o'n i'n gobeithio fysa fo 'di hen ddisgyn i gysgu'n car sdi, Aldo.'

'Nath o ddim stopio blydi siarad yr holl ffor adra naddo!'

'Bechod, mi oedd o wedi mwynhau ei hun, doedd?'

Chwarddodd y ddau.

'Eniwe, wyt ti'n ocê wyt?'

Nodiodd Aldo. Bu ennyd o dawelwch rhyngddynt. 'Ma rhaid mi fod, does?'

Cododd y bag lledr, ei osod ar y bwrdd a'i agor. Tynnodd ffeil allan ohono a'i sleidio dros y bwrdd at ei chwaer. Yng ngwaith papur y ffeil, gwelodd hithau fod lluniau o fariau aur yn ogystal â nodiadau manwl yn cynnwys amseroedd a dyddiadau. Studiodd nhw'n dawel am rai munudau wrth i Aldo daro'r teciall mlaen, a sniffio top y botal lefrith.

'Ffycin hel! Dydyn nhw ddim yn gofyn llawar gynnan ni nacdyn bredrin? Y basdads. Hiar wi go agen!'

Sbeciodd Carbo drwy ffenast drws Keith's Bar cyn mynd trwyddo. Gwelodd Mici a Les yn chwara cardiau yng ngornal bella y bar.

Gwaeddodd 'Tacsi for Finnley and Moore' wrth gerddad i mewn atynt.

Cododd Mici ei ben o'i gardia. Triodd ei orau i ffocysu ar Carbo.

'Ydach chi'n barod ta, hogia?'

Chymerodd Mici ddim sylw ohono, tynnodd ei fodrwy briodas, a'i gollwng mewn i'r ashtre llawn arian.

'I'll see you... you ffycwit,' meddai wrth Les.

'Paid bod yn hurt Mici, a dorra hi'n ôl ar dy fys nei di!'

'Dwi ôl owt.' Tynnodd ei bocedi allan o'i drowsus fel clustia sbanial. Disgynnodd ei oriada i'r llawr a throellodd newid mân ar draws y teils patrwm meditarenian.

'Ti'n gweld... sgen i... ffyc ôl ar ôl. That's it, it's all over for me.' Triodd godi, ond aeth ei din nôl i'w gadair fel magnet. Pwyntiodd yn feddw gocyls tuag at Carbo dan chwerthin nes ei fod o'n glafoeri'r wisgi hyd ei weflau.

'Well well... look who's here... It's the boy from nowhere. Take a pew soldier, and come dodge some lead with us.'

Edrychodd Les a Carbo ar ei gilydd a nodio.

Rhoddodd Les fodrwy briodas Mici yn ei bocad, a'i godi oddi ar ei gadar mewn un symudiad.

''Dan ni offsgis Michael! Tyd! Time to go 'rhen bardnar!'

Gwthiodd Mici Les yn erbyn y wal a siglo'n ôl a blaen yn simsan yn ei unfan, fel tae ei sgidia yn sownd wrth sbrings. Trodd at Les gan boeri geiria i'w wyneb.

'Don't you... Don't you ever fuckin dare tell me what to do, soldier!' Blagardiodd a rhegi ar bawb yn Keith's Bar ac wrth i ddagrau ei artaith mewnol hitio'i gresendo, cododd yr ashtre llawn arian a'i daflu at y bar, gan wneud i amball un ei sgidadlo hi drwy'r drws cefn.

Cerddodd Carbo ato'n ofalus. 'Yli Mici, ma raid i ni...'

Cymerodd Mici swing wyllt tuag ato. Methodd o filltir a throelli yn ei unfan, cyn disgyn yn glewt fel crawan ar y teils. Plygodd Carbo i estyn yr allweddi a rhoi dwy twentar a ffeifar o'r kitty cardia yn ei boced.

Mi gymrodd hi chwech ohonynt i gario Mici allan drwy ddrws cefn Keith's Bar, a'i roi i orwadd ar draws seti ôl y Renj Rofyr. Plygodd Les ddwy goes Mici i mewn i'r seti cefn, cau'r drws, a chamu i sedd y pasinjar.

Sibrydodd Les. 'Ffogin-el hel! Diolch ti am droi fyny fel bac yp Carbo cos... wel... ai dudynt no what tŵ dŵ wudd hum at ôl usynt ut! Oedd o'n ganol y ffycin mên rôd isio ffeit hefo dybl decyr pan ffendish i o.'

'Dwi'm 'di weld o fela o blaen a ma'n dychryn fi sdi... Be sy'n bod arno fo?'

'Ffyc nôs! Ond mae 'na big rêjing hiwmyngys o storm yn 'i ben o ffor sym risyn ai cant tel iw.'

'Shit the bed a cacan fflat! Be nawn ni ta? Mynd â fo adra i gysgu fo off, ia?'

'Ymm, ai dont no am hynny...'

'Pam?'

'Ydi Julia a'r sbrogs wedi dod nôl adra?'

'Dwn im, 'dio'm 'di sôn dim amdanyn nhw ers dyddia.'

Pwyntiodd Les i'r cefn. 'Dwi'm yn meddwl fod petha yn dda iawn yn camp sdi.'

'Be nawn ni ta?'

Canodd mobail Les. Atebodd yn cŵl braf.

'Iawn Capdan Aldo?... Ydach chi bac yp in ddy sdics bai now?... O ai sî... Ia... Ma myddyr yn swnian ishio mynd i'r Sain Ffagan ers doncis fyd, a'i â hi pan agorith nhw y pyb usynt ut... Ai... Ôl feri gwd... Be?... Ia... Ocidocs... iawn... gor ut.'

Trodd Les i edrych ar y sêt gefn.

'Negatori, naddo. Dwi'm 'di gweld Michael heddiw sori...' Edrychodd ar Carbo. 'Ia... Yndi... Ma'n dreifio... Ia... Iawn... Ai wul let iw no ocê? Ofyr and owt.'

'Be oedd o isho?'

'Y ni'n dau nôl fyny yn y ffycin donci and cart land 'na soon as, Carbonara!'

'Wel na fo ta, fydd raid i ni fynd fyny yna felly bydd... Ond, be nawn ni hefo sleeping beauty yn cefn ta? Fedran ni no wê fynd â fo adra yn y stad yma cofn fod her highness back in residence, neu fydd hi yn ffrigin rycshwns yna wedyn, saff ti.'

'Ma dy cogs di'n troi ffor iawn am tshenj, synshain!'

'Wn i! Awn ni â fo nôl i'r garij a'i roid o ar y soffa i swatio am y noson.'

'Negatori mai ffrend!'

'Pam ddim?'

'Fedran ni ddim i adal o ar ben ei hun siŵr, Carbo, cofn iddo fo chwdus yn 'i gwsg, a mygu i farwolaeth fel nath Jimmy Hendrix.'

'Blydi nora, paid â deud petha fela!'

'Ut hapyns! Reit, hamra hi fyny am y brocyn bac mowntens 'na ta synshain, cyn i rêjing bwl ddeffro.'

'Blydi Nora! Fedran ni ddim mynd â fo hefo ni fyny fanna siŵr. Eith o'n ffycin bolisdic, a lapio ni'n dau yn gwlwm.'

'No, he won't.'

'How cym?'

'Bi-côs dduda i wrtho fo in ddy morning ar ôl iddo fo ddeffros yn ryff 'tha bôlsans bajar, fod *o* wedi batro dau foi haff tŵ deth yn Keith's Bar, a bo *ni'n* dau, tŵ sêf hus becyn usunt ut, wedi gorod esgortio fo o na reit sharpish... cyn i'r cops landio i'w arestio.'

'Be? Go iawn?'

'Ai! Fydd o'm yn cofio ffyc ôl eniwes.'

Stopiodd Carbo mewn set o oleuadau traffig a chysidro.

'Ti'n hollol siŵr ŵan?'

'Yndw. Ŵan sdopia boeni Carboretyr ag awê... O... ia... gin ti cash arna chdi does?'

'Oes, pam?'

'Slamia ar y brêcs unwaith weli di chippy cynta 'ta dic sblash. Dwi'n ffrigin starfio!' Cysidrodd Les ei ordor wedi cynhyrfu trwyddo. 'Ia, gyma'i ddwy sosij fawr in batyr. Dwy beef cytlet hefo bagiad mowr o jips, myshi peas, twb o feri hot cyri sôs, tshicin nygets dips, a potal masif o Ffanta!'

Trodd Carbo ato. 'Bach yn pecish heno wyt, Leswold?'

'Tw ffycin reit, a does 'na ffyc ôl i gal ar yr A470 'na 'radag yma o'r nos nag oes? Mond road kill. Cym leffdar ar y necsd laits...'

'Ond dan ni'm angan mynd fforna nagdan?'

'Yndan... Mae na chippy *ag* offi drws nesa i'w gilydd ar dop Tudor Road... Marij mêd in hefyn usynt ut. Be gei di well? Bryna i ffish cêc a batyrd bits i chdi os ti'n hogyn da, gei di fyta nhw ar dy lina tena on ddy we yp!'

'O, diolch yn fawr i chdi!'

Rhwbiodd Les ei ddwylo a llyfu ei weflau. 'Ffycin lyfli!'

Brasgamodd Cidw allan drwy giatiau mawr trydan Herring Bone Mews a ffoniodd Aldo'n syth i ddweud ei fod o newydd siarad hefo Jiffy. Addawodd iddo fod ei gariad yn holliach a'i fod o erbyn hyn yn llawn ddeall eu *predicament*.

Daeth gobaith newydd i bryd Aldo, ond diflannodd fel cwmwl glaw o flaen yr haul pan esboniodd Cidw mai'r unig gontact efo Jiffy o hyn ymlaen fyddai drwy ffôn Harry a byddai'n rhaid defnyddio'r iaith fain bob tro y byddent yn siarad. Er mwyn cadw'r ddesgil yn wastad, byddai'n rhaid iddynt gowtowio i ddymuniadau Harry o hyn allan.

Torrodd Aldo ar ei draws.

'Ond mae Jiff yn iawn yn ei hun, yndi?'

'Ydi, cyn belled â fod e yn bihafio'i hunen, mi geiff e ei drin fel special *guest*. Fydd popeth yn iawn. Trysta fi. Siarad yn fuan. Ofyr and owt.'

Studiodd Antonia y papurau ar y bwrdd. Gweithiodd Aldo a hithau yn ddygn yng ngola'r tân i drio canfod be oedd hyd a lled y joban gerbron. Astudiwyd *layout* siop y gemydd oedd *slap bang* ynghanol stryd fawr Bangor. Roedd rhaid penderfynu pryd yn union a sut yn union oeddent yn mynd i gael eu dwylo ar y melyn drud o siop Julian.

Canodd y land lein a neidiodd Antonia i'w ateb cyn iddo ddeffro eu tad.

'Hogia Trenshtown on crŵt usynt ut, 'dan ni ddim yn bell!' Eglurodd Les yn dawel fod Mici wedi penderfynu piclo'i frêns mewn wisgi drwy p'nawn a'i fod o erbyn hyn yn fflatnar ar y sêt gefn.

Sibrydodd Toni'n dawel wrth Aldo. 'Ma Mici 'di hitio'r botal! Big style 'fyd!'

'Damia!' atebodd Aldo.

Meddyliodd hithau yn chwim ar ei thraed. 'Yli Les, fedrwch chi ddim dod i fama. Dydi ddim yn saff yma, nagdi?'

'Pam? Neith Terry Huston a'i gang nefar ffendio ni fyny fanna siŵr! Mae o in ddy midyl of blydi nowher dydi?'

'Ti byth yn gwbod, nagwt!'

'Seffdi in nymbyrs usynt ut, Antonia!'

'Dwi 'di bwcio dwy rŵm i chdi a Carbo yn Llys y Gwynt. Hotel yn...' Ond mi gollwyd y signal cyn iddi gael cyfla i orffen y frawddeg.

Gyda chochni ei sbliffsan fel blaen nodwydd cwmpawd yn pwyntio tua'r north rhwng ei wefusau, chwythodd Carbo y mwg allan drwy'i nosdrils.

Hitiodd Les ei fobail yn galad yn erbyn y dash bord...

''Ma ni! Wans a bycin gen! Da ni nôl in ddy bac of biond usynt ut. Fyddan ni'n goro gyrru smoke signals i'n gilydd ffrom now on usynt ut!'

Chwarddodd Carbo a theimlai yn rhadlon ei galon wrth feddwl am ddychwelyd nôl at gofleidiau Antonia. Wedi iddynt deithio i fyny'r gnawes hir ddu, a chwipio lawr drwy gerbocs rownd pob cornel hegar, trowyd trwyn y Renj Rofyr at adwy i lôn serth a throellog.

Gwelodd Antonia a'i brawd ddwy lygad glaer fel dau loer ffals drwy gyrtans y parlwr. Agorwyd bolltiau'r drws ffrynt a cherddodd y ddau allan i'w cyfarfod. Ddywedwyd 'run gair wrth iddynt godi Mici o gefn y Renj Rofyr, ond gwnaeth synau fel tarw yn cael ei sbaddu wrth iddynt stryglo i'w gymryd drwy borth y ffermdy yn syth i fyny i'r gwely.

Dilynodd Carbo Toni trwodd i'r gegin gefn, cyn ei hanwesu a phlannu lwmp o sws ar ei gwefusau cochion. Ond daeth yn eithaf amlwg iddo nad oedd Toni ar yr un donfedd. Yr ordors a gafodd ganddi oedd i fynd yn syth am westy Llys y Gwynt ar gyrion Bangor, ac aros yno tan y bora i ddisgwyl am yr insdrychsyns nesaf. Roedd Les yn dileityd pan ffeindiodd nad oedd o'n gorfod aros yn y ffermdy i wrando ar y cloc taid 'yn tici ffycin tician, a bing bycin bongian pob chwartar awr.'

Eisteddodd Antonia yn dawel ar erchwyn gwely Mici. Mwythodd ei dalcian yn ysgafn a byseddodd trwy'i wallt yn ffeind. Sibrydodd hen ddefodau yn ei glust drosodd a throsodd i'w ymdawelu o'i wewyr. Estynnodd Mici ei law allan ati yn llipa a rhigian crio i'w glustog.

'Paid ti â hidio dim, ti'n saff yn fama hefo fi, sdi.'

Fore trannoeth, stidai dafnau'r glaw trana fel sylltau gloyw ar lwch y stryd. Gwyliai Dafydd Aldo y dagrau claer yn wylo'n ara deg i lawr gwydr *bay window* yr Harp Inn ar stryd fawr Bangor wrth i blant bychin a'u rhieni redeg i fochal tan gantal siop sgidia.

Cerddodd Antonia i stafell y claf gyda phedair asprin yn ffishian mewn potyn peint o ddŵr. Cododd Mici ei ben o dan y glustog. Edrychai fel drychiolaeth wrth gyfogi a thagu fel hen goliar a phan glywodd ddobio caled, eisteddodd ar i fyny mewn panig llwyr nes i Antonia dawelu ei bryderon drwy ddweud mai Gronw oedd yn hoelio pedol i'r drws ffrynt er mwyn eu gwarchod rhag drygioni.

'Ffocin hel, o'n i'n meddwl fod hogia Hustons wedi landio 'ma.' Yfodd Mici y peint ffisig mewn dau lwnc. Cydiodd Antonia yn ei law a gosod ei fodrwy briodas nôl ar ei fys.

'Sbia arna'i Mici, sbia i'n llygid i ag anadla yn ara deg hefo fi.'

Anadlodd y ddau efo'i gilydd. Gwelodd yntau'i wep yng nghannwyll ei llygaid.

'Mae pob dim yn mynd i fod yn ocê, iawn?'

'Ocê, ocê, diolch i ti.' Casglodd dagrau yn ei lygaid. 'Ydi pawb yn iawn ta, y criw i gyd?'

'Yndyn, paid â phoeni.'

Mwythodd ei wyneb gyda'i dwy law.

'Wyt ti yn iawn ydi'r cwesdiwn, de?'

Fedrai o ddim ateb, pwysodd ei ben nôl ar y glustog a syllu i'r nenfwd. Byddarwyd hi gan ei dawelwch.

Cododd Aldo i gyfarch Les a Carbo wrth iddynt ymuno ag o wrth fwrdd ffenast yr Harp Inn. Wedi iddynt ordro coffi, aeth Aldo yn syth at y busnas. Esboniodd mai y siop gyferbyn, gyda Julian Giles Jewellers and Pawnbrokers wedi ei sgrifennu mewn llythrennau italig aur crand, oedd eu targed. I siop Julian y byddai'r aur yn cael ei ddilifro wedi iddo gael ei dywallt yn y Fflint y noson gynt. Ond toedd 'na ddim diben iddynt drio meddwl am ddwyn yr aur syth o'r uned doddi yn Cei Connah na pan oedd *en route* i Fangor. Roedd rhaid aros i Julian Giles farcio'r aur i ddangos ei dras Gymreig, a fyddai'n codi'r bariau naw owns melyn ddeg gwaith yn eu pris, cyn i hogia *fully armed* Hustons bigo yr aur i fyny'r bora canlynol. Felly dim ond un noson oedd ganddynt i wneud y job, ac am y dyddiau nesaf, byddai'n rhaid iddyn nhw gadw llygaid ar y mynd a'r dod, a chasglu'r holl wybodaeth oedd ei hangen arnynt. Yn ôl yr *intel* diweddara a gafodd Aldo gan Cidw a Harry O'Carrol, roedd yr aur yn cael ei gadw mewn sêff mawr yn swyddfa'r jiwlar a fod *security* y siop o dan warchodaeth larwm heili sensytif *infra red* a chamerâu cylch cyfyng yn cyfro pob sbeidar.

'Os ydan ni am dorri mewn i ddwyn y milci bars 'ma, yn gynta de, mae'n rhaid i ni gael gweld *layout* y siop, does, er mwyn i ni gal dallt be 'di be yna cyn dechra!'

'Mae plania y lle gynna i, Carbo, a fydd yn rhaid i chdi eu hastudio nhw mewn ditel er mwyn penderfynu sud i fynd o'i chwmpas hi. Dy job di ydi honno!'

Pwysodd Carbo'n ôl yn ei sêt. 'Blydi nora!' Estynnodd am ei faco a dechrau hoelio ei sylw ar siop y gemydd gyferbyn. Rowliodd smôc a llyfu ei risla heb dynnu ei lygaid oddi ar y targed, cyn ei gosod hi tu ôl i'w glust.

'Wel, mae 'na o hyd ffordd o fynd i mewn ag allan o rwla yn does 'ogia!'

'Wyt ti 'di gneud hyn o blaen ta, Carbo?'

'Gneud be, Les?'

'Wel wyt ti 'di cracio sêff o blaen?'

'Shwshd ffor ffyc sêc hogia, byddwch ddistaw. Mae 'na locals newydd ddod i mewn, a 'dan ni'm isho tynnu sylw atan ni'n hunin nag oes? Felly, low desibyls plis, ma gofyn i ni gal llygid yn yn tina a chlustia ar yn sgwydda, iawn!'

Mi aeth hi fatha cwarfod y crynwyr yno'r munud hwnnw.

Taniodd tiwnsan o *Stratocaster* Eric Clapton drwy'r sbicars a chwaraeodd geiriau 'Lay down Sally' ar ei thannau clir. Edrychodd y tri ar ei gilydd dan wenu, a bu seibiant bach hyfryd rhyngddynt wrth iddynt diwnio mewn. Cododd Les y *menu* i gael stydio bwydlen y dafarn oedd ddim wedi gweld hoel brwsh paent ers i Woolworths gau.

Gwyrodd Aldo ymlaen i wyneb Carbo a gofyn yn dawedog,

'Wel? Wyt ti wedi cracio sêff o blaen ta?'

'Iesu goc! 'Dan ni'm yn sôn am gracio wya yn fan hyn sdi! Ma nhw'n betha cymhleth dydyn!'

'Wn-i hynny ond ti'n giamstar ar agor cloeon dwyt? Ti'n meddwl fedri di neud o ta be?'

'Wel… ym… dwi'm 'di gneud un o blaen de.'

'Ffyc… 'Dan ni'n ffycd felly dydan?' meddai Les.

'Ond os ffendiwn ni be ydi mêc y ffwc thing, mi gyma i siot arni.'

'Ffycin marfylys! Gwd lad Carbonara!' Addasodd Les ei sbecs i ailedrych dros y *menu*, cyn codi ei ben a thuchan.

'Oes 'na ffashwn beth ag egspensus i gael ar y job 'ma?'

Estynnodd Aldo ddau docyn trwchus o arian o'i boced a'i basho yn slei dan y bwrdd crwn i'r ddau.

'Blydi grêt, reit ta. Gawn ni yrli lynsh, ia lads? Dwi'n sodin starfio'n fama. Wesding awê ai am.' A gan ei fod o yng nghwmni hannar Eidalwr, penderfynodd ordro yr *house speciality* sef yr *homemade lasagne with chips and garlic bread*.

'Ydi'n bosib cal muns y lasagne ar ben ei hun, heb y sheets cardboard 'na sy 'di sychu tu mewn, ond gyma i jips a garlic bred fel ma nw'n dod hefo porshyn mawr o beer battered onion rings on ddy seid hefyd plis!' meddai yn boléit wrth y wetres

'Gymi di bwdin 'fyd, Les?'

'Ti'n trio bod yn ffyni wyt, Aldo? Iŵ rimembyr wan thing, y chdi ofynnodd i mi ddod fyny yma!'

Caeodd hynny ei drap nes i Carbo boeri ei sgampi ffreis dros y bwrdd pan welodd pwy gamodd trwy ddrws yr Harp mewn ffyr côt a wig melyn am ei chorun ac yn dragio homar o siwtces ar ei hôl.

Edrychodd hithau o'i chwmpas, cyn sbotio'r triawd wrth y bwrdd, a mynd draw atynt.

'O'n i'n gwbods yn iawn na hel dy fol yn rwla fysat ti, Leswold!'

Landiodd Meri Jên i'w plith fel granêd. Tynnodd y *menu* o law ei mab a'i daro ar dop ei ben.

Cododd yn syth. 'Ffycin hel myddyr! Be 'dach chi'n neud fan hyn?'

Anwybyddodd o'n llwyr a throi ei sylw at Carbo wrth gymryd sêt.

'Iawn lyfli boi?' Ond cyn i hwnnw gael y cyfla i'w hateb, cynigiodd ei llaw i Aldo. 'Chafon ni ddim ein cyflwyno yn iawn yn y Radisson Blu naddo synshain? Ai wasynt wel at ôl usynt ut. No no. Ond dwi'n tshampion bîns rŵan. Meri, Meri Jane Moore, Mam Les.' Chafodd Aldo ddim y cyfla i ymateb. 'So, y chi sy'n chwara'r delyn yn yr Harp 'ma ia!'

'Pardyn?'

'Y chi sy'n rhedag yr owtffit? And uff so, mae arna chdi coinij i mi am y cenals i gadw Bentley a Shandi bach, yn preshys licyl dogis yn saff tra dwi fyny yma usynt ut! Ac am y ticad trên 'na. Dwi wedi cal yn ratlo ffrom seid tŵ seid ôl ddy wê i fyny yma a goro talu eti cwid am y plesar ai wul haf iw no! A finna'n benshynîar, a mae 'na twentar am y tacsi bob ochor 'fyd, plys nyrishment. Duw duw, ai wul tel iw wot, galwa fo'n gant ar ei ben, wedyn fydd pawb yn hapus, byddan?'

'Falch iawn o'ch bo chi 'di gneud hi fyny yma, Meri.' Rhoddodd Aldo docyn o arian yn ei llaw.

'Diolch. Mytsh obleijd.' Trodd at Les. 'A waeth ti heb ag ista yn fanna yn sbio arna'i fel mync 'di colli ei habit. Dos i nôl diod i dy fam iŵ big lymp.'

Esboniodd Antonia wrth Mici be oedd 'di digwydd yn Keith's Bar bnawn ddoe. Gwingodd o gywilydd wrth ddeall fod yn rhaid i'r hogia ddod â fo i'r north er mwyn achub ei groen. Tywalltodd Toni goffi arall iddo, a chynigiodd fynd â fo i Fangor i nôl ei Renj Rofyr er mwyn iddo ddychwelyd nôl lawr i Trenshtown. Rhwbiodd Mici ei wyneb yn galed nes fod ei shêf tridia yn brifo cledr ei ddwylo. Fel oedd o'n dechra esbonio ei fod ar fin colli pob dim oedd o wir bwys iddo, cerddodd Gronw i mewn a Ffred yn ei ganlyn. Roedd yr hen gi wedi grymuso tipyn ar ôl cael ei sbwylio'n racs am ddeuddydd gan Ifor Tŵ Pe a Beryl ei wraig.

Synnwyd yr hen ffarmwr pan ganfu Mici yn eistedd wrth ei fwrdd, ond croesawodd o yn gynnes iawn i'w gorlan. Sylwodd o'i ymarweddiad ei fod yn diodda'n ddiawledig wrth iddo fwytho ei goffi du rhwng ei ddwy law grynedig. O'r edrychiad a gafodd gan ei ferch, gwell oedd peidio dweud dim am y peth. Aeth Gronw ddoeth ati i gnesu peint o lefrith a thwbyn o laeth enwyn mewn sosban. Torrodd ddau grystyn yn dameida, a chymysgu chwe llwyad o fêl a phinshiad da o nytmeg i'w lygaid.

Trodd at Mici a wincio arno. 'Mi roith hwn flew nôl ar y dy jesd di Sarjiant Mici Ffin.'

'Diolch i chi'ch dau, unwaith eto…' Yfodd weddill ei goffi du cyn edrych yn hir ar Gronw ac Antonia. 'Iawn, dwi mewn ond dwi angan gwybod pob manylyn sydd gennoch chi, océ?'

Cyn iddi hi a Les adael tafarn yr Harp, tynnodd Meri ddwy fodrwy aur oddi ar ei bysedd, a gofyn i Les dynnu y modrwyau a roddodd hi iddo ar ei ben-blwydd yn etîn, yn twenti wan, a'r un ddrud honno a gafodd ganddi ar ei ffiffdiath.

Estynnodd Meri dwb *tupperware* o'i handbag a oedd yn llawn o'i hen jiwalri. Agorodd y caead a gollyngodd bum modrwy i'w grombil.

'Cym on ta, mai biwtiffwl boi. Let's go and see what the man's got.'

Pashodd merch ar feic heibio i Carbo dan wenu'n siriol, ac wrth iddo droi rownd i'w gwylio'n gleidio i'w dyfodol, cafodd bigiad bys canol gan Aldo dan ei asennau i ddweud mai canolbwyntio ar ei waith oedd ei berwyl i fod y p'nawn ma, a dim stydio tina stiwdants ar gefn beics. Ymddiheurodd dan ei wynt wrth iddynt droi congol yr eglwys a throedio lawr yr allt. Tynnodd Aldo ddwy wasgod lachar *High Vis* o'i bocad, a gwisgodd y ddau nhw wrth ddynesu at adwy uchel fetel gyda bocs rhifau *security* ar ei pholyn. Hwn oedd y mynediad preifat i faes parcio y masnachwyr, ac yn bwysicach fyth, yr agoriad cyntaf i fynd at gefn siop y jiwlar.

Wedi iddynt wneud siŵr na toedd 'na ddim camerâu yn eu gwylio, nodiodd Aldo arno iddo gracio mlaen hefo côd y giât. Caeodd Carbo ei lygaid a rhedeg ei fysedd yn ysgafn tros y sgwariau bach o rifau er mwyn teimlo pa rai oedd wedi gwisgo. Ond toedd dim i weld yn tycio wrth iddo bwyso'r rhifau. Diawliodd wrtho'i hun gan nad oedd dim symud ar y giât fetal.

'Tyd wir dduw, Carbo. Tria'i gweld hi nei...'

Ar hynny, daeth fan becws allan o'r maes parcio tshipins ac fe agorodd yr adwy yn *automatic* iddo.

Edrychodd y ddau ar ei gilydd.

'Open sesami, Aldo.'

Yn llawn digywilydd-dra, tapiodd Carbo ar ffenest y becar ac esbonio eu bod yno i wneud gwaith ymchwil archeolegol ar ran y Colej, ond eu bod wedi gadael rhif *security* y giât yn ei swyddfa. Rhoddodd yntau gôd y giât i'r lladron drwy ddweud mai'r cyfan fyddai angen ei wneud i'w hagor o hyn ymlaen oedd nodi'r dyddiad, wedyn rhif y mis, ac yna'r flwyddyn. Canodd ei gorn wrth yrru ymaith, a gwenodd Carbo yn lletach na'r giât agored.

'Wel dyna ni'r obsdicyl cynta o ffordd i ni yn de, Aldo. Ffwcin bruliant!'

Siop gemydd a *pawnshop* hen ffashwn oedd gan Julian ar yr olwg gyntaf, ond roedd ei hedrychiad allanol yn gallu twyllo'r llygaid gan fod y *security* oddi mewn yn un *high tech* iawn. Safai Julian tu ôl i gownter gwydr llawn gemwaith uwch ei gyfoeth. Roedd Mam ifanc ger y cowntar gwydr yn trio'i gorau i ddwyn perswâd arno i roi menthyciad o ugain punt iddi fel gwystl am y freichled bedydd aur oedd am arddwrn y babi bach bochgoch oedd yn sgrechian yn ei chôl. Edrychodd y gemydd yn fanwl ar y freichled drwy ei sbectol hanner lleuad, cyn codi ei *loom* sbecian at ei lygaid i gael edrych yn fanylach ar y stampia. Rhoddodd hynny'r cyfla i Les, a oedd wedi rhoi shêds dros ei sbectol a chap gwlanan am ei ben, i gael sgan iawn ar y siop. Clociodd fod drws yno gyda *private* wedi'i sgwennu arno, a fod camerâu'n eu gwylio tra oedd Meri ac yntau yn aros eu tro. Tra bod y ferch a Julian yn dadlau am ffeifar, tynnodd Les lunia slei o du mewn y siop ar ei fobail.

♦

Fe drefnwyd fod pawb o'r criw i ymgynnull yn stafell rhif 28 Trafyloj Llys y Gwynt am hanner awr wedi saith y noson honno. Wrth i Carbo gamu allan o'r gawod, clywodd dair cnoc ysgafn ar ei ddrws. Tarodd drôns glân am ei din a T-shyrt Marley dros ei 'sgwyddau. Twtiodd ei wallt glyb yn frysiog yn y drych a mynd i agor drws ei stafell byjet.

Taflodd Antonia ei breichiau am ei ysgwyddau a disgynnodd y ddau yn gwlwm o gariad ar y gwely.

♦

Ers cyrraedd Llys y Gwynt, roedd Les wedi bod yn racio'i frêns pam mai dau singyl bed oedd ganddo yn ei stafell ac roedd o'n siomedig uffernol pan ganfyddodd ei fod o'n gorfod rhannu stafell efo Meri Jên.

Tynnodd Meri ei wig melyn o flaen drych a thynnu'r clips gwallt o dop ei chorun.

'Iesu! Ddats mytsh betyr usynt ut, Leswold Clarans Moore!'

Chwarddodd hwnnw wrth wylio cartŵn ar y teli.

'Gei di chwerthin mei boi! Tria di wisgo un o rhein, ma 'tha cal chwanans yn byta croen dy ben di consdantli a dwi wedi sgratsho sgalp i trwadd i'n sgyl on ddy we yp yma usunt ut! A mi gymodd y blymin býs 'na...'

Trodd Les ati. 'Be ddudo chi wan myddyr, býs?'

'Ym... naci... trên o'n i'n feddwl, usynt ut!'

'Myddyr, ydach chi'n deud porci peis wrtha'i?'

'Wel, weit lei bach ia, cos wel, mi oedd y Traws Crwban 'na yn rhatach o lawar i mi na trên! Lutyl blesings usynt ut! Er, cofia di, mi gymrodd leiffteim i gyrradd ma.'

'Uffar o ddynas ydach chi!'

Chwarddodd y ddau nes fod y cyrtans yn crynu.

Llwythodd Dafydd Aldo y lluniau a dynnwyd y pnawn hwnnw i'r *laptop* ar gyfer y cyfarfod. Gwelodd fod Carbo ac yntau wedi cael llunia da iawn o'r maes parcio a chefn siop y gemydd. Chwarddodd yn uchel pan welodd fod Les wedi gyrru pump selffi o'i nostrils blewog a llwyth o luniau o'i *slip ons* du a'i sana gwyn. Ond diolch byth, roedd 'na luniau gwell o du mewn i siop y gemydd.

Eisteddai Mici a Gronw mewn lle bwyd cyflym rhyw ganllath o'r trafyloj a'r ddau yn trio eu gorau i sugno'u strobri milcshêcs trwchus trwy welltyn tenau.

'Iesu gwyn! Ma 'tha trio sugno cwsdad wy drwy hwn myn brain i!'

Mi oedd smwcan ysgafn o law yn sychu ar lechi estron yn

Llys y Gwynt, ac roedd ffawd y criw wedi eu plethu yn ôl at ei gilydd fel gwreiddiau yng ngwaelod potyn clai. Sugnodd Mici a Gronw eu milcshêcs trwchus trwy welltyn nes fod eu bochau'n brifo. Edrychodd Aldo ar y ddau mewn rhyfeddod. Ond syllu yn genfigennus draw at hogia'r milcshêcs wnaeth Les.

'Reit, ffyc ddus! Dwi am nôl un o heinia. O lle gathoch chi nhw?'

'Stedda Les' meddai Aldo. 'Fydd y ddau arall yma'n munud.'

Ond newydd ddeffro yn blethan poeth am 'i gilydd oedd Carbo a Toni.

'Ffyc mi, tyd Carbo, 'dan ni'n hwyr.' Taflodd y ddau eu dillad amdanyn ar ras wyllt a brysho draw am y stafall gyfarfod. Edrychodd Gronw ar ei oriawr dan dwt-twtian pan ddaethont mewn i'r stafell. 'Wel, gwell hwyr na hwyrach decini!'

'Duw duw, wedi bod yn hel fflyff o gwelys hefo'i gilydds ma nhw siŵr iawn. Let ddem bi iw old fox, wî wêr ôl iyng wans Gronw! Ta wyt ti wedi anghofio, wyt?'

'Naddo'n tad mawr, ella fod eira ar y copa Meri Jên, ond mae'r fflam oddi tano'n dal ynghyn.'

'Ia reit dda ŵan, Gronw,' meddai Meri dan wenu.

Aeth Carbo draw at Mici, a'i gofleidio'n dynn.

'Dwi mor falch bo chdi wedi aros. Ffycin brul! Nai ffonio i ddeud wrth Polish a Sgin bo ni ffwr ar fusnas prynu ceir ag iddyn nhw i gario mlaen hefo'r rota yn y garij, felly fydd bob dim yn finely tuned yn Ceir Finnley Autos, bydd?'

Gwasgodd Mici garreg fechan loyw i'w law wrth ei hysgwyd a rhoi winc ffeind iddo.

'Diolch i ti Carbo. Stedda ia, os fedri di ffendio rwla...'

Steddod Carbo wrth ymyl Gronw ar y gwely fel wiwar yn dal cneuen rhwng ei dwy law.

Tu hwnt i chwareli blêr chwit chwat ei feddylia, teimlai Mici rywbeth nad oedd ei gael ers ei amsar yn y fyddin sef yr agosatrwydd clos hwnnw rhwng uned gref a dealltwriaeth dawel.

Cliriodd Mici ei wddf. 'Reit ta, ladies and gents, gan bo gynnan ni full compliment yma o'r diwedd, mi gariwn ni ymlaen, ia Capdan Aldo?'

Nodiodd Aldo. 'Iawn ta, dyma be sgynna'i ddangos i chi hyd yn hyn.' Dechreuodd y *slideshow* ar ei *laptop*. Aethont trwy pob llun mewn manylder iddynt allu ffeindio ffordd i mewn ac allan o'r siop mor gyflym â phosib, a hynny heb ddal llygaid craff y CCTV. Roedd *security* y lle yn un cymhleth a chlyfar gan mai ffyrm Hustons a dalodd amdano er mwyn gwarchod eu buddiannau gwerthfawr.

'Mi fedrith larwm y lle alyrtio y cops mond i ni daro rhech yno!'

'Iesu Gristion, Aldo! Mae hyn yn amhosib siŵr dduw!'

'Tewch Dad, 'dach chi ddim i fod yma beth bynnag, nagdach.'

Edrychodd Gronw ar ei draed tra oedd o'n trio sugno gweddill ei filcshêc.

'A dorwch gora i sugno hwnna, newch chi, 'dach chi fel 'sa chi ar dutsan hwch ers meitin!'

Cipiodd Les y gwpan o'i law y munud hwnnw a thynnu'r gwelltyn a'r caead plastig cyn rhoi clec i weddill y sgytlaeth o'r gwpan. Torrodd wynt yn uchel o dan ei fwshdásh pinc.

'Blydi lyfli.'

Cododd Antonia ar ei thraed. 'Ylwch, gawn ni gyd fynd am filcshêcs a be bynnag 'dan ni isho wedyn cawn? Gig gynta, chwarae wedyn ia?'

Syllodd pawb ar ei gilydd yn ddiniwed wrth i gawod drom daro'r to yn galed a llifo lawr y beipan ddraen.

'Cytuno,' meddai Mici. 'Caria mlaen, Aldo.'

'Reit ta, o'r plania sgynnon ni o'r siop, dyma be sy'n rhaid i ni ganolbwyntio arno fo heno.' Dangosodd *layout* yr adeilad iddynt. Stydiodd pob un y sgrin. 'Y cwestiwn mawr ydi, sud ydan ni am fynd mewn yna i gael at offis Julian achos dyna lle mae'r sêff, ag yn hwnnw fydd y bariau melyn ar y noson.'

'Dyma pam fod Carbo yma, ia ddim?'

'Ia, Meri, ond mae'r sêff yn unknown entity i ni ar hyn o bryd dydi, felly fydd yn rhaid i ni ganfod be ydi ei wneuthuriad o yn bydd?'

'Who?'

'Y make de.'

Edrychodd hithau arno'n wag.

'Mêc y seff de, er mwyn i Carbo fan hyn gal y cyfla i gael ei ben mwd rownd o!' brathodd Aldo.

'Sori. Got iw usynt ut!'

Aeth Aldo ymlaen i ddangos y lluniau o du ôl i'r adeilad tri llawr a gwelwyd fod drws cefn y lle wedi'i rwystro efo bariau dur a fod pob ffenast yn llawn brics, heblaw am ddwy ffenast ar yr ail lawr oedd tu ôl i fariau trwchus. Rhoddodd Meri ei nôtbwc lawr a thynnu ei sbectols yn bwysig.

'Wel ut's laic ddus usynt ut.' Esboniodd fod y gemydd wedi cipio breichled aur o arddwrn babi bach, a hwffio ffeifar i law y fam fach ifanc. 'A ganddo fo y bydd hi hefyd usynt ut nes ceith o'i ffeif cwid yn ôl, wudd ôl ddy intresd os na dalith hi! Horibyl man siŵrs! Felly mi ffeirias yn modrwya, a'n jiwalri drud i gyd am sics hyndryd cwid, a ma'r papur amdan y blydi lot yn 'y mhwrs i.'

Edrychodd y criw arni yn anghrediniol.

'Dyna oedd y plan ôl along, ia ddim? Fydda i angan mynd i'w nôl nhw byddaf a pê ddy sgriŵj am yn jiwialri yn hun yn ôl. And ai wul tel iw ddus ffor nything, fyddan ni angan lot mwy o trincets i gal mewn i offis Jiwlian i ni gal mêc y seff 'na!'

Trodd Mici ati a chwerthin.

'Be sydd Slici Ffin?'

''Dach chi'n gwbod be Meri Jên, 'dach chi yn top blydi notsh dydach?'

Gwenodd pob un ar ei gilydd.

'Cyn i ni gyd sblitio, ma'n rhaid ni drafod ein modus operandi, a sortio pa kit 'dan ni angen ar gyfer fory!' Mi oedd y dair streipan yn dal i redeg yn ddyfn iawn drwy wythiennau Sarjiant Michael Finnley.

Drannoeth, safai Mici ac Aldo wrth giât gefn y maes parcio fel a drefnwyd. Cyrhaeddodd Carbo mewn fan o adran archeoleg Prifysgol Bangor. Gwasgodd y dyddiad ar fotymau'r giât a dreifiodd at gefn siop y jiwlar. Dilynodd Mici ac Aldo o fel ymgymerwyr tu ôl i hers.

Neidiodd Carbo ag Aldo i gefn y fan a gwisgo eu hofyrols, rigyr bŵts a'u festiau *high vis* llachar.

Teimlai Les rêl ditecdif wrth syllu trwy sbienddrych godidog Mici a rhyfeddu at oleuadau tŷ mawreddog Julian a adlewyrchai fel perlau yn nyfroedd Porth y Wygr. Crwydrodd ei feddwl o'i waith wrth weld y Fenai yn troelli'n ara deg dan ysgwyddau urddasol y Carneddau. Clywodd grawc cigfran yn rhwygo trwy'r tawelwch ac yn gollwng tamaid o'i phig ar greigan, cyn esgyn lawr yn esmwyth i fwydo o faeth y gragen.

Rymblodd ei stumog a thriodd ddyfalu be oedd Julian am gael ar ei blât i frecwast gan ei wraig o Kensington, a honno wedi ei magu gyda llwy aur yn ei cheg a choinij yn dod allan o'i chlustiau. Nid fel y fo wedi ei fwydo efo llwya plastic, a Meri yn tywallt olif oil mewn i'w lyg hôls ar ôl ei sgwrio'n y bath bob nos Sul. Gogwyddodd ei olygon yn ôl at y targed. Anadlodd mewn yn sydyn pan welodd fod drws y garej yn agor a Julian yn rowlio lawr y dreif yn ei Fercedes confertibyl gwyn.

Tecstiodd Les dair sws, a chyn iddo orffen glanhau ager y bore o lensys y sbienddrych, sgidiodd Antonia i stop tu ôl iddo.

Agorodd Mici ddrws ochor y fan yn gwisgo ei siwt a'i *high vis*. Daeth Carbo ac Aldo allan ohoni drwy'r drws ochor yn cario polion tenau tal coch a gwyn, cortyn melyn, chewch *traffic cone*, treipod a *theodolite* mewn cês oren. Gosodwyd y geriach yn ymyl y fan. Cymerodd Mici gip ar ei oriawr ac anadlu aer y bore yn ddyfn i'w gylla.

'Any time now gents.'

Canodd ffôn Mici.

'Ma Toni a fi yn croesi ofyr ddy jordan, a 'dan ni ar din y target. E.T.A. Deg munud.'

'Siot soldier. Ofyr and owt.' Trodd Mici at y ddau. ''Dan ni'n barod? Carbo?'

'Yndw Sarjiant.

'Set it owt ta, Aldo.'

Tynnodd Aldo y *theodolite* o'r cês. Pwysodd Carbo y polion coch a gwyn rhwng baria dur drws cefn y siop. Estynnodd Mici ffurflenni o'r *glovebox* gyda *Bangor University Archaeology and Synchronicity Department* wedi printio a'r inc a oedd newydd sychu. Dechreuodd Carbo ddatod tâp mesur syrfear ar draws y maes parcio. Disgwyliodd y tri i Julian gyrraedd a phan wnaeth, toedd o ddim yn hapus pan welodd fod fan fawr o goleg Bangor wedi cymryd ei le parcio personol yng nghefn ei siop. Cyn iddo gael y cyfla i wneud dim, aeth Mici draw ato gan ysgwyd ei law gyda gwên gynnes a chyfeillgar, a chyflwyno ei hun fel un o benaethiaid Prifysgol Bangor. Yna cyflwynodd Dr Alfred Watkinson, pennaeth archeoleg a henebion o un o golegau Prifysgol Rhydychen. Newidiodd ymarweddiad Julian yn syth wrth i Dr Dafydd Aldo ddangos y papurau i esbonio eu bod nhw yno i archwilio y *ley lines* o egni anweledig.

Edrychodd Julian yn gegagored wrth i'r *theodolite* a theclynnau bach laser fflachio i'w lygaid. Aeth Aldo yn ei flaen i ddweud mai'r gred gan rai o wyddonwyr gorau'r byd oedd fod eglwysi, fel yr un gadeiriol gerllaw a mannau sanctaidd eraill, yn gysylltiedig â'r llinellau pwerus a fod technoleg newydd sbond ar gael i ymchwilio i mewn i'r ffenomenon. Edrychodd Julian mewn rhyfeddodd wrth i Aldo draethu eu bod nhw yno i brofi'r ddamcaniaeth a'u bod nhw'n hollol grediniol erbyn hyn fod cysylltiad pendant rhwng egni y *ley lines* a'r eglwys gerllaw. Heb feddwl ddwywaith, cytunodd Julian iddo gario ymlaen gyda'i waith caboledig.

Aeth Carbo ati'n syth i symud y polion coch a gwyn a oedd yn pwyso rhwng y bariau dur ar ddrws cefn y siop er mwyn cael gweld y gemydd yn agor y clo. Ond fe'i siomwyd pan esboniodd Julian mai drws ffals oedd y tu ôl i'r bariau, a fod yna o leia bedair troedfedd o flocs a sment y tu ôl iddo. Dymunodd Julian y gorau iddynt a ffarwelio.

Bu eiliadau o dawelwch wrth iddo ddiflannu drwy'r giât nôl am y stryd fawr.

'Wel ffyc mi. Pan fo un drws yn cau, mae 'na un arall yn agor i ni yn rwla 'gia! A da iawn Dafydd Aldo, o chdi'n ffycin bruliant, mêt.'

Cariodd Mici a Carbo ymlaen i fesur a chymryd nodiadau tra bu Aldo'n nodi uchder cefn y siop trwy ei *theodolite*.

Daeth fan bara mewn i'r maes parcio a pharcio reit wrth eu hymla. Weindiodd y becar ei ffenast lawr a dangos gormod o ddiddordeb yn eu gwaith. Pwyntiodd Carbo un o'r polion dau liw fel hudlath ato a datgan ei fod o a'i fan bara yn tramgwyddo ar dir cysegredig. Ychwanegodd y dylai o barchu gwaith archeolegwyr oedd yn gorfod byw ar grystiau o hanas, a'i bod hi'n bryd iddo symud rhag ofn iddo amharu ar y *ley lines*. Gyrrodd y becar i ben arall y maes parcio, a denig i mewn at flawd ei fecws.

Paciodd y tri eu hoffer nôl yng nghefn fan y colej wedi iddynt orffen mesur a thynnu lluniau. Dreifiodd Carbo hi'n ôl i gampws Prifysgol Bangor o le y dwynodd hi cyn i'r un darlithydd na stiwdant godi i biso.

Nôl yn stafell 28 Llys y Gwynt, allai Les, Meri nac Antonia ddim cafod yr un gronyn o fwd y medren nhw lynu ar gymeriad Julian Giles gan fod ei *online presence* yn gwneud iddo ymddangos i'r byd a'i botas fel dyn parchus oedd yn burach na dŵr ffynnon seintiau Enlli. O'r hyn a welsant, ei wendid mwyaf oedd ei hunangyfiawnder a'i gyfoeth.

Problem fwyaf Jiffy oedd bordym, piwar ffycin bordym. Roedd wedi gwylio pob sianel ar Sky, a thaith pob wiwer yn yr ardd fawr drwy ffenestri cloëdig ei stafell hyd syrffed. Ond, mi ffeindiodd un pleser mwyn i'w gadw'n ddiddos yn ei stafell gyda'r nosa, sef Beibl o lyfr o'r enw *Leonardo da Vinci: The man who defined the Renaissance*. Rhwng y cloria, cafodd ryddid o'i gaethiwed drwy'r oriau toreithiog, a darganfyddodd trwy fodio'n awchus ar yr argraffiad trwchus mai sylwi ar bob gwrthrych mewn manylder microsgopig a wnâi Leonardo, cyn hyd yn oed meddwl am gyffwrdd blaen pluan ei frwsh ar unrhyw ganfas.

Dechreuodd ynta wylio'r mynd a'r dod trwy ffenest gloëdig ei stafell a sylwodd fod Harry yn cael ei dywys lawr y dreif am hanner 'di wyth y bora, a fel rheol, ni fyddai yn dychwelyd tan tua hanner 'di chwech y nos.

Er fod *security* Herring Bone yn dynnach na thannau telyn Abram Wood, llacio wnâi o tua deg y bora tan amsar cinio gan fod Jethro, y boi *security*, yn gwahodd Jiffy i'w swyddfa i roi gwers wyddbwyll iddo.

Tywalltwyd leifnars bach i'w coffis yn y swyddfa wrth i Jiffy ei atgoffa o gamau cyntaf y gwystlon, a symudiad pob ffigwr arall o'r llysoedd eifori du a gwyn. Roedd hi'n *game on* i Jiffy mewn sawl ffordd, ac wrth i Jethro ganolbwyntio ar y bwrdd, bachodd ar y cyfle i astudio y stafell a'r monitor *security*.

Yn sgil eu dealltwriaeth foreol, câi Jiffy fwy o ryddid i grwydro o fewn muriau'r tŷ enfawr, gan alw mewn i'r gegin i helpu ei hun i banad neu fowleniad o *cereal*, a chael sgwrs gyda'r gogyddes oedrannus.

Tywalltodd hithau banad i Jiffy a diolch iddo am ddangos iddi sut i ddefnyddio ei mobail i ganfod pob rysáit dan yr haul, a hynny 'at a touch of a button' a'i bod mor falch na fyddai rhaid iddi dyrchu drwy lwyth o hen lyfra coginio i ganfod ryseitiau newydd i blesio Harry a'i giwed. Gwenodd Jiffy arni a dweud y gall technoleg fod yn fwrn neu o fudd i bob un, ag aeth ymlaen i drafod llyfr Leonardo. Cymerodd hithau hoe o gymysgu'r wyau a'r siwgwr, gan wrando yn astud ar hanes bywyd yr athrylith a ddyfeisiodd y parashŵt, cyfrifiannell, camlesi, hofrennydd, sybmarîns, beics a tancs, a fod y feddyginiaeth fodern yn seiliedig ar astudiaethau Leonardo o'r corff dynol, a hyn i gyd wedi digwydd nôl yn y ffortîn hyndryds. Ysgwydodd ei phen, cyn cario mlaen gyda'i chymysgfa cacan. Ategodd Jiffy mai melynwy a ddefnyddiai Leonardo i gymysgu ei baent i greu campweithiau fel y Swpar Olaf a'r Mona Lisa. Edrychodd y gogyddes arno'n gegagored. Cynigiodd Jiffy ddangos y darluniau a wnaed gyda wyau ieir, os y câi ei ffôn ganddi. Aeth hitha'n syth i bocad ei ffedog a'i roi iddo. Gwasgodd Jiffy y botymau wrth fynd i estyn powlan o'r cwpwrdd, a thecstiodd neges i rif a roddodd yn y mobail bora ddoe, ei gyrru a'i dileu, cyn googlo Leonardo Da Vinci.

Roedd Les yn eistedd nôl ar y gwely yn ei stafell heb ofid yn y byd wrth sglaffio drwy dybl whopyr a tships, ac ecsdra larj sdrôbri milcshêc wedi ei sodro rhwng ei benglinia. Ymunodd Meri ag o ar y gwely, a setlodd y ddau i ddechra gwylio *Flog It!*. Agorodd Meri botal bach o Babycham a'i dywallt yn ofalus i mewn i gwpan. Edrychodd ar ei mab a gwenu'n siriol.

'Here's lookin at you kid. Ai lyf iw tw buts, cofias.'

Tynnodd Les welltyn ei filcshêc o'i geg.

'Ai no myddyr, finna chitha. 'Dach chi shio go ar y shêcsan 'ma ta? Ma'n ffwcin lyfli chi!'

'Sticia i i'n Bebisham, diolch ti mai biwtiffwl boi.'

Edrychodd Carbo a Mici ar ei gilydd mewn rhyfeddod wrth ddisgwyl i'r gweddill gyrraedd y stafell.

Daeth Antonia a'i brawd trwy'r drws ar frys ac Aldo wedi cynhyrfu'n lân ac yn siarad pymtheg y dwshin a'i lygaid yn dawnsio fel marblis gleision.

''Dan ni newydd gal contact hefo Jiffy, mi fachodd fobail rywun i 'nhecstio fi so fedra i'm atab nôl *ond* ma'n gofyn i ni gael mobail mewn ato fo asap... Ffyc nos sud nawn ni gal un i mewn trwy'r *security*, ond dyna'r newyddion gora dwi 'di gal erstalwm.'

'Wel wots ddy big deal syni boi, fedrith y prusonar ddim helpu ni o Llundan bell nafdrith?'

'Ei gariad o ydi o, Meri,' meddai Mici dan ei wynt.

'Wel ai nefyr! Swn i byth wedi geshio bo chdi'n...'

'Sho brîding myddyr!'

'Ia sori... Wel mae hynna'n gwd niwsys indîd bi-cos mêbi wî cwd brêc hum owt of jêl rwsuds usynt ut... Be ti'n ddeud Slici Ffin? Ti'n feri cweiat 'di mynd.'

'Ylwch, cyn ni gyd biso'n nicars am y peth, cŵl heds iawn achos 'dan ni angen trafod yn manwfyrs ni fyny fan hyn gynta yn dydan, a delio hefo un peth ar y tro, neu buan iawn eith yn plania ni gyd yn ffliwt.'

Wrth iddynt edrych dros y planiau a'r lluniau, gofynnodd Mici i Aldo chwyddo'r llun ar ei *laptop* o'r ddwy ffenast gefn ar lawr canol siop y gemydd. Stydiodd y ffenesdri gan wyro ei ben i'r naill ochor fel milgi cyn helfa.

'Reit ta trŵps, honna ydi'r ffordd allan i ni.'

'Ffocin hel, ma'r ffenestri 'na tua thyrti ffwt i fyny dydyn, a ma 'na faria sdîl drostyn nhw!'

'Oes Carbo, ond sbia yn agosach, mae un o'r ffenestri ar agor rywfaint!'

Chwarddodd Carbo ar ei ben 'Oes, mond 'chydig fodfeddi de! Dwi'n gwbod bo fi'n dena, ond mae hynna yn ffwcin ridicilys.'

'Cau hi am eiliad i mi gael y cyfla i esbonio rwbath i chdi, hogyn!'

'Iawn, sori Sarjiant.'

'Tydan ni ddim yn gwybod faint o fariau aur fydd yn y sêff ar y noson nagdan, a ma gold yn drwm dydi, a sgynnon ni'm drwy nos i'w cario nhw allan drwy'r drws ffrynt i'r stryd yn nagoes y dipsdic!' Tawelodd Mici. 'Dwi 'di bod mewn cyswllt hefo contact i mi. Cyfaill da, fedrith helpu ni allan a gwneud pethau yn llawer haws i ni gyd ar y noson ella.'

'Diolch Mici.' Nodiodd Aldo arno. 'Felly y peth cynta fydd raid ni wneud ben bora fory ydi heirio transit fan. Fydda i a Carbo yn dod â hi syth nôl i base i dynnu'r sticeri oddi arni a newid y nymbar plêts... Ollyngith Mici Les a Meri ar dop stryd fawr Bangor a mynd yn ei flaen i gyfarfod ei gontact... A wedyn mi neith susdyr fan hyn gario mlaen i wneud mwy o waith ymchwil i ni... Unrhyw beth arall, Mici?'

'Nag oes. Reit ta, hed down heno trŵps a pawb i ymgynnull yn stafall 28 am hanner awr wedi saith sharp i ni gael dechra arni.'

Trannoeth, fedrai Mici ddim cael hyd i gwch bren Corporal Roberta Lugg wrth ddreifio'n ara deg hyd farina'r Felinheli. Edrychodd ar y tecst a gafodd ganddi eto.

Chwilia am y fflag ar dop y masd.

Ond mi oedd 'na reseidia o gychod a *yachts* efo fflagiau yn y cei.

Parciodd a chamu allan o'i Renj Rofyr. Cymerodd ennyd i gael ei berings ac eisteddodd ar hen fwlyn dur a arferai ddal llongau llechi Dinorwig. Syllodd draw ar y gorwel agos. Treiddiodd yr harddwch trwyddo fel fflyd o loÿnnod byw gan ddatgelu rhychau aur wedi'u haredig at lannau'r Fenai. Rhwygwyd ei bensyndod gan glegar o wylanod oedd yn deif-bomio cigfran rhag hela eu cywion rhwng y creigiau.

Anadlodd oglau'r gwymon a gariai'r awel i'w ysgyfaint a gwenodd pan welodd faner catrawd yr S.B.S. yn cyhwfan yn uwch na'r gweddill. Treiddiodd gwefr bur trwyddo wrth sbotio Corporal Roberta Lugg, neu Bili Lwgwns fel yr oedd o'n ei hadnabod, yn eistedd ar erchwyn ei llong bren yn chwifio'i llaw a'i choesa *tanned* yn hongian dan y rêl.

Cyflymodd ei gerddediad wrth agosáu.

'Permission to come aboard, Corporal Bili Lwgwns?'

Agorodd hithau ei breichiau a llamodd Mici i fyny'r *gang planc* i'w chofleidio'n dynn.

Synnwyd Julian o weld Meri Jên nôl yn ei siop mor fuan wedi'r transacshyn diwethaf. Cynigiodd gadair iddi'n groesawgar wrth iddi barcio'i chês ger y cowntar. Ysgwydodd Meri Jên ei phen a dweud 'no thanciw' gan ei bod hi wedi styrbio trwyddi. Gofynnodd i Julian os y caent siarad yn rwla mwy preifat oherwydd fod Stanli, hen gariad iddi, newydd gael ei ryddhau yn *unannounced* o garchar Walton ar ôl gneud stretsh hir yno am losgi siop ym Mhrestatyn yn ulw, a hynny ddim ond am eu bod nhw wedi gwrthod rhoi *bag for life* iddo am ddim. Y broblem oedd ganddi hi, a Julian tae'n dod i hynny, oedd mai Stanli oedd pia rhai o'r modrwyau a wystlodd hi yno ddoe. Edrychodd Meri allan i'r stryd mewn braw a phwyntio. 'That's him'. Llyncodd Julian ei boer pan welodd Stanli a'i drwyn yn fflat yn erbyn y ffenast yn syllu arnynt mewn fest ac yn ysgwyd bocs matshis.

Rhedodd gwaed Julian i'w fferau.

'Oh my good God! Why has he got sellotape wrapped all around his face?'

'Because there's something very wrong with him usynt ut!'

Cododd Julian y ffôn ar ei ddesg a dechra deialu.

Tynnodd Meri ei sbectol. Dyma oedd yr arwydd i Les adael.

'You don't need to call the police siŵr dduw.' Gwyrodd ato, a dweud yn dawel, 'He'll be back over the wall in no time at all. I've already phoned them this morning.'

Sadiodd yntau ychydig a phlygodd ato i ddweud fod ganddi hi rywbeth llawer mwy gwerthfawr na'i thrincets dwy a dima i ddangos iddo'r tro hwn. Hynny ydi, os oedd o'n fodlon taro ei *expert eye* drosti, mewn rhywle mwy disgrît os oedd hi'n bosib, rhag ofn i Stanli ddychwelyd. Syllodd Julian tua'r ffenast a gwasgodd fotwm i gau y shytars ar unwaith, a chloi drws y siop.

Pwysodd Mici ei ben dros ochor y llong hwylio bren.

'Ffocin hel, be ydi'r broc môr 'ma ti wedi brynu tro 'ma ta, Bili?'

Adlewyrchodd yr haul o frig y tonnau yn ei llygaid.

'Mae hi'n fy nghadw fi'n saff uwch y dyfroedd dydi, a thorri cwys fel pladur trwyddo fo. Mi ddoth â fi yn chwim i fama i dy gyfarfod di, so don't knock it.'

'Do, diolch i ti.'

'Awn ni down bi-lô, ia Michael Finnley?'

Cyfarfyddodd Sarjiant Michael Finnley â'r Corporal Roberta Lugg am y tro cynta pan sleidiodd hi lawr rhaffan *chinook* yn *fully kitted* drwy gwmwl tywodlyd i'w gyfarfod yn yr anialwch. Ar *detatchment* oedd hi o'r Special Boat Service, a'r jôc oedd wedi bod rhyngddynt erioed ers hynny, oedd ei bod hi'n gorfod gweithio'n ddirgel yng nghanol anialwch Affghanistan, ac nid ar y moroedd mawrion lle cafodd ei hyfforddi i weithredu'n ddirgel.

Buan iawn y daeth Corporal Bili Lwgwns yn aelod allweddol iawn o dîm *elite* Mici, gan ei bod hi'n deall ei swyddogaeth yn berffaith ac yn hollol eofn pan fyddent yn mynd ar *special ops* i wynebu yr erchylltra hunllefus tu draw i'r wiran bigog. Hi fyddai'n dringo mastiau cyfathrebu i osod y ffrwydron, cyn abselio i lawr, rhedag i gysgod, a gwasgu'r botwm i chwythu'r ffwcin lot yn shitrwts.

Agorodd ddrws bach ar dop y gwch hwylio i Mici. Os oedd tu allan y llong yn edrach fel tasa ffrwydrad wedi bod mewn siop eirch, roedd y down bi-lô yn hafan glyd gynnes efo stôf pot beli ynghyn, a photyn coffi yn stemio ar ei ben a'i aroglau yn gymysg â sawr y coed oedd wedi eu halenu gan donnau gwyllt cefnforoedd.

Wrth iddo droedio oddi ar yr ystol bren, clywodd rwndi cath drilliw oedd yn camofflajd ar ei chlustog esmwyth.

'Cym gadair, Sarjiant Finnley.'

Mi fyddai pob *rendezvous* a fu rhyngddynt ers gadael y fyddin, yn annatod, yn eu llusgo'n ôl i'r anialwch tanbaid gwaedlyd. Gwyddai'r ddau heb ddweud gair mai gwell oedd ei gadw dan glo yn y stafell fach yng nghefn eu meddyliau.

Edrychodd Mici o'i gwmpas wrth i Bili dywallt dau fygiad o goffi du cryf. 'Gymri di rwbath yn ei lygaid o?'

'Dim diolch.'

Eisteddodd Bili nôl yn ei chadair siglo a thwtio congol blanced frethyn dros y fraich. Gwenodd arno a chodi ei chwpan.

'Ti'n dawel iawn, Mike Foxtrot. Be sydd ar dy feddylia di?'

Gwenodd arni'n ansicr. Mi oedd o angan ffafr a honno yn un enfawr.

'Dwi'n siŵr fod o'n handi iawn cael cadair siglo ar gwch yndi ddim? Wsdi, hefo swel y môr a ballu.'

'Yli! Nest di ddim yn hudo fi yma i siarad am gadeiria naddo?'

'Mi wyt ti dal yn hogan o Ben Llŷn yn dwyt, dim malu cachu, syth lawr i fusnas!'

'Siŵr dduw. Be wyt tisho ta?'

Wrth i Meri ddilyn Julian i mewn i'w swyddfa efo'i chês, gwelodd fod y sêff mawr dur rhwng y ddwy ffenast. Dechreuodd anadlu mewn ac allan yn drwm wrth osod ei handbag ar ei ddesg, tra roedd Julian ar dân isio gwybod be oedd ganddi i'w ddatgelu iddo.

'Thanciw Julian. Iôr e feri nais man, ai can tel. That was an experience and a hannar ffor both of us wasn't ut.'

Estynnodd am ei phwmp asma a'i mobail o'i handbag a dechra sugno'n galed ar y pwmp plastic. Croesodd at y ffenast a chogio cwffio am ei hanadl wrth dagu.

'Are you ok?'

'Yes but...' Anadlodd fel tae hi'n mygu'n gorn. 'Can iŵ open ddus window plis so I can get some fresh air in to mei fegin, ut's gone feri tait ôl of ddy sydan.'

Cododd Julian ar ei union i agor y ffenest hynny y medrai, cyn i'w ffrâm daro'n erbyn y bariau dur allanol. Gwthiodd hithau ei phen yn yr agoriad a dechrau anadlu yn ddyfn. 'Ew ddats mytsh better usynt ut. I'll be fine in a munut iw no.' Sugnodd ar y pwmp asma yn galad a sticio'i bawd chwith allan drwy'r bariau dur.

Canodd y ffôn ar ddesg Julian o fewn eiliadau.

'Hello, Julian Giles Jewellers and Pawnbrokers.'

'Hello! I'm just enquiring if you will be open for business later on today as I have some artefacts that might interest you, you see, me and my good wife… Dos lawr Ffred… Sorry about that, are intending on coming into Bangor to visit the Cathedral later on, and we might have some fish and chips on the pier while we're there… And then we will…'

Tra roedd Gronw yn rwdlian, cafodd Meri Jên gyfle i gael golwg agosach ar y sêff. 'Sterling Safe Limited. Walsall. UK.' Rhedodd y geiriau yn ôl drwy ei phen fel adnod. Gollyngodd ei phwmp asma a phlygu lawr i'w nôl a'i chefn at y gemydd.

'Yes sir, I've told you twice already. We will be open until five thirty. Yes, pardon?'

Craffodd Meri ar rifau gwneuthuriad a oedd ar waelod y cernod mawr dur. 29673169. Tynnodd lun o'r rhifa gyda'i mobail mor slei a sydyn ag y gallai. A chodi nôl at y ffenasd tra fod Julian dal yn cael ei fwydro'n racs gan Gronw.

'Yes, yes, good God man, I've told you already, I'll be here.' Plonciodd y ffôn yn ei grud.

Taflodd hithau edrychiad trwy'r bariau dur, a gweld Gronw yn gadael y maes parcio cefn.

'Well what a bonkers man that was.'

Cymerodd sêt o flaen ei ddesg.

'Takes all sorts in your profession I'm sure Julian bach?'

'So, what's this important item you want to show me then?'

Tynnodd Meri gwdyn bach melfed du o'i handbag a'i osod o'i flaen.

Cydiodd yntau'n y melfed cynnes a'i fyseddu, cyn tywallt carreg fach loyw ohono. Gloywodd ei wep wrth ei gweld yn rowlio ar draws ei ddesg *walnut veneer*. Daliodd y fellten rhwng ei ddeufys a chodi ei lŵp sbecian i'w lygaid.

'Bloody hell, where in the name of god did you find this rock?!'

'I didn't find it! A sailor gave it to me. It was syposd to be made in to an engage...'

'Engagement ring?' meddai wrth ei hastudio.

'Yes. He bought in harbour in...' Triodd feddwl. 'In South Africa many moons ago, and told me then that it's a rough cut diamond, and must be worth a small fortune in today's money!'

Sleidiodd ei sbectols hannar lleuad i lawr ei drwyn main ac agor drôr ei ddesg i estyn twisars i ddal y garreg. Rhoddodd olau bach dan din y felltan a'i hastudio yn drylwyr o dan chwyddwydr mawr trwchus. Yna estynnodd am declyn profi gemau a metalau a dal ei flaen yn erbyn y garrag fechan. Fflachiodd y goleuadau ar ochor y teclyn profi a chadarnhau, fel roedd o wedi amau, fod hon yn ddeimond o'r radd flaenaf un.

♦

Wedi iddynt ddarfod tynnu sticeri Derek's Van Hire oddi ar y *transit*, gosododd Carbo y nymbar plêts ffug arni. Tynnodd yn galad ar ei sbliffsan a chamu'n ôl i edrych ar eu gwaith.

'Ffycin pyrffecdo Aldo! Fysa neb callach nafsa? Ma hi fatha unrhyw fan arall sydd allan 'na. Da iawn ni, de!'

Chwibanodd Antonia o ffenast llofft stafell 28 a'u rhybuddio fod car plisman newydd droi mewn i'r maes parcio. Ffliciodd Carbo ei biffdar i'r gwrych a deud wrth Aldo i neidio mewn drwy'r drysau cefn a'u cau'n glep ar eu holau.

Eisteddodd y ddau ar y *wheel arches* yn nhrwmbal y *transit*.

'Be ffwc sy'n mynd mlaen, Carbo?'

'Shwsh nei di.'

Daeth tecst trwodd i Aldo gan ei chwaer.

Don't move iawn. Ma'r cops wedi parcio reit drws nesa i chi.

Dangosodd y negas i Carbo.

Sibrydodd y ddau 'ffyc' yr un pryd, a rhedodd pob dusasdyr posib drwy eu meddyliau. Y cwbwl a glywai y ddau oedd sŵn bipian un o radios y plismyn yn atsain wrth iddynt gamu allan o'u car dal crwcs.

'Ydi'r platia nymbar plêts ti 'di roid ar y transit ma'n lijít yndyn?' sibrydodd Aldo.

Nodiodd ynta'n gadarnhaol, ond doedd o ddim yn hollol saff o'i bethau erbyn hyn gan fod dau blisman drwch metal oddi wrtho.

'Hang on ŵan. Pam ffwc bo ni'n cuddiad fan hyn? Sgynnon ni ddim byd i guddio nag oes?' sibrydodd Aldo eto.

'Ymmm... Oes sdi!'

'Be?'

'Nabod yn lwc i de, fydd copars fyny fan hyn yn dal i nghofio fi'n iawn. Garantîd!'

'Pam 'lly?'

'Am bo fi wedi bachu un o'u ceir nhw o Fangor 'chydig o flynyddoedd nôl a dwi'n dal bach yn paranoid...'

Caeodd Aldo ei lygaid. 'Ffocin ymbalîfybl!'

Derbyniodd decst arall gan Antonia.

Coast yn glir. Mond mynd i nôl byrgar ma nhw.

'Reit, bale out Carbo. Isho bwyd ma Starsky and Hutch.'

'Wel thanc ffyc ffor ddat!'

Ysai Julian i berchnogi'r garreg fach loyw a ddaliai rhwng gefail ei dwisars. 'Will you be selling her or pawning her?'

'Selling, and from the advice I was given, there are two perfect diamonds in her, for the right jeweller of course!'

'Let's get down to the nitty gritty then, shall we? How much are you asking for her?'

'Well, they said she's got to be worth an easy forty thousand.'

Chwarddodd Julian yn uchel, nes fod llond ceg o'i ffilings aur yn disgleirio.

'That is, if she's perfect.'

'That is, if you've got the money, Julian bach!'

Cododd y gemydd o'i gadair a throi olwyn ar ddrws ei sêff mawr, trodd yr handyl a'i agor er mwyn gorchestu. Roedd y blwch dur yn llawn o arian sychion, bariau aur a dwshina o focsys yn rhesi taclus.

'Just give me a realistic figure. That we both can work on...'

'Listen, you know as well as me the diamond has no flaws in her.' Cododd ato a chipio'r garreg o'i law. 'And I won't be selling her at all, unless I get my tupperware box, and thirty five grand cash for her, because it seems to me, that your lyfli cupboard is full of the blydi stuff.'

Caeodd Julian y sêff, ac eisteddodd nôl yn ei gadair i estyn bocs *tupperware* o ddrôr gwaelod ei ddesg. Doedd ei gynnwys ddim digon da i fynd i mewn i'w sêff yn amlwg.

Taflodd y bocs ati dros y bwrdd fel tae'n taflyd sgrapyn at gi.

'Thanciw!' Gwenodd hithau'n siriol wrth ddal y twb plastig yn llawn o'i treshyrs.

'I'll give you thirty for her and no more. That will give you, and me, some room for manoeuvre, won't it?'

'Well, it looks to me, that we have a deal then!'

Estynnodd Meri Jên am ei chês gwag a'i agor ar ei ddesg *walnut veneer.*

Gorweddai Ffred yn hapus ei fyd o flaen tanllwyth o dân yn cadw llygad ar ei feistr yn ei gadair arferol, Gwynfor Dau Grys a Ifor Tŵ Pe y naill ochor iddo, a Gwilym Posman ben arall i'r bwrdd fel tincar blin yn cyfri ei geiniogau olaf.

Wrth iddynt chwara llaw arall, sipian eu caniau Ginis a sglaffio brechdanau corn biff, dechreuodd Gronw frolio am ei arhosiad yn y sgeisgrepar y buodd yn lletya ynddi yn y brifddinas a'i bod hi'n *hotel* mor fawr nes fod angan tri o ddynion cryfion i gymysgu mwstad hefo rhawia yn y gegin. Chwarddodd dau o'r ysgol gardiau o'u hochrau a sychodd Gwynfor Dau Grys ei ddagrau efo'i bedair llawas. Ond berwodd cenfigan Gwilym Posman i'r wyneb pan glywodd fod yr hen wariar wedi cael mynd i Sain Ffagan am y diwrnod.

'Reit, dwi am fynd lawr am y Goat. Ma gen i barsal mawr iddyn nhw'n gefn y fan.'

'Wyddoch chi be gyfeillion annwyl, dwi 'di bod yn

meddwl wchi, gan fod yr hen Goat 'na wedi mynd yn le mor anghynnes a digroeso, ac yn llawn o blydi jacos drwy'r haf tan yr hydref, mae 'na groeso i chi ddod fyny i fama am gêm o gardiau o hyn mlaen, iawn? Unrhyw adag 'fyd, os leciwch chi... i ni gael llonydd yn te?'

'Diolch Gronw,' medd Ifor Tŵ Pe wrth sythu ei gachu sigyl o wig ar ei gorun. 'Ond mae Beryl hefo rwbath ymlaen bob noson 'di mynd. Dwi fwy yn y tacsi nag ydw i yn 'y nghartra yn hun.'

'Blydi tipical! Be amdanach chi'ch dau ta, hogia? Dala i am y cania i gyd ar gyfer y gêm nesa, iawn?'

'Jysd bo chdi di wedi bod lawr yn y Gaerdydd 'na a wedi ennill ar y cardia eto heno, ti'n meddwl bo chdi'n uffar o foi dwyt?'

Tagodd Gwynfor Dau Grys ar ei ddiod. 'Pwy gachodd yn dy fechdan di, Gwil Posman? Ydw i wedi methu rwbath fan hyn?'

'Do Gwynfor, dy lifft adra os na watshi di. Rŵan siapia dy begla, 'dan ni'n gadal.'

'Ond...'

'Rŵan, felly dowch.' Cododd y tri o'r bwrdd derw llawn ceinciau a chardiau.

'Ond hogia! Plis! Arhoswch am ryw...'

Ond ei hel hi am y drws wnaeth y tri.

'Peidiwch â mynd a 'ngadal i y ffernols!'

Daeth Ifor Tŵ Pe nôl at y bwrdd a phlygu ato fel gweinidog yn cynnig cymun a chymwynas.

'Waeth ti heb, ma 'na hen strempan collwrs gwael wedi bod yn ei deulu o ers i mi gofio... Hwyl a bendith a diolch am yr arlwy fendigedig...'

'Gwranda, Ifor, a gei di ddeud wrth y ddau arall 'na 'fyd, os digwydd i ddieithriad holi am gyfeiriad fan hyn lawr yn dre 'na, paid â deud dim wrthyn nhw, iawn!'

'Dewadd 'ranwl dad. Be ydi dy boendod di, gyfaill?'

'Wel... rhwng chdi a fi... Tydw i'm 'di talu am y giarafán fusutors 'na eto weldi. Ma'i braidd yn dynn arna'i ar hyn o bryd.'

'O, dallt yn iawn. Dduda i'm ebwch wrth neb siŵr. Nos da a duw a'n gwaredon ni oll rhag y drygioni yn te...'

Cnewiodd Ffred wrth iddo gau y drws yn glep ar ei ôl. Cododd Gronw yn syth i'w folltio, a tharo'r baromedr yn galad, 'Wind easing fair for a while. Blydi rybish siŵr dduw! Tyd fyny 'fo fi, Ffred.'

Eistedd ar ei singyl bed yn ei drôns siwperman oedd Les yn prysur gnoi drwy dop beiro y Trafyloj mewn rhwystredigaeth lwyr am ei fod o'n methu'n glir â gorffan *crossword* yng nghylchgrawn ei fam.

Daeth cnoc ar ei ddrws.

'Be di paswyrd?'

'Twat.'

'Cym in, Mici. Dwi 'di wejo fo'n gorad hefo 'nghrib.'

Meddyliodd Antonia yn siŵr fod Les ar ganol cael hartan pan ddaeth hi a Mici i mewn gan fod ei wefusau yn biws a streipiau mawr cochion ar draws ei wep. Llamodd ato i erchwyn y gwely a chydio'n ei arddwrn er mwyn teimlo ei byls.

'Be uffar wti'n neud, Antonia?'

'Tshecio bo chdi'n iawn de, Les.'

'Dwi'n blwmin marfylys thanciw feri mytsh.'

'Pam ddiawl fod dy wefusa di'n biws ta?'

Edrychodd yn ddryslyd arni, cyn codi i gael lwc yn y drych.

'Ffwcin inc o'r beiro 'ma ydi o ma shwr usynt ut. Ma'r croswyrd 'na yn umposubyl i'w orffan.'

Aeth Mici i gael golwg agosach ar ei gyfaill.

'Pam fod dy wynab di'n edrych felsa chdi wedi cwcio becyn dan gril arno fo ta?' Chwarddodd yn uchel. 'A ma gen ti hannar eyebrow ar goll hefyd! Be ffwc ddigwyddodd i chdi!?'

'Ut's not ffyni at ôl! So, jysd lif ut wul iw plis!'

Triodd Mici ei orau i beidio chwerthin mwy 'Sori! Aeth bob dim yn iawn i chi, do?'

'As ffar as ai nô de Mici.' Mwythodd Les ei wyneb yn dyner. 'Sgin ti fasalîn ne rwbath yn dy rŵm Antonia? Ma 'ngwynab i a'r dân!'

'Oes siŵr! Be nest di iddo fo?'

'Wel o raid mi ddusgeishio'n hun rwsud cyn mynd at ffenast y jiwliar i neud y blydi swindyl, so lapish i selotep yn dynn rownd 'y ngwynab a ffwcio'i ona reit sharpish.'

'Lle mae Meri gen ti ta?' holodd Antonia.

'Ffyc nos. Dwi'm 'di clwad gan myddyr ers oria. Mond gobeithios fod hi'n iawn usynt ut cos ma'i mobail newydd hi off. Dwi'm yn meddwl bod hi'n ddallt o sdi.'

Taflodd Mici edrychiad â'i aeliau i fyny tuag at Antonia.

'A'i nôl rwbath i chdi roid ar y gwynab 'na 'li! Fydda i'm chwinciad, dos ditha i roi cnoc i Carbo plis, Mic! 'Dan ni angan offis!'

Rhedodd hi i fyny'r grisha fesul tair stepan ar y tro ac arafodd i adael i gwpwl ifanc a phlentyn fynd heibio iddi, cyn brasgamu, a chnocio yn galed ar stafell rhif 28. Agorwyd iddi'n syth gan ei brawd, a datgelodd y newyddion fod Meri heb ddychwelyd o siop y gemydd. Aeth Aldo i dop caitsh y munud hwnnw.

'O ffor ffyc sêc! Be os 'di petha ddim wedi gweithio allan iddi yna, Toni?' Estynnodd am oriada'r fan.

'Cŵl hed ŵan. 'Sa well i ni aros ryw awran arall cyn dechrau panicio go iawn, bysa?' Daeth cnoc ar y drws a chododd y ddau eu gobeithion. Daeth Carbo mewn i'r stafell a datgan.

'Mae Mici newydd ddod i ddeud y niws wrtha'i. Mond gobeithio bod hi ddim wedi gwneud fflitsan hefo'r dosh a'r deimond 'na de, neu 'dan ni gyd yn hollol ffwcd dydan!'

Eisteddodd Antonia ar y gwely a meddwl. 'Ylwch, fysa Meri Jên no blydi wê yn gadael ei thrysor mwyaf ar ôl yn y trafyloj 'ma nafsa?'

Tolltodd Harry frandi mawr arall i wydryn Jiffy. Eisteddodd nôl yn ei gadair croen siarc a deialu rhif Cidw. Gwenodd ar Jiffy.

'Now, let's see how your crew are doing shall we!'

Atebodd Cidw ei alwad.

'It's all goin good, Harry my man. Smoother than a freshly buttered bannister.'

'I'm glad to hear it. Your man is listening in as well'

'Tidy. I take it that we'll be still working on the same dates you gave us?'

'Yes. You've got two days left to prepare.'

Aeth y ddau ymlaen i drafod y camau nesaf. Y fargen a drawyd rhyngddynt oedd y byddai'n rhaid i Aldo yrru llun o un o'r bariau aur i Harry i brofi bod yr opereshyn in moshiyn. Wedyn byddai Harry'n rhyddhau'r arian am y deimonds yn syth i gyfri Dafydd Aldo, a phan gyrhaeddai'r *shipment* o'r melyn Herring Bone Mews fore trannoeth, byddai Jiffy yn cael ei ryddhau.

Holodd Cidw sut oedd bywyd ar y 'tu mewn' yn siwtio Jiffy, a chyn iddo gael y cyfla i ateb, atebodd Harry fod Jiffy yn cael ei drin fel un o'r teulu ganddo, os nad gwell. Ychwanegodd Jiffy fod Harry ac yntau'n deall ei gilydd yn reit dda erbyn hyn a fod y *catering* yn y Mews yn wych, ond ei fod yn methu *homemade pizzas* Dafydd Aldo, yn enwedig ei 'speciality'. Anadlodd Cidw i mewn yn ddyfn ben arall y lein. Hwn oedd y ciw y bu'n disgwyl amdano.

'Well, as it happens I'm in a dough throwing gaff right now on a bit of business, gents. I'll send you a couple of twelve inchers over if you like, complimentary of course.'

Chwarddodd Harry tros ei ffau, 'I bet Jiffy would love that, Cidw!' A gofynnodd iddo yrru y ddau *meat feast* mwyaf oedd ganddyn nhw yno draw atynt.

Neciodd Cidw ei ddiod a rhuthro allan trwy ddrws y Golden Lion nes fod cynffon ei gôt laes yn codi ar ei ôl fel *cape Batman.*

Daeth Meri trwy ddrws ei stafell yn y trafyloj yn chwys drybola ar ôl llusgo'r cês trwm ar ei hôl, tra fod Les yn y stafell folchi yn trio sgwrio'r inc oddi ar ei wefusa a'i dafod.

'Wot e dê dwi wedi gal Leswold! A dwi angan drinc mawr i chdi gal dallt! Estyn bebi-sham i dy fam o ffrij usynt ut... Dders e gwd lad!'

Synnwyd hi pan welodd o'n dod allan o'r stafell folchi hefo streips coch ar draws ei wynab a hannar *eyebrow* ar goll.

'Wel am olwg! Yr hen selotêp 'na, ia?'

Nodiodd ynta.

'Sglyfath o hen beth stici! Ond da iawn chdi mai licyl synshain.' Pinshiodd ei foch.

'Aw! Blydi hel ddynas, let mi bî wul iw! Aeth bob dim yn iawn i chi ta be?'

'Ôl feri gwd, dwi 'di cal yn modrwya ni'n ôl 'fyd. Estyn di ddrinc i mi gynta, and ai wul tel iw efrithing wedyns.'

Tynnodd Meri ei wig melyn a chrafu ei phen fel *chimp* efo llau. Neciodd botal fach o Babycham mewn dau lwnc a pharablodd bymtheg y dwshin am brofiadau ei diwrnod, cyn i Les ofyn faint gafodd hi am y felltan.

'Thyrti grand,' gwenodd. 'A gan nad ydi y gweddill ohonyn nhw'n gwybod hynny eto, dwi am gadw pum mil ohono fo i ni'n dau gael mynd am holides all inclusive mewn hotel ddruds yn rwlas ecsotig, a hynny wudd ôl ddy trimings a traeth!'

'No wê myddyr, fedran ni ddim!'

'Dwi 'di dynnu fo allan yn barod so shyt ut...'

Doedd 'na ddim symud i fod arni ac mi wyddai Les hynny.

'Lle uffar ydach chi wedi bod tan rŵan ta? O'n i'n getting wyrid sic amdanach chi fan hyn!'

'Wel yn y bingo siŵr dduw!'

'Be? Hefo thyrti ffocin grand mewn siwtces?!'

'Twenti ffeif!'

'Myddyr, fedrwch chi ddim deud clwyddas wrtha nhw siŵr. Ffor ffyc mi meri adams! Dwyn 'di peth felly...'

'Blydi hel, ai af hyrd ut ôl rŵan usynt ut! Yma i ddwyn ydan ni gyd beth bynnag, ia ddim! Estyn botal bach arall i mi.'

Ar hynny daeth gweddill y criw yn un rhes drwy'r drws, a chroesawyd Meri Jên fel brenhines nôl i'w plith. Bywiogodd hithau trwyddi wedi'r fath groeso.

'Ffwcin hel Leswold! Ti 'di bod drwy winsgrin ne rwbath?'

'Cau hi nei di, Carbonara, cyn mi roid chdi drwy ffenast fan hyn hed ffyrsd.'

Aeth Antonia draw ato a dechrau rhwbio Nivia yn dyner dros ei wyneb hannar ael.

'Ahhh! At lasd, ffwcin lyfliiii. Diolch ti, Toni!'

Yn ffau danddaearol Harry O'Carrol, mi oedd y pen bandit dan ddylanwad brandi drud erbyn hyn, a Jiffy yn gorfod gwrando arno yn canmol ei hun am sut oedd o a'i gwmni wedi sgriwio'r banciau mwyaf yn y ddinas fawr, a rŵan, ei fod o ar fin dwyn dros filiwn o bunnoedd mewn aur oddi ar ei archelynion. Hiwmrodd Jiffy o yn llwyr drwy ei ganmol i'w lygaid di-enaid.

Daeth sŵn *buzzer* drws y ffau. Trodd Harry i edrych ar ddrych enfawr ei swyddfa. Gwasgodd y botwm i ddangos y camerâu cylch gyfyng oedd ganddo'n gorchuddio pob modfedd o fewn Herring Bone Mews a phob blewyn o laswellt yn yr ardd fawr tu allan.

'I've got everything covered here, as you see.' Gwasgodd ar lun o Jethro y tu allan i'w ffau. Pwysodd fotwm i'w adael i mewn. Daeth Jethro â dau bitsa enfawr mewn bocsys, a'u gosod ar ddesg ei fos.

'How's the chess coming along, Jethro?'

'Fine boss, thank you.'

'Good, just you remember this, I don't pay you to play fuckin tiddly winks while I'm out on business. Next time, I'll send both of you to where you really belong. Now fuck off, back on your watch.'

Nodiodd Jethro a gadael y stafell heb droi ei gefn arno.

'If you don't mind me saying, Harry.'

'Speak your mind, Jiffy. You usually do!'

'Well I think it's the worst thing you can do to a human being.'

'What is?'

'Oppressing their freedom by crushing it, I'd much rather be strung up personally.'

Cododd Harry o'i gadair croen siarc a gwasgu gwddw Jiffy nes fod gwythiennau ei dalcian yn dangos. Poerodd ei wylltineb i dwll ei glust.

'Unless your fuckin' crew delivers, I promise you, I'll string you up personally. Buisness is business after all. And I'm the one who has to clear up this stinking lump of turd that's between you and Terry Huston's firm... Now you behave like a good boy and fuck off back to your room!'

Estynnodd Jiffy am y bocs pitsa efo *'speciality'* wedi'i sgwennu mewn ffelt tip ar y caead, a gadawodd y stafell gan ymddiheuro i Harry yn ffug ofnus a gwasaidd.

Yn stafell 28 Llys y Gwynt, cawsant wybod mêc a rhifau gwneuthuriad y sêff a datgelodd Meri faint o arian a gafodd gan Julian am y deimond. Toedd Les ddim yn gwybod lle i edrych wrth iddi drosglwyddo y siwtces i Aldo. Llongyfarchwyd hi'n dwymgalon ar ei gwaith ysgubol. Cododd hithau o'r holl sylw a dweud ei bod hi angen glychu ei chyrlan gan fod y Babycham dwytha wedi mynd syth drwyddi ar ôl y fath egseitment.

Aeth Mici ag Aldo drwy'r cynllun gam wrth gam a rhoi eu hamcangyfrif o'r teimings ar gyfer y lladrad. O'r *intel* a gawsant, byddai'r holl aur sgrap o Llundain yn cyrraedd Cei Connah nos fory ar gyfer ei doddi. Wedi iddo oeri, byddai'r bariau melyn yn cael eu cludo i siop Julian yn Fangor er mwyn cael eu stampio.

'Sydd felly yn rhoi cwta ddeuddydd i ni baratoi cyn mynd amdani,' meddai Aldo.

Aethant ati i ymchwilio'n drylwyr i gefndir Mr Erik Henderson, perchennog ffactri Sterling Safes Ltd yn Walsall a buont wrthi'n ddygn yn paratoi y planiau, a chreu IDs ffug, cyn argraffu llu o ddogfennau celwyddog.

Noson ddigon di-gwsg ac aflonydd gafodd y criw i gyd y noson honno. Roedd gan Gronw ofn aros yn y ffermdy ar ben ei hun, felly aeth draw i gael lloches yn static ciarafán y fusutors yn cae cefn a rhannu gwely tamp hefo twelf bôr, dwy gatran dan ei glustog a Ffred wrth ei ochor i'w gadw'n gynnas.

Cydiodd Mici yn ei glustog a chau ei lygaid wrth i raeadrau o emosiynau lifo drwy ei ymennydd pan glywodd lais ei wraig yn ateb ei alwad. Edrychodd i fyny ar y to *artex* a gyrru pader o ddiolch trwyddo.

Sibrydodd yn addfwyn i ddweud ei fod o'n deall ei phenderfyniad, ond cyn iddi hi fynd gam ymhellach gyda'r papurau ysgariad, ei fod o'n llawn sylweddoli erbyn hyn na fedrai hi gario ei faich a'i fod o ar ei ffordd i'r Alban i gael help mewn ysbyty i gael at wraidd ei hedffycs unwaith ac am byth. Addawodd iddi, unwaith y byddai'n gorffen y driniaeth gyntaf, y byddai'n barod i drafod eu dyfodol wyneb yn wyneb.

'Dos di am y driniaeth, a na'i siarad efo chdi yn iawn pan ddoi di nôl adra.'

Gwasgodd Mici'r glustog yn galetach.

'Diolch ti pish. 'Run lleuad welwn ni de, lle bynnag ydan ni.' Mygwyd o gan gwfwl o euogrwydd wrth anadlu mewn yn siarp a sychu ei ddagrau. Gwyddai fod rhaid iddo symud pethau ymlaen iddo'i hun, a'i griw.

Agorodd ei botel o Benderyn a mynd draw at y ffenast gilagored a'i thywallt allan yn bistyll i'r morgrug a'r malwod gael meddwi.

Goleuodd ei ffon.

Be di'r manouvers ta Sarjiant? B.L.x

Atebodd.

Blue Tack x

Ffliciodd Carbo ei smocsan drwy gap y ffenast a bu'n troi, trosi a thuchan am yn hir iawn yn ei wely wrth i'w feddwl hopian fel llyffant o un peth i'r llall. Gwrandawodd ar *doppler effect* trafnidiaeth yr A55 a chenllysg cynnar mis y ddraenen wen yn taro ar doea y ceir yn y maes parcio. Er mwyn trio setlo, triodd gyfri faint o wledydd oedd o wedi dwyn ceir ohonynt. Cynhyrfodd drwyddo wrth gofio am y clôs shêfs a gafodd efo'r *customs*. Cafodd hergwd penelin gan Antonia yn ei gefn i'w lonyddu. Trodd ati a gosod cusan ysgafn rhwng llafnau noeth ei hysgwyddau a sishal i'w chlust ei fod o yn ei charu hi, o'r edrychiad cyntaf.

Syllodd Antonia ar y cyrtans brown heb ei ateb. Cronnodd ffrwd o emosiwn yn ei llygaid gwyrddlas a throdd y cyrtans plaen yn batrymau lliwgar.

Mi oedd huwcyn cwsg filltiroedd o feddyliau'r rhan fwyaf o'r criw, ac er gwaetha'i hun, yfodd Aldo yn hegar o'r ail botal win coch a phwyso'i dalcian yn erbyn ffenast i'w oeri. Syllodd allan i'r gwyll fel bwji caeth. Cymrodd jochiad ddofn arall a mynd i eistedd ar y potyn cachu i gael ennyd o dawelwch meddwl. Cododd ei fobail a gweiddi arno. 'Cym on, cym on, plis cysyllta!'

Ond mud oedd ei fyd nes y clywodd Les a Meri Jên yn chwyrnu cysgu drws nesa fel dau *walrus* bodlon. Cymerodd ddracht arall o wddw'r botel. Gwyddai na ddylai, ond mi oedd y corcyn allan ers meitin, a hynny yn ddigon o esgus iddo gario ymlaen i'w gwaddod, a chael rheswm i estyn am un arall.

O'r diwadd, glaniodd negas ar ei fobail.

Ffonia fi. J

Galwodd y rhif yr eiliad honno. Atebwyd o gan adlais o guriad ei galon.

'Ffwc o pitsa gan Cidw, chwara teg iddo fo!'

Cododd Aldo o'r potyn.

'Gest dio felly?'

'Do. Ffycin genius Aldo. Welish i'm mobail mor fach rioed. Ffôns jêl ma nw'n galw nhw de? Ma'n llai na bocs matshis sdi. Briliant! Ond raid i mi gadw'n llais i lawr ocê?'

Mi oedd y cyffyrddiad lleisiol yn dolennu eu cylch cariad am y tro cynta ers tro a phob ebwch a gair yn atgyfnerthu'r ddealltwriaeth a fu. Ond trafod i glymu llinyn y cynlluniau oedd raid ac nid llinynnau'r galon.

◆

Gadawsant Fangor dan rimyn cyntaf y wawr gan wynebu ei goleuni llachar yr holl ffordd i ochra Birmingham. Tawel oedd y ddau erbyn hyn wedi iddynt ymarfer eu *patter* plismyn droeon a sortio pob *if and buts* posib, a chofio mai D.I. John Taylor, a D.S. Carmela Fuentes fyddent am yr oriau nesaf.

Chwipiodd Mici y Renj Rofyr yn ei flaen i lawr yr M6 a chymryd y jyncshon am Walsall fel tasa wedi bod yno droeon.

Tynnodd Antonia y feisor nôl lawr, chwistrellodd bersawr, a chau botwm top ei blows wen o dan ei siwt borffor dywyll deuddarn. Taenodd finlliw coch tywyll yn ofalus tros ei gwefusau a rhoi ID D.S. Carmela Fuentes rownd ei gwar.

Taflodd Aldo oriadau'r *transit* i Carbo tra oedd o'n gylpio o botal ddŵr gyfan am fod ei ben o'n clecian. Neidiodd y ddau i mewn a dreifio draw i bigo Les a oedd yn hannar cysgu yn erbyn ffrâm drws y trafyloj.

Canodd Carbo ei gorn.

Ymlwybrodd Les atynt gan ddylyfu gên.

'Lle ydan ni'n mynd ta, Aldo?'

'Travis Perkins, Les. Ma gynnon ni ffwc o list hir o geriach i'w bigo fyny'.

'Iawn, streipi ffês?'

'Ffyc off Carbo! Dio ddim yn ffyni iown.'

'Yndi mae o, neidia mewn Leswold, cofn ti ddychryn pobol.'

Parciodd Mici y Renj Rofyr reit o flaen drws swyddfa ffactri Sterling Safes Ltd yn Walsall, a thynhau ei dei.

'Mae hi fatha'r hen ddyddia eto dydi, Tôn?'

'Dwi'm yn siŵr iawn os dwi'n licio'r hen ddyddiau erbyn hyn!'

'Hon ydi'r joban olaf, garantîd i chdi.'

'Ha! Dyna ydan ni'n ddweud bob blydi tro! Pryd ddiawl ma'r holl beth ma'n mynd i orffan dwi isho'i wbod?'

'Wel, mae hynny fyny i chdi a fi ŵan yn dydi? Tyd, let's go to work, ia!'

Cerddodd y ddau gydag arddeliad i mewn i'r dderbynfa a gofyn am gael gweld y rheolwr. Wrth i ddyn y risepshion ddechra holi pwy oeddant a be oeddan nhw isho yno, daliodd Mici ei gardyn ID a'i lun o'i flaen. Dywedodd yn reit blaen nad oedd ganddyn nhw unrhyw amser am introdycshyns ffurfiol ac os na fyddai'n cysylltu â *top man* y ffyrm reit sydyn, mi fyddai gweddill y *flying squad* yn fflio mewn trwy'r drws yn *fully armed*, a chau y ffactri lawr am wythnos.

Gwasgodd dyn y risepshion rif swyddfa ei fos ar ei union.

Aeth Gronw i gyfarfod â'r hogia yn Travis Perkins mewn lori tipar a gafodd fenthyg gan y wariars o fferm Cae Hetar. Llwythwyd trwmbal y tipar gyda thair tunnall o dywod mewn dim, a chlymodd Carbo beipiau hirion i'r baryn uwch y cab, tapio'r to a neidio i ffwrdd.

'Ôl on bord, giaffar.'

'Tan dy fendith di, machgian i. Wela'i chi nes mlaen!'

Gyrrodd Gronw y pyramid o dywod a'r peipiau draen yn ôl am Fwlch y Gloch. Cariodd Aldo a Les eu hoffer mewn i gefn y *transit*. Rhaffau, *head torches*, ofyrols duon, *connecting brackets* i'r peipiau a chasgliad helath o gloeon drysau.

Talodd Aldo am y gybins a gadael yr iard adeiladu i nôl brecwast iddynt o'r caffi agosaf, gan fod Les wedi dechra cwyno fod ei stumog o'n rymblo, a'i fod o angan gwagiad a ri-ffiwal. Gwyddai y Capdan mai hanfod pob criw da ydi eu bodlonrwydd, ac os digwydd i'r hwyliau llawn awelon teg droi yn gorwynt di-rybudd a rhwygo'r canfas, byddai ei griw yn dilyn ei ordors, heb iddo orfod gofyn.

Estynnwyd dwy gadair i Antonia a Mici. Ond sefyll wnaeth Antonia a chyflwyno Detective Inspector John Taylor o Scotland Yard i reolwr y ffactri sêffs. Gosododd Mici ffeil o'i flaen gan esbonio ei fod yno ar ran y Specialist Crime Division, a fod D.S. Carmela Fuentes yno ar ran Heddlu Gogledd Cymru, a'u bod wedi ymuno er mwyn trio cracio cylch o ddrwgweithredwyr. Dangosodd Mici y gwaith papur iddo, gyda myg shots o ddynion peryg yr olwg, a sawl dogfen ffug arall. Edrychodd y rheolwr ar y ffeil fel tae drychiolaeth ei hun wedi'i lapio yn sownd i'w gadair *executive* ledar. Argyhoeddodd Mici o nad oedd angen iddo styrbio o gwbwl, gan nad oedd o, fel rheolwr y cwmni, na neb arall oedd yn gweithio i Sterling Safes Ltd mewn unrhyw helbul. Y gwir oedd eu bod nhw yno ar ei ofyn o yn anad dim, os oedd o'n fodlon cydweithredu.

Sychodd y rheolwr y dafnau chwys o'i dalcen gyda hances wedi ei himbrodio efo'i inishials a gafodd gan ei wraig fel rhan o *grooming set* a *hamper* o Fortnum and Masons 'dolig dwytha.

Cymerodd D.S. Fuentes yr awenau. Dechreuodd fwydo manylion i'r rheolwr am yr 'extremely dangerous criminals' oeddan nhw ar eu hôl. Y rhain a lwgrwobrwyai bobol ddiniwed i gadw eu harfau a'u technoleg *encrypted* dan glo a hynny ymhell o'u busnesau eu hunan rhag ofn i'r heddlu eu canfod. Un o'r bobol a gâi eu llwgrwobrwyo gan y *criminals* oedd gŵr o'r enw Mr Julian Giles, gemydd o Fangor.

'Can I ask what exactly these crooks are hiding in the poor man's safe?'

'I'm sorry, but this is a sensitive matter regarding national security.'

Aeth llygaid y rheolwr yn enfawr wrth wrando. Taflodd Antonia yr abwyd ato.

'But Mr Henderson, if you are willing to co-operate with us, this could be a big bonus for you, and your business.'

'Oh… I see.'

Daeth Mici i mewn reit on ciw. 'And as we know from our intelligence already, you have the details and the codes for every safe that you manufacture on site here don't you?'

'Well yes, obviously… Every customer have their records and codes kept here under lock and key, just in case they need them in an emergency.'

'Of course.' Ategodd Mici gyda gwên lydan. 'So Erik, sorry, you don't mind us being on first name terms do you?

'No, not in the slightest.'

'Roger that… So Erik, we need the combination to open the safe in Mr Giles's office… so our team can access it covertly without damaging the vital information we need within, and of course we'll endeavour to keep your client completely out of the equation for the time being, for his own safety!'

'Yes, I see what you mean.'

'The information within Mr Giles's safe may lead us into the heart of this evil organisation.'

Edrychodd y rheolwr nôl arno fel tae ar fin cachu cactys. 'Oh dear me… Yes, yes indeed.'

Gwenodd D.S. Fuentes arno. 'But of course, if you agree to assist us, and we are able to prosecute the criminal syndicate connected to this case, well, that would obviously leave you amongst the very privileged few, Mr Henderson.'

'I don't quite follow.'

Edrychodd Antonia draw at Mici.

'Between you and me, my superiors would have no objection at all in putting your name forward to be honoured in some way, that is, if we are successful in prosecuting.'

Cynhyrfodd Erik yn bot. 'What do you mean? A medal of some sorts?'

Nodiodd y ddau arno gyda'i gilydd.

'What do you think, D.S. Fuentes?'

'An MBE maybe, for his services to our national security.'

Goleuodd ei lygaid fel dwy sbotleit. 'Seriously?'

'Seriously Mr Henderson. We are dealing with a very serious matter here!'

Pasiodd Antonia ffurflen arall draw iddo.

'Here's the registration number for Mr Giles's safe, once you provide us with the combination, we can access it safely, and gather the crucial evidence we need, put these nasty fuckers bang to rights.'

Cododd Mici ei aeliau.

Syllodd Antonia ar y gŵr diniwed, a'i swyno fatha'r neidar honno sydd ar y sbeshal bransh yn jyngyl bwc.

'So we may protect innocent hard working citizens, like yourself'.

Cynhyrfodd Erik trwodd, a dechra blincio fel y diawl.

Sleidiodd Mici ffurflen arall ato. 'But first, you must sign this form to confirm that you are willing to assist us.'

'Of course! What is it?'

'The Official Secrets Act, Erik, and a sure fire ticket for an invitation for yourself, and your good wife to Buckingham Palace, no doubt.'

Roedd bachyn gloyw yr abwyd yn sownd styc yn stumog

y rheolwr. Estynnodd am ei ffownten pen i'w harwyddo, heb brin edrych dros y ffurflen.

Roedd hi'n fora godidog ym Mwlch y Gloch – yr olygfa i lawr i gyfeiriad Aberdesach fel cardyn post a'r heli'n adlewyrchu'r cymylau bach cotwm a hwyliodd i'r glannau tros glytiau o gaeau gwyrdd-felyn Ynys Môn.

Tynnodd Gronw ddwy beipan blastig o gefn y tipar a bu bron iddo faglu tros Ffred wrth eu cario.

'Tendia dan draed rywun, wir dduw, Ffred!'

Clywodd sŵn corn *transit* yr hogia yn dod dros y bryncyn a diolchodd am gael eu cwmni ar y fferm unwaith eto.

Ar ôl cael panad o de cryf o'r tebot, aeth y pedwar ati i fesur a llifio y peipiau draen i'w meintiau priodol. Tra bod Les yn drilio dau dwll i dop gwddw y beipan hiraf a Gronw ac Aldo yn ei dal yn ei lle iddo, dechreuodd Carbo floeddio trwy un o'r peipiau nes fod ei lais yn atsain lawr y dyffryn hardd.

Gorffennodd Gronw, Aldo a Les eu gorchwylion a throi ei sylw ato. Canodd Carbo nes fod ei larincs yn clecian a thwll ei din o'n crynu.

'Dydi trên bach yr Wyddfa 'im yn mynd â jacos fyny nac i lawr. Dydi trên bach yr Wyddfa 'im yn mynd â jacos fyny nac i lawr, dydi trên bach y Wyddfa 'im yn mynd â fusutors fyny nac i lawr! Am ei *bod* hiiiiii wedi torri i la-*ha-ha-ha ha*-hawr! Iaaaa ffwcin hwwwww!'

'Jymping jisys of Jeriwsalem! Bu dawal Carwyn Robaitsh, cofn ti ddeffro'r meirw 'na sy'n mynwant Gwalchmai!'

Cariodd ymlaen i floeddio drwy'r beipan. 'This is Welsh Water calling Liverpool. This is Welsh Water calling Liverpool.

There is no water left in Wales because you have drunk every dropsan so from now on…' Rowliodd chwerthin fel hurtun lloerig. 'You must drink you own piss!' Ysgwydodd Les ei ben mewn anghrediniaeth.

Canodd ffôn Aldo ac aeth i mewn i'r giarafán fusutors i gymryd yr alwad i gael eiliad o dawelwch o glochdar Carbo. Tynnodd ei fobail o'i bocad. Collodd ei galon guriad pan welodd pwy oedd yn galw.

'Haia Jiff! Ôl gwd?'

'Dwi'n cymyd y cyfla i ffonio chdi rŵan yli, achos ma Harry 'di mynd allan ar fusnas eto i rwla. Sud mae petha'n mynd fyny fanna ta? Ydach chi wedi gal y cyfla i drafod sud i nghal i allan o fan hyn eto ta be?'

Toedd gan Aldo ddim ateb i'w ail gwestiwn gan fod ei holl feddwl wedi bod ar be oedd yn digwydd efo'r paratoadau.

''Dan ni'n gweithio arno fo…'

'Wel, ma hi'n job on i chi nos fory dydi?'

'Ffocin hel! Wn i hynny cystal â neb Jiff! Ma hi'n pedal to the metal arna'i fan hyn fel ma hi a dwi'm 'di clywad sud mae pethau'n mynd efo Toni a Mici yn Walsall eto. Yli, ffonia fi'n ôl heno ocê pan ma hi'n saff i chdi neud, fydda i'n gwbod mwy 'radag hynny… A paid â poeni…' Llyncodd ei boer. 'Weithia'i rwbath allan, saff ti.'

'Dwi'n gwbod y gnei di, yli ma raid mi fynd, cofn mi gal copsan…'

'Iawn!… Aros di yn saff i mi Jiff… A cysyllta pan fedri ia!… Dwi o hyd yma i chdi.'

Diffoddwyd yr alwad.

Mi aeth Aldo yn chwys oer drosdo, a thriodd gadw ei ben mewn un darn. Sylwodd wrth godi i adael fod pyjamas Gronw ar wely y giarafán. Tynnodd y blancedi o'r neilltu a chanfod twelf bôr a dwy gatran o dan y glustog. Suddodd ei enaid fel engan i'w sodlau. Trodd am y drws.

'Ffocin hel, Dad. 'Dach chi wedi bod yn cysgu'n fan hyn do?'

'Do yn tad mawr.'

'Pam?'

'O'n i ffansi brêc bach o'r tŷ 'cw weldi. Holidê bach a gan fod y giarafán yna i mi, wel, pam ddim yn te!'

Cododd gyfog gwag i geg Aldo wrth sylweddoli yr holl loes roedd o wedi'i greu.

Chwistrellodd Carbo a Les ddôs go dda o WD-40 lawr drwy pob peipan a chaewyd eu pennau â cling ffilm a *gaffer tape* i gadw'r slic oddi fewn, a'u clymu'n ôl yn dwt ar gefn y tipar llawn tywod. Aethant drwy weddill eu rhestr hir o siopa yn ofalus, a gwneud yn siŵr fod y tortshis pennau a'r *walkie talkies* wedi eu preimio ac yn barod amdani, a fod pob dim arall o'u cyfarpar yn hollol *shipshape*.

Canodd cloch y ffôn uwchben drws y ffermdy. Rhedodd Aldo nerth ei draed am y tŷ i'w ateb.

'Helo Bwlch 387...'

'D.S. Carmela Fuentes calling en route nôl i HQ hefo'r gwaith papur!'

'Bruliant sus, ffocin bruliant! Da iawn chi!'

Clywodd lais Mici yn y cefndir.

'Gynnon ni lot ar ôl i sortio, felly deud wrth bawb i fod ar stand by 18.30 hours heno. Welwn ni chi toc.'

Daeth Gronw i mewn i'r parlwr ato'n llafurus.

'Mae hi'n ôl systems go, Dad. 'Dan ni wedi cael be 'dan ni angan!'

'Iesu gwyn a dau geiliog, gad mi ista 'mi gael 'y ngwynt ataf am funud nei di, fachgian? Ma nghefn i fatha stwffwl rôl cysgu yn y blydi giarafán damp 'na.'

'Ylwch, dwi'n sori am roi bwganod yn ych pen chi, ond dwi'n trio ngora i sortio'r shit 'ma i gyd allan, ocê?'

'Wn i hynny ngwashi.'

'Well ni gario mlaen felly yn bysa?'

Cododd Gronw i agor y cwpwrdd cornel. Estynnodd rolyn o bapur wal blodeuog a thaenodd yn ofalus wyneb i waered tros y bwrdd a'i ddal yn ei le ar pob congol efo potal sos coch, jar o bicyls, a phupur a halan. Pashodd y ffelt tips a llathan o bren mesur o'r pentan er mwyn i'w fab ac yntau ddylunio yr olaf o fanylion y cynllun oedd gerbron.

Ymfalchïodd Meri pan gafodd dincyl gan Antonia i ddweud ei bod hi'n disgwyl amdani tu allan i'r trafyloj gan ei bod wedi syrffedu trio cyfri pob un tenar a twentar o'r ffôr thowsand nain hyndyred and twenti sefn cwid oedd yn weddill o'i phres Bingo.

Sodrodd ei thin yn ymyl Antonia yn y car a deud ei bod hi wedi bod yn bôrd tw buts ac wedi disgwyl yn ei stafell drwy dydd yn geshio'r necsd mŵf. Ategodd gyda'r un gwynt na fedra hi aros i ddychwelyd nôl i Trenshtown at Shandy a Bentley y licyl dogis pan fod hyn i gyd drosodd.

Nesaodd y car at Fwlch y Gloch. Carlamodd Ffred y ci defaid a'i dafod allan drwy'r caeau. Dilynodd yr afonig fechan lawr at fwa pont afon Crawan a gludai'r lôn bost. Llamodd dros ei meini cyn i Antonia gael cyfla i gamu allan o'i char i agor clicied yr adwy bren. Neidiodd Ffred i mewn i'r car atynt, cydiodd Meri yn ei handbag trwm, a'i wejo rhwng ei choesa.

'Jesus ôl meiti.'

'Ffredrico fi ydi'r hogyn bach yma chi, Meri!'

'Wel helô, mai lyfli licyl dogi.' Roedd Meri wedi mopio'n lân wrth ei fwytho a neidiodd Ffred nôl a blaen ar y seti cefn gan udo'n uchel a'i gynffon yn troelli fel melin wynt mewn storm.

Agorodd Mici ddrws ei gar yn fonheddig i Bili Lwgwns ar gei Y Felinheli. Gosododd hithau ei rycsac a'i rhaffan ddringo yn ofalus ar y sêt gefn. Anadlodd Mici falm aer y ffridd yn ddyfn drwy'r ffenast wrth ddreifio'r lonydd cefn rhwng gwrychoedd llus a'r eithinen sy'n cadw cyfrinach pob un aeth heibio.

Holodd Bili a oedd yna rywbeth y dylai hi wybod o flaen llaw cyn cyfarfod y criw. Trodd Mici ati a dweud eu bod nhw i gyd yn *front line* wariars ond iddi gadw llygaid ar y ieuenga ohonynt gan ei fod o'n gallu bod yn 'chydig o *live wire*.

Chwarddodd hithau'n iach. 'Leif weiars ydi mhetha fi de a'r newyddion da sgin i i chdi ydi dwi 'di ffendio'r lle mae'r point of impact yn mynd i fod ar y noson.'

'Siot. Yn lle?'

'Mae'r transfformar ryw ganllath o substation Farah Road.'

'Ffwcin bravo Bili.'

Gwenodd ei gorpral arno wrth droi y radio ymlaen. Daeth sain gitâr beryg Jimmy Hendrix drwy'r sbicars. Trodd Bili y sain yn uwch.

'Wyt ti'n cofio hon ta?'

Agorwyd stafelloedd cefn eu meddyliau fel drws ochor y *chinook* a'u cludai uwch anialwch oren Affganistan, a'u dychwelyd gyda darnau o ambell filwr wedi'r frwydr.

Cyd-ganodd y ddau heb edrych ar ei gilydd.

'There must be some kind of way out of here, said the joker to the thief!'

Tros rinog y llechan a naddwyd yn bant dan wadnau canrifoedd, cyflwynwyd Bili i'r giang ddethol ym mharlwr tân Bwlch y Gloch. Neidiodd llgada Carbo mewn ac allan pan ysgwydodd law â hi, a chafodd ddyrtan gan ei gariad am wneud y peth mor amlwg i bawb.

Cymerodd pawb eu seddi rownd y bwrdd derw er mwyn i Mici ac Aldo gael cyfla i esbonio beth fyddai swyddogaeth Bili ar y noson. O'r diwedd, roedd darnau mân y darlun yn dechrau disgyn i'w lle a phob un yn ysu i gael gweld y cynllun cyflawn.

Cododd Gronw a'i fab ac agor y rholyn mawr o bapur wal patrwm blodau piws a melyn yn agored dros y bwrdd o'u blaenau. Stydiodd y criw y cynllun o stryd fawr Bangor oedd wedi ei ddrafftio yn grefftus ar gefn y papur. Sylwodd Carbo fod siop y gemydd a'r maes parcio cefn wedi eu dylunio mewn mwy o fanylder mewn inc coch a du.

Estynnodd Gronw dri bocs o fatshis o'r pentan a'u gosod yn eu priod lefydd ar y cynllun o bensal a ffelt tips.

'Y rhain sy'n cynrychioli ein transbort ni nos fory gyfeillion. Y bocs matshis efo llythyren A arno fo ydi car Mici a Bili, bocs B yn fanna ydi transit yr hogia, a bocs matshis C sy 'di barcio rownd gornal yn fan hyn ydi'r lori tipar fydda i yn i dreifio. Geith Aldo arwain ni mlaen fo'r plania o fan hyn.'

'Diolch ffaddyr. Iawn ta, unwaith fyddan ni gyd yn ein safleoedd...'

Cododd Carbo focs B a thynnu matshan allan ohono i wneud baril tanc ar flaen y blwch tanio.

Mylliodd Mici. 'Ffor ffyc sêcs, Carbo! Dyro fo'n ôl lle mae o i fod ia! A gwranda!'

Gwenodd Bili a thynnu'r baril pen-goch allan yn araf o'r bocs matshis, a'i roi rhwng ei gwefusau gan syllu'n syth ato.

'Wedi egseitio mae boy soldier swn i'n ddeud,' chwarddodd Bili.

'O… sud 'lly?' meddai Carbo'n llawn brafado wrthi.

'Fyddi di angan lot mwy na matshan fach i ddelio fo fi y sgilffyn. A cyn ti danio'n ôl ata'i, sim raid i chdi drio profi dy hun i ni o hyd sdi. Hynny ydi, os ydi o gen ti go iawn yn de!' Gwenodd a winciodd yn araf arno.

Taniodd llygaid Antonia felltith tua'r ddau.

'Helo? *Ground control to major Tom*!… Yda chi'ch dau hefo ni yndach? Pawb i ganol ffwcin bwyntio ar y plan, ia plis!

Gosododd Carbo y bocs matshis nôl ar ben y stryd fel plentyn drwg 'di cael copsan arall.

'Caria 'mlaen bredrin.'

Pwyntiodd Aldo at Carbo. 'Meddylia am y cloeon, ddim dy goc am unwaith, ia Carbo…'

Darostyngwyd Carbo'n llwyr.

'Iawn ta. Faint bynnag o aur a cash fydd yn y sêff yna nos fory, does gynnon ni ddim mwy na pymthag munud i'w gael o i gyd allan o'r adeilad. Felly mae'n *rhaid* i ni gael y baria trwm melyn 'na allan yn y ffordd gyflyma posib, yn does?'

Amneidiodd pawb wrth sylweddoli goblygiadau yr orchwyl enfawr ac fe drafodwyd cynsail y cynllun rhyngddynt ymhellach. Toc, cynigiodd Meri *mint imperial* i bawb o boptu'r bwrdd. Gwaredodd Aldo pan aeth bawb ati i estyn un o'i bag papur.

'Jaisys, 'dan ni di bod wrthi am ddyddia yn trio rhoi hyn at ei gilydd, chi? Felly newch chi gyd hoelio'ch holl sylw ar hwn os gwelwch yn dda!' Plygodd pawb eu pennau'n ôl i lawr at y cynlluniau fel taen nhw mewn cwrdd gweddi. Cymrodd Les fint arall gan ei fam dan bwrdd.

'Ma ni ta...' Pwyntiodd Aldo ei bren mesur ar y papur plania. 'Fydd Meri Jên yn ista yn ffenast ffrynt yr Harp yn fan hyn i gadw llygad ar y stryd i ni ocê, ac mi yrrith decst i mi pan fod hi'n glir i ni ddechra arni, yn gwnewch Meri?' Nodiodd hithau. 'Gan yn bod ni'n mynd i fod ar wahân, mi fydd Antonia, Mici a finna mewn cysylltiad parhaol drwy'r walkie talkies i'n clustia. Y ni fydd yn rheoli a chadw amsar yr holl operyreshiyn, iawn?'

Dechreuodd Aldo fynd trwy'r weithred gam wrth gam drwy sleidio ei focs matshis i fyny'r stryd lle byddai'n gollwng Carbo, Antonia a Les tu allan i'r siop. Mi fyddai gan Carbo funud a hannar i agor y clo clap oedd ar waelod shytar y siop gemydd. Unwaith y byddan nhw'n barod i fynd i mewn, byddai Antonia yn cysylltu hefo Mici a Bili i ddechra ar eu gwaith.

Tynnodd Bili y fatshan oedd rhwng ei gwefusa a thanio'r pen coch gyda'i gewin a'i dal rhwng ei bysedd fel cannwyll fechan. Syllodd Carbo ar y fflam yn tyfu wrth i'r coesyn losgi i'r gwaelod. Gwenodd Bili arno a'i chwythu allan cyn llosgi ei bysedd.

Gwasgodd Mici glun Antonia dan y bwrdd, a wincio arni rhag iddi ffrwydro.

'Reit ta trŵps, here we go ta ia? Heads down ladies and gents.'

Gyrrodd Mici ei focs matshis o'i safle, i lawr y stryd nes cyrraedd y maes parcio cefn lle byddai Gronw yn aros amdanynt efo'r lori tipar a'r peipiau draen. Symudodd Aldo ei focs matshis o du allan siop y gemydd i lawr y stryd ac ymuno â nhw yno, gyda'r gobaith y byddai Carbo a'r ddau arall wedi cael i mewn drwy ddrws y siop ac yn barod i agor y sêff.

'O ia! Tra dwi'n cofio… Paid â cal dy demptio i fachu dim byd arall or sêff 'na, iawn Carbo. Gad y gweddill lle mae o.'

'Ond be am y deimond Mic?'

Torrodd Aldo ar eu traws.

'Tyd â hi os ydi hi yna ond paid â wasdio dy amsar yn chwilio amdani, ma rhaid i ni gofio fod batris bac-yp yr holl laryma sydd yn y siopa erill yn mynd i gicio mewn ar ôl y glec, ond 'dan ni yn gwbod na fydd 'na'r un camra yn gweithio, a dyna 'dan ni isho… Ond cofiwch, buan iawn eith hi'n ffwcin chaotic ar y stryd fawr hefo'r holl laryma yn mynd a mae'r cops bownd dduw o gael eu hudo yna fel blŵ botyls at lwmp o gachu. Cynta'n byd fyddan ni mewn ag allan, gora'n byd i ni gyd gal sgidadlo'i ona hefo'r gwds.'

Dylyfodd Meri ei gên. 'Reit dwi'n shatyrd, felly mond gobeithios ut ôl goes tw plan usynt ut, neu fyddan ni gyd ar yr uwd yn byddan?' Cododd Meri ei chwpan. 'Felly gwd lyc i bob un and efri wan of us dduda i.'

Cododd gweddill y criw eu cwpanau.

'Mi wawn ni drefnu pan fydd yr amser yn iawn i ni gwarfod i rannu pres y deimonds a gwerthiant yr aur a gân ni gyd fynd ar holides bach tra 'dan ni wrthi,' meddai Gronw dros y cynnwrf.

Pleidleisiwyd yn unfrydol y bysai'n syniad gwych i gyfarfod dramor mewn gwlad boeth lyfli ag egsotic.

'Ond dim Sbaen,' meddai Les. 'Ma fanno yn llawn crwcs dydi!'

Chwarddodd pawb ond welodd Les mo'r jôc a chodwyd hwylia'r criw wrth iddynt daflu syniadau i le y caent fynd i gael lwmp o barti dathlu. Pisodd Aldo ar y parêd cyn iddynt gael y cyfla i ddweud *passports*.

'Cyn i chi gyd gynhyrfu'n lân a meddwl am sgwennu poscards adra, ma 'na un broblam arall i'w datrys yn does sef y gwir reswm pam bo ni'n gwneud y blydi joban yma i ddechra hefo'i. 'Dan ni dal ddim 'di gweithio allan yn iawn sut i gael Jiffy allan o Herring Bone Mews cyn bora yr handover nacdan!'

'Ffocin hel! O'n i'n meddwl fod Cidw yn sortio hynna allan, gan fod o'n Llundan! Be ffwc arall sgynno fo i neud yna eni how?' holodd Les.

Chwthodd Aldo ei gorcyn. 'Yli, tydi o ddim mor hawdd ag oeddan ni wedi feddwl ar y dechra nagdi? Fedrith Jiffy ddim jysd walstshio allan drwy drws ffrynt y ffwcin lle nafdrith? Ma security Harry yn dynnach na twll tin goldfish dydi, felly rhag ofn i betha droi yn draed moch i ni ar y joban, ma rhaid i ni ryddhau Jiffy nos fory does!'

'Wel ffor ffyc mi meri adams.'

Twt-twtiodd Gronw wrth dywallt panad arall i bawb o'r tebot, a buont yn pendroni sut i ddatrys eu *predicamen*t wrth ddyncio deijesdufs sych i'w paneidiau ac edrych ar ei gilydd mewn tawelwch yng ngolau y fflamau.

'Iawn ta!'

Trodd Aldo at Carbo'n obeithiol.

'Iawn ta be? Carbo?'

'Jysd meddwl o'n i de...'

'Tyd â hi ta soldier,' meddai Mici yn chwilfrydig.

'Wel... Os ydan ni wedi gallu cael un dilifri bach mewn at Jiffy yn barod de!'

'Ia! Deud dy ddeud ogyn, neu fydd hi'n ben set arnan ni, yn bydd fachgian!'

Ac eithrio Meri a Les, cysgodd y gweddill lai y noson honno na'r un flaenorol, gan droi a throsi eu clustogau yn trio cipio tameidiau o gwsg a breuddwydio am y petha rhyfedda dan bladur unig y lloer. Chysgodd Dafydd Aldo'r un blincan sydyn chwaith, a bu bron iddo gnoi ei gwilt yn fflyff wrth syllu ar ei ffôn i ddisgwyl galwad o Lundain.

Wedi i Gronw fwydo Ffred fore trannoeth, taerai fod rhywun wedi gludo bysedd ei gloc pendil i'r deial pan ddaeth nôl i'r tŷ am ei banad. Gwyliodd yr oriau yn llusgo eu tina triog trwy'r bora, a phendwmpiodd ynta yn heddwch ei gaer, wrth i'r munudau gropian tuag amser te.

Hir yw pob ymaros ac fe ddaeth yr awr honno iddynt ymgynnull yn stafell 28 Llys y Gwynt i fynd trwy eu *modus operandi* clyfar o'r dechrau i'r diwedd am y tro olaf un. Tawedog iawn oedd pob un ohonynt wrth ddosbarthu y cyfarpar ar gyfer yr heist.

Cliriodd Mici ei wddf a chodi.

'Iawn, 'ma ni ta…' Agorodd ei freichiau. 'Dowch ata'i.'

Dolennodd pob un eu breichiau am ysgwyddau ei gilydd ac ymunodd Meri rôl gweddi dawal yn toilet, a chydio am Les, i wneud y cylch lladron yn gyflawn.

Rhoddodd Bili ei braich am wddw Carbo a'i dynnu ati i sibrwd yn ei glust. 'Gobeithio bo chdi gymaint o foi ag wyt ti yn meddwl yr wyt ti de, pen matshan… Ond ga'i weld hynny dros yn hun yn ddigon buan caf!'

Edrychodd yntau lawr ar y carpad, a theimlodd lygaid Toni yn llosgi twll trwyddo.

'Diolch o waelod fy einioes i chi am hyn gyfeillion,' meddai Gronw a'i lais yn gryg a llawn emoshiwn.

Cydiodd Aldo yn dynn am ysgwydda ei dad a'i chwaer a threiddiodd eu gwir ofnau tu ôl i'w tarianau o ddewrder i'r wyneb am ennyd fach.

''Dan ni yn gwybod be sydd angen i ni wneud heno yn dydan, trŵps, ond os digwydd i betha droi yn flêr i ni, pawb i wahanu fel a drefnwyd, iawn?'

Nodiodd y dethol rai ar Mici.

'Jysd get out of dodge city reit sharpish ocê, a neb i gysylltu efo'i gilydd wedyn tan gawn ni gontact gan Capdan Aldo.'

'Diolch Mici. Fyddan ni gyd yn tshampion siŵr. Mewn ac allan heb adael blewyn ar yn holau ocê? A diolch i chi am ddal arni hefo fi drwy hyn i gyd!' Edrychodd Aldo ar ei oriawr a nodio ar Mici.

'Pawb i gwarfod mewn 47 munud wrth y bocsys matshis, ia? Awê ta.'

Torrwyd y dolenni o freichiau a gwahanodd y criw am eu stafelloedd heb yngan gair.

Cribodd Gronw ei locsyn yn nrych stafell 28 wrth i Aldo stydio'i *laptop* i jecio fod ei fanc acownt newydd yn barod i fynd.

Sugnodd Les weddillion ei sdrôbri milcshêc trwchus tra oedd o'n gwylio ripît o *Top Gear* ar teli, wrth i Meri Jên osod ei wig melyn ymlaen a thaenu minlliw sgarled llachar tros ei gwefusau tenau.

Gorweddai Sarjiant Michael Finnley a Chorporal Bili Lwgwns ar y gwely yn cyd-anadlu'n dawel, fel arferant wneud cyn pob brwydr fawr.

Prysur ffidlan oedd Carbo gyda chopi o glo drws y siop y bu'n ymarfer arno ers dyddia ond allai o ddim canolbwyntio ar weithio ei binnau yn nhwll bach y goriad am fod Antonia wedi ei anwybyddu ers dechra'r fflyrteshiyns rhyngtho fo a Bili. A phan ddaeth hi drwy ddrws stafell rhif naw, a'i snybio fel tae o ddim yno, mi wnaeth o bethau yn waeth o lawer drwy ddweud nad oedd o fyth yn gwybod lle roedd o'n sefyll hefo hi beth bynnag, am ei bod hi'n lyfi dyfi hefo fo un eiliad, ac yn rhoi cic iawn yn ei gnau o munud wedyn. Slamiodd Antonia ddrws y stafell folchi yn ei wynab i fynd am gawod.

Cymerodd Meri Jên ei sêt yn sidêt ger y bwrdd 'reserved' o flaen *bay window* yn yr Harp Inn i gadw llygaid ar fanwfyrs y stryd oddi allan. Rhyfeddwyd hi o weld fod y byd a'i frawd, a chwaer y bwtshar, allan am y noson nes y cofiodd ei bod hi'n nos Sadwrn yn Bangyr Ai, a olygai mond un peth – cârnij.

Chwarddodd criw ifanc pan dynnodd ei *pashmina* oren a datgelu ei wig botyl blond, trodd atynt a gwenu yn glên drwy ei sbectols, a stwffio wadin mewn i'w chlustiau am fod DJ Maes Jî wedi troi ei nobyn fyny i ffwl blam ac yn blastio miwsig fel sŵn wasps drwy'i sbicars.

Cadwodd ei llygaid craff ar siop y gemydd dros y ffordd, ac aros nes fod y targed tu allan yn hollol glir. Edrychodd ar ei horiawr a gyrru'r tecst hollbwysig at Aldo.

Ôl cliar on ddy wesdyrn ffrynt.

Derbyniodd Aldo y negas a gwasgu botwm wiran ei gomiwniceshyn yn ei glust, a rhoi y *transit* fan mewn gêr.

'Capdan i Sarjiant, 'dan ni in transit'.

'Roger that Capdan, 'dan ni in position.'

Roedd Mici a Bili eisoes wedi parcio giciad pêl o hen gae pêl-droed Farah Road lle arferai y tywyrch droi'n fwd ar bnawn Sadwrn. Cydiodd Bili yn ei hafyrsac ac arwain Mici yn ei chwman lawr lôn fach dywyll hyd gefnau tai. Triodd yntau reoli ei anadlu i arafu ei galon a ddyrnai adrenalin pur trwy'i wythiennau.

Sleifiodd y ddau heibio'r *substation* trydan a thrwy fwlch wedi ei dorri drwy'r ffens. Plygodd y ddau lawr yn isel trwyddo, a throedio am hanner canllath dda drwy dwnnel o ddeiliach, drain a brwgaitsh.

Pwyntiodd Bili i fyny drwy'r deiliach. 'Hon ydi...'

Gwasgodd Mici ei fotwm a sibrwd,

'Corporal in position.'

''Dan ni 30 secs o'r drop, Sarjiant,' atebodd Antonia yng nghefn y *transit*.

''Dan ni'n standing by yn fan hyn, Toni. Pob lwc.'

Cododd Toni, Les a Carbo eu sgarffia gwddw fyny at dop eu trwynau i guddio eu gwynebau, wrth i Aldo eu dreifio'n ofalus lawr am y stryd fawr at y targed.

Tecstiodd Antonia ei thad. *Awê ffaddyr. 'Dan ni on!*

Gyrrodd Gronw y lori tipar o gysgodion yr eglwys gadeiriol am adwy y maes parcio cefn. Neidiodd allan a phwyso y rhifau i agor y giât drydan cyn ei chlymu hi'n llydan agored i'w dal yn ei lle.

Neciodd Meri ei brandi wrth weld y *transit* yn dod i stop o flaen shytar drws siop Julian.

'Capdan i Sarjiant. 'Dan ni wrth ddrws ffrynt y target.'

Sleidiodd Carbo ddrws ochor y fan yn agored a gorwedd ar ei fol a'i freichiau allan i ddechrau gweithio ei binnau agor cloeon yn y clo, tra bod Les yn dal sgrepan ei ofyrols mewn yng nghefn y *transit*.

Gwasgodd Antonia ar ei *coms*. 'Toni i Sarjiant, gyrra Corporal fyny'r mast. 'Dan ni'n barod i hwylio.'

'Stand by ta, Toni. Ma Corporal on it!'

Clymodd Bili raffan am ei chanol a dringo i fyny'r polyn letric fel pry cop. Torrodd y cylchoedd o wiran bigog efo *bolt cutters* wrth agosáu at waelod y transfformyr trydan.

Chwibanodd ar Mici i ddweud ei bod yn barod.

'Sarjiant i Toni. Corporal yn barod i osod fflag ar dop y mast...'

'Iawn. 'Dan ni'n dal tu allan yn fflicio'r clo. Stand by, stand by... Mae o bron yna.'

Tynnodd Les Carbo nôl i mewn i gefn y *transit*.

'Toni i Sarjiant. 'Dan ni'n barod am entri...'

Rhoddodd Mici ei dortsh pen ymlaen fel arwydd i Bili fynd ati.

Pwysodd hi reit nôl ar ei rhaffan ac estyn tamad o *blue tack* ffrwydrol o bocad top ei hofyrols. Tynnodd y papur *wax* oedd amdano a gwasgodd y *tack* yn dynn am waelod cêbl o dan y transfformar trydan. Gwthiodd *detonator* yn ofalus i ganol y pwti peryg bywyd a sleidio lawr y polyn mewn un symudiad esmwyth a rhuthro i fochal at Mici.

Daeth ffwc o glec a thasgodd gwreichion gleishon llachar i'r nen pan chwalwyd y transfformar yn racs grybibion. Glaniodd gweddillion y polyn pren letrig yn gawod o sblintars mân o'u cwmpas.

Arhosodd pob un o'r criw yn eu safleoedd, wrth i oleuadau a chamerâu siop y gemydd, a hannar dinas Bangor droi yn fagddu. Arafodd nodwydd D.J. Maes Jî i stop a bu tawelwch llethol a thywyllwch am rai eiliadau, cyn i gwsmeriaid y dafarn ddechrau gweiddi.

'Sarjiant i'r criw... Glywsoch chi'r glec?'

'Capdan i Sarjiant, welson ni'r sparcs. Well done!'

'Awê ta trŵps. Dwi off coms am dipyn ocê?' Tapiodd Antonia ben-glin Carbo.

Plygodd Carbo nôl allan, i godi y shytar a llithro mewn oddi tano. Dilynodd Antonia a Les o mewn i'r cyntedd bychan a thynnu y shytar lawr y tu ôl iddynt.

Bachodd Meri ddiodydd y bwrdd nesaf ati gan edrych allan ar y syrcas wrth i gwsmeriaid ruthro allan o dan y sêr yng ngolau eu mobails.

'Toni i Capdan. 'Dan ni mewn. Ofyr.'

Gyrrodd Aldo y *transit* lawr y stryd a thrwy'r giât agored am y maes parcio cefn. Aeth yn syth at ei dad i estyn y peipiau draen o gefn y tipar, a dechreuodd y ddau eu cysylltu.

Rhoddodd y tri bandit eu tortshis pen ymlaen. Aeth y loc picar ati i weithio ar glo drws ffrynt y siop tra bod Antonia ar ei chwrcwd yn dal y ddau *holdall* rhaffau. Edrychodd ar ei horiawr.

'Deuddeg munud i fynd.'

Clywodd gliciad clo y drws ffrynt yn agor dan ddwylo medrus Carbo. Sleifiodd y tri ohonynt yn ofalus heibio cowntar gwydr y siop a phlygu o flaen drws swyddfa y gemydd.

'Teim tŵ shein usynt ut synshain! Hwn di'r ffycyr, de.'

Llonyddodd Carbo ei hun am rai eiliadau i drio rheoli cryndod ei ddwylo ac er ei fod o isho cachiad mwya sydyn, gwthiodd ei bin trwchus i dwll goriad y clo, ac yna gwthiodd y bin deneuach yn ofalus oddi tani.

'Reit ta Les, pwsha'r handyl drws i lawr pan dwi'n deud iawn...'

'Be? "Iawn" wyt ti am ddeud ia?'

'Naci!'

'Be ta?'

Pwysodd Carbo y bin gwaelod i fyny deirgwaith yn nhwll y clo. Gwrandawodd am y gliciad wrth ei throi…

'Iawn Les. Go!'

'Be?'

'Rŵan Les!'

'Pam na 'sa ti 'di deud hynny ta!'

Pwysodd Les ar handlan y drws a disgynnodd y ddau i mewn drwyddo yn fflatnar ar garpad *beige* swyddfa Julian.

'Ffocin êl Leswold! Faint o weithia dan ni bod drwy hynna?'

'Cau hi Carbo a crack on…'

'Toni i Capdan, cwningod yn y caitsh. Am ddechra ar y wheel of fortune.'

Gwasgodd Aldo ei *coms*. 'Mesij risyfd, stand by i godi'r peipiau.'

Ar hynny, gyrrodd Mici a Bili mewn i'r maes parcio a neidio allan i gysylltu dwy beipan arall o gefn y tipar.

Ynsipiodd Les y ddau *holdall* yn swyddfa y jiwlar a thynnu dwy raff ddringo ohonynt gyda dwy *caribiner* wedi clymu i'w pennau. Agorodd y ffenasd fechan at y baria allanol, a'u gollwng allan i'r gwyll. Dad-gordeddodd y rhaffau fel dwy sarff o'u basgedi a chlymodd eu gyddfa i'r bariau dur.

Bachodd Bili a Mici y *caribiners* drwy dyllau ar dop y beipan gynta a'i gosod yn erbyn y wal yn barod. Rifyrshiodd Gronw'r lori tipar llawn tywod cyn agosed ag y medrai at gefn yr adeilad.

'Capdan i Toni. Barod fan hyn.'

'Taclus a thwt yn fama 'fyd, Capdan. Ar y rwlet… Reit ta Carbo ma nhw. Ti'n barod?'

'Yndw siŵr.' Criciodd ei fysedd nôl yn ei fenig *latex*. 'Wel, dwi'n meddwl de!'

'Ti 'di cal digon o amsar i stydio nhw erbyn hyn do, ta oes 'na rwbath arall yn tynnu dy sylw di?'

'Ffeiar awê a paid â bod mor blentynnaidd.' Gosododd Carbo ei fysedd am yr olwyn. 'Tyd â nhw ta, Antonia.'

Darllenodd Antonia rifau y combination oedd ganddi yng ngolau ei thortsh pen.

'Right turn to 40. Left turn to 36.' Trodd Carbo olwyn fach ar ddrws y sêff yn ofalus. 'Left turn to 31. Right turn to 55… Left turn to 11… Left turn 23… right to 7… Lift handle untill it clicks… and set to zero.'

Cododd Carbo yr handlan a'i gwthio lawr ond doedd dim yn digwydd. Triodd eto.

'Ffycin hel. Dio'm am agor. Dwi'm yn dallt hyn.'

A dyna pryd y daeth bac yp batris pob larwm siop ar y stryd yn fyw a dechrau sgrechian eu nodau hei pitsh dros stryd fawr Bangor.

Gwasgodd Aldo ei fotwm *coms*. 'Capdan i Toni. Criw in assembly lawr fan hyn. Be sy'n digwydd?'

'Stand by Capdan. Stand by…'

Cododd Les ei stop watsh. 'Reit ta, ma raid ni shiffdio. Mond 9 munuts a 31 sec's sgynnon ni i fynd. Ma raid i chdi agor o Carbonara…'

'Dwi'm yn gwbod be arall fedra'i neud Les! Blydi nora!'

Chwythodd Antonia gasget.

'Ail ffwcin setia fo nôl i'r dechra, a tria eto ta. Ma rhaid bo chdi wedi troi yr olwyn ffor rong ar un o'r rhifa!'

'Tyd â'r ffocin thing yma nei di!' Cipiodd y papur o'i llaw.

'Paid ti â meiddio snatsho!'

'Now now. Ddus us not ddy teim ffor domesdics usynt ut. Awê Carbo, chdi ydi'r sêff cracker i fod. Dal arni synshain!'

'Taw y ffwc tew. A dal y papur 'ma yn y gola o mlaen i.'

Daliodd Les y papur *combination* o'i flaen. Rhoddodd Carbo ei glust yn dynn wrth ymyl yr olwyn fach ar y drws oer dur a dechra'i throi'n ara deg tua'r rhifau cyntaf.

'No panic, you're a mechanic, cofia.'

'Ffwcin shwsh nei di, Les! Dwi'n trio gwrando yn ganol y sŵn 'ma i gyd!'

'Capdan i Toni... Be ydi'r progress fyny fanna?'

'Bach o dilê. Tydi'r wardrob ddim yn gorad eto! Tyd nei di Carbo...'

Clywodd Aldo bryder yn llais ei chwaer, trodd at Mici.

'Be ffwc 'nân ni?'

Gwasgodd Mici ei fotwm coms. 'Sarjiant i Toni. Message recieved, well i chi shifftio'ch tina, 'da ni'n colli amsar fan hyn, a fydd hi'n ffycin rycshwns ar y stryd fawr 'na mewn dim, spin that wheel trŵps.'

Clywodd y criw y seirens yn agosáu, a chynhyrfu ryw ychydig, ond canolbwyntio ar gliciadau yr olwyn fach wnaeth Carbo, a thrio gweld trwy ei glust chwith, a chlywed drwy leithder ei lygaid, gymhlethdod y clo oddi fewn.

Arafodd echal y ddaear iddo am rai eiliadau prin. Tawelodd y miri allanol yn ei ben, caeodd ei lygaid ar droead olaf rhif yr olwyn... Yna daeth y gliciad y bu'n disgwyl amdani. Cododd yr handlan yn ofalus a'i gwthio'n ôl i lawr. Agorodd ddrws y cernod mawr dur yn ara deg... Anadlodd y tri i mewn ar yr un pryd pan welsant y bariau aur yn tywynnu arnynt fel gwawr a fu'n guddiedig.

'Bingo!'

'Ffocin-hels bels. Mae 'na doman o gold bars ynddo fo. Shit a brick and a shovel! We'd better get a move on i gal nhw allan usynt ut! Let's go!'

'Toni i Capdan. Wardrob yn gorad!'

Tynnodd Les flaen y beipan hir i fyny gyda'r rhaffau i agoriad y ffenest a bachu'r ddwy *garabiner* i'r bariau dur i'w dal yn eu lle.

Dechreuodd Antonia ac yntau bostio'r bariau aur naw owns bob yn ddau lawr y beipan ddraen i'r pyramid tywod yn nhrwmbal y lori tipar oddi tanynt. Saethodd y bariau aur allan fel bwledi wrth i Aldo a Mici anelu blaen y beipan i rannau gwahanol o'r tywod meddal.

'Paid â rhoi dy law dan agoriad y beipan i nôl baryn, ocê Capdan. Beryg ti cholli hi ar y cyflymder ma nhw'n saethu allan,' sibrydodd Mic.

Gwagiodd Carbo yr arian sychion o'r blwch mawr dur i mewn i'r *holdalls* tra roedd Antonia a Les yn dal i lwytho ceg y beipan efo'r bariau aur dirifedi.

Cribinodd Gronw dros dyllau yr aur yn y twmpath tywod fflat owt, fel tae'n cynaeafu gwair cyn lli coch Awst.

Cymerodd Bili yr awenau o ddwylo Aldo er mwyn iddo gael y cyfla i fynd mewn i flaen y *transit* i wneud y cam nesaf. Tynnodd lun un o'r bariau aur ar ei fobail a'i yrru at Harry. Edrychodd ar ei oriawr.

Gwasgodd ei *coms*. 'Capdan i Toni. 'Dan ni o dan y pum munud.'

'Toni i Capdan, 'dan ni bron â gwagio.'

Canodd ei fobail.

'I knew that you wouldn't let me down.'

'No you didn't, you just knew I had too much to lose... Now it's time for you to defrost our assets and pay what you owe me and the crew.'

Rhoddodd Aldo ei ffôn ar sbicar, ac agor yr App i'w gyfri banc.

'I've got everything set up and ready to go on my end sailor.'

'So have I. My account is open here right before me.'

'You keep looking at it then my little Italiano.'

Gwelodd y trosglwyddiad o £230,000 yn mynd syth i mewn i'w gyfri banc.

'Where's the rest, Harold?'

'I've kept 15k back, 10 for fronting the job, and a slight cut for myself. So we'll look forward to seeing you tomorrow morning for our final transaction, and then you'll get your bit of meat back... Good job.'

Diffoddod Aldo yr alwad a ffoniodd Cidw yn syth.

'Iawn Cid, 'dan ni on!'

Roedd Antonia a Les bron â gorffan postio'r olaf o'r bariau aur lawr y beipan tra bo Carbo'n chwilota drwy silffoedd hanner gwag y sêff.

Dadfachodd Les y *carabiners* o'r bariau dur o flaen y ffenast a gollwng y peipiau a'r rhaffau lawr i'r maes parcio. Datgysylltwyd nhw gan griw y maes parcio, a'u clymu'n dwt dros y tywod drudfawr yn nghefn y lori tipar.

'Toni i Capdan. 'Dan ni'n barod am y pick up tu allan. Ofyr.'

Taniodd Aldo y *transit*. 'Dwi en route. Dowch ona rŵan. 'Dan ni allan o amsar.'

Cydiodd Les yn yr *holdalls* llawn o arian sychion.

Edrychodd ar ei stopwatsh. 'Teim tw go! Be wyt ti dal yn 'neud yn y sêff 'na Carbo? 'Dan ni'n rhedag allan o amsar sdi synshain!'

'Chwilio am y garrag fach de! Ma hi dan y jiwalri ma'n rwla.'

'Blydi hel, plis Carbo! Gad hi nei di! 'Dan ni wedi cael be oeddan ni isho do! A ma hi'n amsar i ni adael.'

'Wel gan bo fi yma de Antonia waeth i mi gal lwcsan bach amdani hi ddim, na waeth?'

'Tyd nei di? Fydd Aldo yn tynnu fyny tu allan i'r drws 'na eni munut, a mai'n ffwcin hecdic allan yn fanna usynt ut.'

'Aros eiliad, Leswold.'

'Ffycin hel! Sgynnan ni'm eiliad i sbario nag oes. Ti'n pwshio'i rŵan ag yn peryglu bob dim i ni gyd.'

'Nacdw. Dwi ddim sdi, Antonia glws.'

Caeodd ddrws y blwch dur yn glep, troi yr olwyn fach a chodi yr handlan.

'Reit let's go ta.' Cloiodd y ddau ddrws ar ei ôl wrth iddynt anelu at y shytar metal.

Gyrrodd Aldo y *transit* yn ofalus drwy firi y stryd fawr.

Roedd hi fel rêf wallgo wrth i oleuadau fflachio o'r larwms a'u clochdar ansoniarus yn gyrru pawb yn hurt dan leuad llawn, a'r criwia a oedd yn sefyllian tu allan i'r tai potas, wedi dechra herio ei gilydd gyda'u gwydrau gwag, tra fod y plismyn a bownsars yn trio eu gorau glas i gadw'r heddwch.

Parciodd Aldo y *transit* mor agos ag y medrai at shytar drws siop y gemydd a phlygodd tua'r cefn i agor y drws ochor.

'Capdan i Toni. Llydan agorad i chi. Ofyr.'

Codwyd y shytar metal ychydig droedfeddi gan Les.

Fel roedd Aldo yn troi i weld os oedd Meri Jên ar ei ffordd allan o'r Harp, gwelodd un o'r gleishon yn dod i'w gyfeiriad.

Gwasgodd Aldo ei fotwm *coms*. 'Capdan i Toni, nobody move iawn… Ma gynnan ni gwmni. Radio silence. Ofyr and owt.'

Tynnodd Antonia y bagiau yn ôl o dan y shytar a rhoi ei dwylaw dros gegau Carbo a Les.

Gwthiodd Aldo wiran clust ei *walkie talkie* yn ei bocad a chlenshio bochau ei din. Neidiodd allan o'r *transit* a chau drws y dreifar yn glep.

Wrth i Meri groesi o ddrws yr Harp, chymrodd hi ddim

sylw o'r plisman ifanc nes i'r het pot piso hwnnw ddechrau holi beth oeddent yn ei wneud yno.

'Wel iŵ tel mi wats going on, iyng man.'

'Power cut,' oedd yr atab a gafodd gan y plismon.

'Wel uts a blydi dusgrês. Aif had tŵ ffonio mei boi fan hyn i ddod i nôl fi yn ei fan gwaith usynt ut. Not gwd inyff. Ma'n gywilydd o beth nad ydi'r electrisiti bôrd ddim yn gallu cadw letrig ymlaen in ddus dê and êj er mwyn i hen ddynas fatha fi gael tipyl bach a gêm o bingo ar nos Sadwrn. So mai diar boi... dwi angan mynd adra's ddus munut i gael sheri mawr i ddod ata'n hun... So ecsciws mi usynt ut!'

Sgubodd Meri Jên y copar o'i ffordd wrth agor drws y dreifar, a mi hwffiodd Aldo ei thin mewn i sêt y pasinjyr... Gwaeddodd Meri, 'Dos i sortio'r hwdlyms na allan yn lle busnesu fo hen ddynas tha fi usynt ut... Ma gen i hetar sydd yn hŷn na chdi mai boi'.

Cerddodd y plisman ymaith wedi'r bregath.

Neidiodd Aldo i mewn ati, tynnu ei *coms* o'i bocad a dweud wrth y tri bandit oedd tu ôl i'r shytar ei bod hi'n glir iddynt ddod allan. Gwthiwyd yr *holdalls* llawn cash i mewn i gefn y *transit* a llithrodd y triawd allan. Pwysodd Carbo allan i gloi y clo clap a sleidio'r drws ochor ynghau.

Edrychodd Aldo yn ei ddrych ochor wrth yrru i ffwrdd, a gwelodd fod twll ei din yn wincio'n ôl arno.

'Ffycin hel, oedd honna yn agos!'

'Your move, Jethro,' meddai Jiffy yn dawel wrth dynnu castell ei wrthwynebydd oddi ar y bwrdd gwyddbwyll.

Neidiodd Jethro yn ei gadair pan ganodd *buzzer* giatiau

Herring Bone Mews am fod ei holl sylw ar ei esgob a'i symudiad clyfar nesaf. Switshiodd Jethro lun y monitor ar ei ddesg i'r camera uwchben y giât. Gwelodd foi ar gefn sgwter efo'r dilifiri bwyd. Gwasgodd Jethro y botwm i agor y giatiau heb oedi, a throi ei sylw'n ôl at y gwyddbwyll.

'I'm not sure what to do next, Jiffy.'

'Just concentrate on your next move.'

'I'm trying… Let me think!'

'Take your time.'

Cadwodd Jiffy ei lygaid ar y monitor nes y canodd cloch y drws ffrynt.

'Shall I go and get our take aways?' Chafodd Jiffy ddim ymateb. 'Don't you make a hasty move, Jeth. I'll be back now.'

Llamodd Jiffy lawr y pasij llydan i agor y drws i'r cludwr bwyd, cymerodd y bocsys pitsa, a helmed moto-beic gyda fest *high-vis* wedi stwffio ynddi ganddo. Cuddiodd yr helmed tu ôl i botyn planhigyn *terracotta* mawr wrth figlo hi'n ôl i'r swyddfa *security* a phlonciodd eu bocsys pitsa ar y ddesg.

'You know what… I'm famished!'

Agorodd Jiffy gaead ei focs pitsa o flaen y monitor.

'Would you like a slice Jethro?' Edrychodd hwnnw ar y toes crwn a throi'i drwyn.

'No, no thank you, I can't stand anchovies! I'll have a slice of mine when we finish this game.'

Cymrodd Jiffy frathiad o'i bitsa a sbecian ar y monitor tu ôl i gaead y bocs.

'Your move Jethro, you must concentrate… Look what's open.'

Cadwodd Jiffy ei lygaid ar y sgrin tu ôl i'r caead sgwâr carbod a gwelodd gysgod Cidw a'i gôt hir yn dringo allan dros y giatia.

Dechreuodd Jethro waredu pan sylweddolodd fod ei frenin yn hollol agored i'w gipio. Cododd ei ben o'r bwrdd gwyddbwyll a symud y bocs pitsa o'r ffordd i weld ei sgrin *security.*

'Why hasn't the delivery man left yet?'

Methodd calon Jiffy guriad. 'He was checking his app to find where his next delivery will be… Right, I'll tell you what my chess mate, I better get back up to my room before Harry returns, we don't want him knowing everything that goes on here do we, Jeth?'

'Of course not.'

'Why don't you leave the board open for us? We can carry on tomorrow if you like?'

'Yes, good idea, I'll look forward to it!'

Cipiodd Jiffy ei focs pitsa. 'I'll just grab a glass of water from the kitchen to go upstairs and demolish this. I'll see you in the morning.'

'Good night Leonardo!'

'See you tomorrow my man!'

Gwelodd Jethro gyfla euraidd i gafflo wedi i Jiffy noswylio ac fel roedd o'n mynd i osod un o'i *pawns* coll yn slei o flaen ei frenin i'w warchod, gwasgodd y boi dilifiri *buzzer* y giât i gael mynd allan.

♦

Agorodd Mici ddau ddrws y sied fawr ym Mwlch y Gloch yn llydan agored. Rifyrshiodd Gronw y lori tipar i'r pen pella, dreifodd Aldo mewn ar ei ôl, a sgidiodd Bili at fympar cefn y *transit* yng nghar Antonia.

Tynnwyd y nymbar plêts ffals gan Carbo oddi ar eu

transbort a chododd Gronw gefn y tipar i fyny'n araf. Llithrodd y tywod euraidd allan o'r trwmbal yn un swpyn taclus.

Cribiniwyd trwy lwch y môr i dynnu'r bariau melynion ohono ac aeth pawb ati i'w stacio nhw'n dwt ar balets yng nghefn y *transit* nes fod honno reit lawr ar ei hechel.

Gorchuddiwyd y cwbwl efo tarpolin a thameidiau o beipiau yn barod am y siwrnai dros nos lawr i Lundain lle fyddai Aldo a Carbo yn cludo rhan o'u hysbail i Harry a'r gweddill yn cael eu gwerthu i Ishmael.

Cyrhaeddodd y boi dilifiri strydoedd gwlyb Soho a pharcio tu allan i'r Golden Lion. Disgynnodd y moto-beic ar ei ochor wrth iddo droedio'n gyflym trwy ddrws y tŷ potas.

Tynnodd ei helmed a'i gosod ar y bar. Sodrodd Cidw beint o ginis o'i flaen.

'Croeso'n ôl Jiffy!'

Rhwygodd Gronw bapur wal y planiau patrwm bloda yn dameidia i'r grât a gosod coedyn drostynt i ddeffro'r colsyn oddi tanynt. Ail-gyfododd asbri y llwyth blinedig fel llanw newydd wrth i'r fflamau lyfu i fyny'r shimnai tua'r sêr.

Cymerodd pob un ohonynt eu siâr haeddiannol o'r staciau taclus o arian sychion oddi ar y bwrdd derw. Cyn gynted ag y cafodd Meri a Les eu cyt, dechreuodd hithau gnewian ei bod hi'n hwyr glas iddynt ei hel hi am adra er mwyn nôl y cŵn o'r cenals ben bora.

'Roiti toiti. Teim i ni adal's usynt ut. Ar iŵ redi tŵ mŵf Slici Ffin?'

'Fydda i ddim yn dod hefo chi Meri Jên… Neith Les ddreifio chi'n ôl adra.'

Rhoddodd Mici oriad ei gar yn llaw ei gyfaill.

'Wela'i di a gna di'n siŵr fod drysa'r garej 'na yn llydan agored bora fory, nei di?'

'Wel ai cant garantî ddat at ddus moment in teim Michael, ond mi ro'i bob ceiniog sydd arna'i i chdi nôl yn dy sêff di pan landia'i nôl yn Trenshtown usynt ut.'

Gwenodd y ddau a chofleidio'n dynn.

Tynnodd Carbo ar lawes Antonia a'i harwain trwodd i'r gegin gefn a mynd lawr ar ei ben-glin o'i blaen. Agorodd ei ddwrn yn araf deg, a datgelu y garreg loyw yng nghledr ei law.

'Pan landia i yn Llundan fawr fory, ofynna i i Ishmael wneud biwtar o fodrwy i chdi ohoni ocê, Lady Antonia…'

Suddodd hithau i lawr ar ei chwrcwd ato.

'Ddim fela ma hi fod sdi.' Caeodd ei fysedd agor cloeon yn dyner am y felltan.

'Plis Antonia, dwi rili yn… wel ti'n ffwjin gwbod erbyn hyn dwyt…'

'Cadwa hi'n saff ia…'

Rhoddodd y sws ffeindia rioed iddo reit ar ei wefus, cyn codi a'i adael yn gegrwth ar ei linau yn y gegin llawr teils.

Slipiodd Mici faryn o aur 9 owns yn slei i bocad Bili wrth ei chofleidio, gan y gwyddai y byddai hi yn rhoi ei siâr hi o'r arian yn syth i elusen eu cyn-gatrawd.

Cyfarthodd Ffred dros y tŷ a sgidiodd ar ei bawennau blaen i chwyrnu'n fileinig dan goedyn y drws ffrynt.

'Taw bendith tad Ffred! Mond Ifor Tŵ Pe sydd ar ei

ffordd yma i roid pas i Bili Lwgwns nôl i'w llong. Tyd yma y sgiampyn.'

Swatiodd Ffred dan fwrdd ei feistr ar ei union.

'Wel dos allan i'w gwarfod o ta, Aldo, a paid â gadal Ifor i mewn bendith tad neu fydd pawb yn gwbod yn hanas ni… '

Agorodd Aldo y drws dwy bedol hynafol, a chamu allan a'r grawan gwadnau'r oesau. Ffroenodd awelon y ffriddoedd a gludai bersawr ei fam o baill yr eithinen. Teimlai o'r diwedd bod y felltith wedi ei thorri a hapusrwydd mond un siwrna i ffwrdd.

Weindiodd Ifor Tŵ Pe ei ffenast tacsi wrth ddynesu dros y buarth.

'Pa hwyl, Dafydd Aldo? Rhyfadd o fyd ydi yn te, mi fedrish sbario dau drip i mi'n hun heno 'chan, achos mi oedd 'na ryw ddyn glandeg iawn yr olwg yn holi amdana chdi hyd y ranc tacsis lawr yn dre 'na heno… Nabod chdi'n iawn medda fo, deud bo chdi'n ddeimond o foi, a mi dalodd yn hael iawn i mi gludo fo yma, cofia di.'

Teimlodd Aldo y llechfaen hynafol yn suddo oddi tano.

'A mond i chdi gael gwybod, ma 'na lond car mawr o'i ffrindia fo yn dilyn ni fyny am barti i ddathlu rwbath neu gilydd hefo chdi… Uffar o foi ti ar y slei, yn de syr bach!'

Dallwyd Dafydd Aldo gan ddwy hedlamp yn dod dros y brincyn am y buarth.

Clywodd ddrws cefn tacsi Ifor Tŵ Pê yn agor…

Camodd Terrence Huston allan ohono.

Hefyd gan yr awdur:

£9.99